三國演義

五 南征北戰

原著 羅貫中

編撰 王暢

圖說 Classic 經典

Romance of Three Kingdoms

11

好讀出版

導讀

歷史的天空群星璀璨

主編 王暢

一部中國古典小説史，經過歷史的淘洗沉澱，遺留下四顆燦爛奪目的珍珠：這便是現代以來學界和民間公認的四大名著，包括《三國演義》、《西遊記》、《水滸傳》和《紅樓夢》。四者當中，《三國演義》誕生最早，距今已六百餘年，它處於中國古代章回體長篇小説從草創走向成熟的階段，而《紅樓夢》則誕生最晚，至今不過二百五十年左右，在它產生的年代，章回體這一文學樣式早已爛熟，而《紅樓夢》也被視為中國古典長篇小説的高峰。不過從在社會上造成的廣泛影響看，最早面世、因而被一些人視作不免粗糙的《三國演義》卻絲毫不遜色於其他三大名著，如果檢閱各類戲曲臉譜、年畫、剪紙、皮影、木偶雕刻等民間藝術書籍，甚至很容易發現取材於《三國演義》故事題材的明顯多於取材自另外三部名著的。至於實物形態的物質文化遺產，例如遺址、文物、建築等，更以與《三國演義》相關的為最多。因此，完全可以大膽作出結論説，在四大名著中，《三國演義》的「群眾基礎」最廣泛，歷史遺存最繁多，民間影響最深遠。

老百姓為什麼愛看《三國》？原因可能多種多樣，但最根本的一點，我認為是源自三國歷史本身的魅力。《三國演義》能得到廣大讀者的青睞，在很大程度上可以視為一種歷史的饋贈。中國人向來「好古」，中國文化一個很重要的傳統即是文史不分，從兩千一百多年前的史學巨著《史記》誕生至今，優秀的歷史著作和歷史小說從來都是人們津津閱讀的類型和縱情談論的話題。《三國演義》作為中國最優秀的歷史小說，自然擁有最廣大的讀者群。關於這一點，明代人蔣大器對《三國演義》的經典論述——「文不甚深，言不甚俗；事紀其實，亦庶幾乎史。」——其實早已作出了對祕密的揭示。「文不甚深，言不甚俗」說的是《三國演義》的語言表達，但這顯然不是它吸引讀者的根本原因，因為對於廣大百姓來說，更為淺顯通俗的白話歷史小說汗牛充棟，他們何必要去讀這半文不白的《三國》？顯然，更重要的是後面兩句，「事紀其實，亦庶幾乎史」，這說的是內容取材和寫法——從史書中取材，以紀實的筆法寫出，雖是小說，卻近似於歷史。用清代學者章學誠另一句更為經典的評價，就是《三國演義》是在大量取材於歷史的基礎上加以虛構，

其比例是「七實三虛」。當然，這虛實如何搭配才能產生最好的效果？要以假亂真，讓讀者「或不免並信虛者為真」（魯迅語），完全追隨作者的思路，體會作者的呼吸，陶醉於書中的一點一滴，那就得看作者的本事了。在這上面，原書作者羅貫中和通行本改定者清初的毛宗崗，兩人皆展現出了個人博大精深的學識和卓越非凡的才情。中國的歷史小說中，對歷史的忠實程度各各有別，從「一實九虛」到「九實一虛」都不乏其例，而唯有「七實三虛」的《三國演義》最受歡迎，這一方面說明了作品取得的傑出藝術成就，另一方面也反映了民眾在「好古」、熱心追尋歷史真實的同時，同樣擁有一份充滿幻想和浪漫主義、英雄主義的歷史情懷。

在中國悠久的歷史和頻繁的朝代更替中，天下分分合合，亂世治世輪轉，每一個歷史時期都有所謂的演義小說對之加以描繪，而以「說三分」最為洋洋大觀。這是由於，正如清代著名才子金聖歎所言，歷朝歷代中，「從未有六十年中，興則俱興，滅則俱滅，如三國爭天下之局之奇者也。」歷史的奇局成就了小說的奇觀，其中引人注目的一點便是《三國演義》的讀者範圍特別廣泛，「今覽此書之奇，足以使學士讀之而快，委巷不學之人讀之而亦快；英雄豪傑讀之而快，凡夫俗子讀之而亦快也。」

歷來讀《三國》者，往往會取一個特別的角度：人才。時至今日，「三國人才學」更被不少公司管理人員視為必修課。其實，這一傳統是三百年以前由《三國演義》的改定者和評點者毛宗崗所開創的。毛宗崗在《讀三國志法》中提到：「古史甚多，而人獨貪看《三國志》者，以古今人才之聚未有盛於三國者也。」其中最著名的人才有三個，「吾以為三國有三奇，可稱三絕：諸葛孔明一絕也，關雲長一絕也，曹操亦一絕也」，三人分別是古往今來賢相中「名高萬古」、名將中「絕倫超群」、奸雄中「智足以攬人才而欺天下」之「第一奇人」。除此以外，各方面的傑出人才簡直數不勝數：運籌帷幄如徐庶、龐統，行軍用兵如周瑜、陸遜、司馬懿，料人料事如郭嘉、程昱、荀彧、賈詡、顧雍、張昭，武功將略如張飛、趙雲、黃忠、嚴顏、張遼、徐晃、徐盛、朱桓，衝鋒陷陣如馬超、馬岱、關興、張苞、許褚、典韋、張郃、夏侯惇、黃蓋、周泰、甘寧、太史慈、丁奉，兩才相當如姜維、鄧艾及羊祜、陸抗，道學如馬融、鄭玄，文藻如蔡邕、王粲，穎捷如曹植、楊修，早慧如諸葛恪、鍾會，應對如秦宓、張松，舌辯如李恢、闞澤，不辱君命如趙諮、鄧芝，飛書馳檄如陳琳、阮瑀，治繁理劇如蔣琬、董允，揚譽蜚聲如馬良、荀爽，好古如杜預，博物如張華……這些通常分見於各朝各代、須千百年才能出齊的風流人物，卻齊齊在三國湧現，使得三國成了「人才一大都會」，「收不勝收，接不暇接，吾於《三國》有觀止之歎矣。」〔按：毛宗崗此處所說的《三國》指《三國志通俗演義》，即《三國演義》。〕

《三國演義》寫到的人物有一千多個，能被視為優秀人才的至少超過二百。這些人雖然各為其主，才智各異，品行不一，但絕大多數都懷有雄心壯志，且能埋頭苦幹，為了自己的理想，鞠躬盡瘁，死而後已，令人油然而生一份感動與敬意。他們以歷史為舞臺，與命運作抗爭，雖然「紛紛世事無窮盡，天數茫茫不可逃」（第一百二十回），加上各自性格中難以避免的悲劇性因素，最終只落得個「鼎足三分已成夢」（第一百二十回）、「是非成敗轉頭空」（書首）的結局，然而他們的生命畢竟熾烈燃燒過，而燃燒著的生命是美麗的。從後世看來，他們——包括其中最傑出的諸葛亮、曹操等人——不過是歷史天際的流星，然而當其燃燒的時候，卻發出過炫目的光芒。群星璀璨，照亮了歷史的天空，也點燃了後人的心靈。如果說，本書在歷史觀上仍然沒有擺脱「分久必合，合久必分」的循環論和一定程度上的宿命論，那麼，它在人生觀上，則無疑是提倡一種「天行健，君子以自強不息」的有所為的、甚至是知其不可為而為之的積極入世精神。或許這，正是千載而下人們仍然能夠從書中吸取的核心價值。

最後，感謝本書責任編輯陳詩恬小姐，以及處理圖片版權事務的何敬茹小姐給予的細緻而友好的合作。在本書編輯過程中，自始至終得到了侯桂新先生的大力支持；他運用編輯本【圖説經典】系列之《紅樓夢》收穫的寶貴經驗，在某些環節上對本書的編輯提供了關鍵性的幫助，此情此景，當銘感於心。

如何閱讀本書

列出各回回目
便於索引翻閱

名家評點：
選收不同名家之評點，
隨文直書於奇數頁最左側，
並於文中以◎記號標號，
以供對照

精緻彩圖：
名家繪圖、相關照片等精緻彩圖，
使讀者融入小說情境

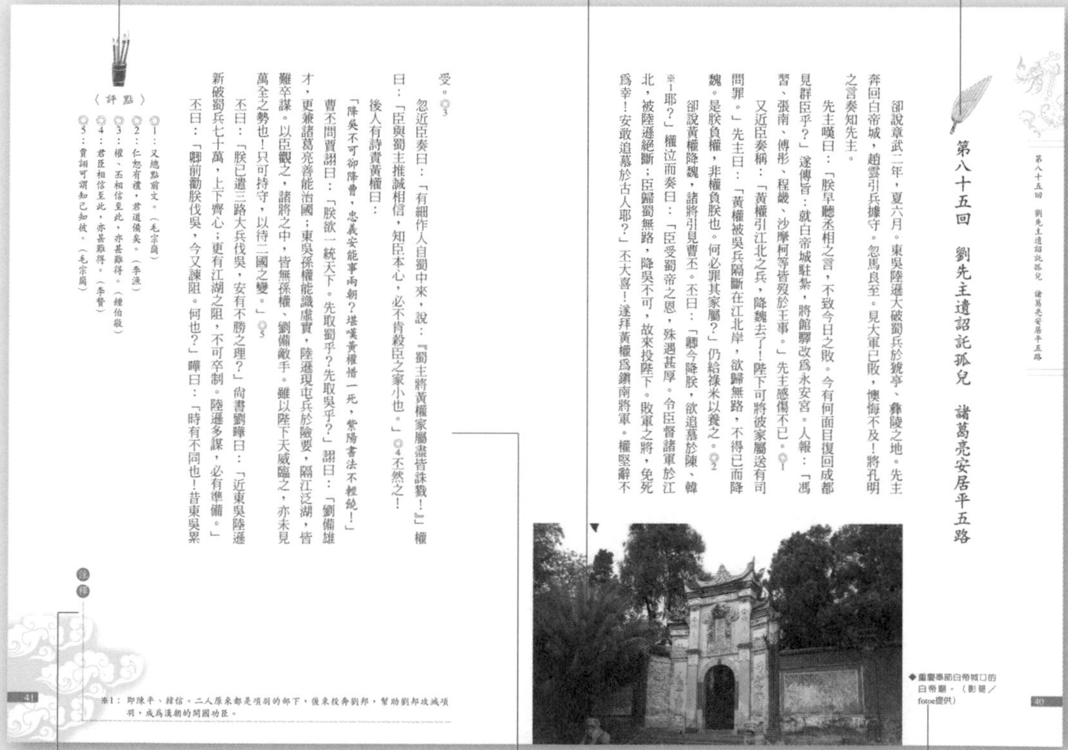
第八十五回　劉先主遺詔託孤兒　諸葛亮安居平五路

第八十五回　劉先主遺詔託孤兒　諸葛亮安居平五路

卻說章武二年，夏六月。東吳陸遜大破蜀兵於猇亭、彝陵之地。先主奔回白帝城，趙雲引兵據守。忽馬良至。見大軍已敗，懊悔不及！將孔明之言奏知先主。

先主嘆曰：「朕早聽丞相之言，不致今日之敗。今有何面目復回成都見群臣乎？」遂傳旨：就白帝城駐紮，將館驛改為永安宮。人報：「馮習、張南、傅彤、程畿、沙摩柯等皆歿於王事。」先主感傷不已。◎1

又近臣奏稱：「黃權引江北之兵，降魏去了！陛下可將彼家屬送有司問罪。」先主曰：「黃權被吳兵隔斷在江北岸，欲歸無路，不得已而降魏。是朕負權，非權負朕也。何必罪其家屬？」仍給祿米以養之。◎2

卻說黃權降魏，諸將引見曹丕。丕曰：「卿今降朕，欲追慕於陳、韓※1耶？」權泣而奏曰：「臣受蜀帝之恩，殊遇甚厚。令臣督諸軍於江北，被陸遜絕斷；臣歸蜀無路，降吳不可，故來投陛下。敗軍之將，免死為幸！安敢追慕於古人耶？」丕大喜！遂拜黃權為鎮南將軍。權堅辭不受。◎3

忽近臣奏曰：「有細作人自蜀中來，說：『蜀主將黃權家屬盡皆誅戮！』」權曰：「臣與蜀主推誠相信，知臣本心，必不肯殺臣之家小也。」◎4丕然之！

後人有詩責黃權曰：

「降吳不可卻降曹，忠義安能事兩朝？堪嘆黃權惜一死，紫陽書法不輕饒！」

曹丕問賈詡曰：「朕欲一統天下。先取蜀乎？先取吳乎？」詡曰：「劉備雄才，更兼諸葛亮善能治國；東吳孫權能識虛實，陸遜現屯兵於險要，隔江泛湖，皆難卒謀。以臣觀之，諸將之中，皆無孫權、劉備敵手。雖以陛下天威臨之，亦未見萬全之勢也！只可持守，以待二國之變。」◎5

丕曰：「朕已遣三路大兵伐吳，安有不勝之理？」尚書劉曄曰：「近東吳陸遜新破蜀兵七十萬，上下齊心；更有江湖之阻，不可卒制。陸遜多謀，必有準備。」

丕曰：「卿前勸朕伐吳，今又諫阻。何也？」曄曰：「時有不同也！昔東吳累

〈評點〉

◎1：又總點前文。（毛宗崗）
◎2：仁恕有禮，君道備矣。（李漁）
◎3：權、丕相信至此，亦甚難得。（鍾伯敬）
◎4：君臣相信至此，亦甚難得。（李贄）
◎5：賈詡可謂知己知彼。（毛宗崗）

注釋

※1：即陳平、韓信。二人原來都是項羽的部下，後來投奔劉邦，幫助劉邦攻滅項羽，成為漢朝的開國功臣。

◆重慶奉節白帝城口的白帝廟。（影聞／fotoe提供）

40

41

詳細注釋：
解釋艱難字詞，
隨文橫書於頁面的下方欄位，
並於文中以※記號標號，以供對照

閱讀性高的原典：
將一百二十回原典
分為六大分冊，
版面美觀流暢、閱讀性強

詳細圖說：
說明性和評點性的圖說，
提供讓讀者理解

目錄

南征北戰

第八十三回　戰猇亭先主得讎人　守江口書生拜大將

卻說章武二年，春正月。武威後將軍黃忠隨先主伐吳。忽聞先主言：「老將無用！」即提刀上馬，引親隨五六人，徑到彝陵營中！◎1吳班與張南、馮習接入，問曰：「老將軍此來，有何事故？」忠曰：「吾自長沙跟天子到今，多負勤勞。今雖七旬有餘，尚食肉十斤，臂開二石之弓，能乘千里之馬，未足爲老。昨日主上言吾等老邁無用，故來此與東吳交鋒，看吾斬將老也不老！」◎2

正言間，忽報：「吳兵前部已到！哨馬臨營。」忠奮然而起，出帳上馬。馮習等勸曰：「老將軍且休輕進！」忠不聽，縱馬而去！吳班令馮習引兵助戰。

忠在吳軍陣前勒馬橫刀，單搦先鋒潘璋交戰。璋引部將史蹟出馬。蹟欺忠年老，挺槍出馬，鬬不三合被忠一刀斬於馬下！

潘璋大怒！揮關公使的青龍刀來戰黃忠。交馬數合，不分勝負。忠奮力戰！璋料敵不過，撥馬便走。忠乘勢追殺！全勝而回。

路逢關興、張苞。興曰：「我等奉聖旨來助老將軍。既已立功了，速請回營。」忠不聽。

次日，潘璋又來搦戰！黃忠奮然上馬。興、苞二人要助戰，忠不從！吳班要助戰，忠亦不從。◎3只自引五千軍出迎，戰不數合，璋拖刀便走。忠縱馬追之！厲聲大叫曰：「賊且休走！吾今爲關公報讎。」

追至三十餘里，四面喊聲大震！伏兵齊出，左邊周泰，右邊韓當；前有潘璋，後有凌統。把黃忠困在垓心。忽然狂風大起！忠急退時，山坡上馬忠引一軍出，一箭射中黃忠肩窩，險些兒落馬。◎4

◆劉備。（鄧嘉德繪）

吳軍見忠中箭，一齊來攻！忽後面喊聲大起！兩路軍殺來。吳兵潰散！救出黃忠，乃關興、張苞也。二小將保送黃忠，逕到御前營中。

忠年老血衰，箭瘡痛裂，病甚沉重。先主御駕自來看視，撫其背曰：「令老將軍中傷，是朕之過也。」

〈評點〉

◎1：此老倔強猶昔。（毛宗崗）

◎2：壯甚。（李贄）

◎3：譬之善弈棋者，有人從旁幫之，雖贏不喜。（毛宗崗）

◎4：中箭後偏不能落馬，亦是他不老處。（毛宗崗）

忠曰：「臣乃一武夫耳，幸遇陛下。臣今年七十有五，壽亦足矣！望陛下善保龍體，以圖中原。」◎5言訖，不省人事，是夜殞於御營。後人有詩嘆曰：

「老將說黃忠，收川立大功；重披金鎖甲，雙挽鐵胎弓。
膽氣驚河北，威名鎮漢中。臨亡頭似雪，猶自顯英雄。」◎6

先主見黃忠氣絕，哀傷不已。敕具棺槨，葬於成都。

先主嘆曰：「五虎大將已亡三人，朕尚不能復讎！深可痛哉！」乃引御林軍直至猇亭※1，大會諸將。分軍八路，水陸俱進。水路令黃權領兵，先主自率大軍於旱路進發！時章武二年，二月中旬也。

韓當、周泰聽知先主御駕來征，引兵出迎。兩陣對圓，韓當、周泰出馬。只見蜀營門旗開處，先主自出，黃羅綃、金傘蓋，左右白旄黃鉞，金銀旌節，前後圍繞。◎7

當大叫曰：「陛下今為蜀主，何自輕出？倘有踈虞，悔之何及？」先主遙指罵曰：「汝等吳狗，傷朕手足，誓不與立於天地之間。」

◆《三國演義》扇面人物。（馮暉／fotoe提供）

當回顧眾將曰：「誰敢衝突蜀兵？」部將夏恂挺槍出馬。先主背後，張苞挺丈八矛，縱馬而出！大喝一聲，直取夏恂。

恂見苞聲若巨雷，心中驚懼！恰待要走，周泰弟周平見恂抵敵不住，揮刀縱馬而來！關興見了，躍馬提刀來迎。張苞大喝一聲！一矛刺中夏恂，倒撞下馬；周平大驚！措手不及，被關興一刀斬了！二小將便取韓當、周泰，韓、周二人慌忙入陣。

先主視之，嘆曰：「虎父無犬子也！」◎8用御鞭一指，蜀兵一齊掩殺過去！吳兵大敗。那八路兵勢如泉湧，殺得那吳軍屍橫遍野，血流成河。

卻說甘寧正在船中養病，聽知蜀兵大至！火急上馬。正遇一彪蠻兵，人皆披髮跣足，皆使弓弩長槍、搪牌刀斧。爲首乃是番王沙摩柯，生得面如噀血，碧眼突出。使兩箇鐵蒺藜骨朵※2，腰帶兩張弓，威風抖擻。◎9

甘寧見其勢大，不敢交鋒，撥馬而走！被沙摩柯一箭射中頭顱。寧帶箭而走，

〈評點〉

◎5：漢升眞正不老，可敬也。（李贄）

◎6：漢升不死。（鍾伯敬）

◎7：自爲帝之後，須此一番渲染。與受魏「九錫」又不同。（毛宗崗）

◎8：先主處處念著兄弟，又與關公「虎女犬子」語遙遙相應。（毛宗崗）

◎9：寫得番王可畏，早爲南蠻孟獲伏筆。（毛宗崗）

注釋

※1：地名。

※2：古兵器，用鐵或硬木做成。一頭是柄，一頭是橢圓形的，上面附有鐵刺。

到得富池口，坐於大樹之下而死。樹上群鴉數百，圍繞其屍。◎10吳王聞之，哀痛不已。具禮厚葬，立廟祭祀。◎11後人有詩嘆曰：

「吳郡甘興霸，長江錦幔舟；酬君重知己，報友化仇讎※3。
劫寨將輕騎，驅兵飲巨甌。神鴉能顯聖，香火永千秋！」

卻說先主乘勢追殺，遂得猇亭。吳兵四散逃走。先主收兵，只不見關興。先主慌令張苞等四面跟尋。

原來關興殺入吳陣，正遇讎人潘璋，驟馬追之！璋大驚，奔入山谷內，不知所往。興尋思：「只在山裏！」往來尋覓不見。看看天晚，迷蹤失路！幸得星月有光。

追至山僻之間，時已二更。到一莊上，下馬叩門。一老者出，問：「何人？」興曰：「吾是戰將，迷路到此，求一飯充飢。」老人引入。

興見堂內點著明燭，中堂繪畫關公神像。興大哭而拜！老人問曰：「將軍何故哭拜？」興曰：「此吾父也！」老人聞言，即便下拜。興曰：「何故供養吾父？」老人答曰：「此間皆是尊神地方。在生之日，家家侍奉，何況今日為神乎？◎12老夫只望蜀兵早早

◆戲曲臉譜《連營寨》之沙摩柯。遠羌大將，勾紅碎臉藍色紋理，示其為異邦之人，猙獰兇猛。（田有亮繪）

報讎。今將軍到此，百姓有福矣！」遂置酒食待之，卸鞍餵馬。

三更以後，忽門外有一人擊戶！老人出而問之，乃吳將潘璋亦來投宿。恰入草堂，關興見了，按劍大喝曰：「反賊休走！」璋回身便出。忽門外一人，面如重棗，丹鳳眼，臥蠶眉，飄三縷美髯，綠袍金鎧。按劍而入！璋見是關公顯聖，大叫一聲！神魂驚散。欲待轉身，早被關興手起劍落，斬於地上。取心瀝血，就關公神像前祭祀。◎13

◆戰猇亭先主得讎人。關興砍下殺父仇人潘璋首級，辭別老人。（fotoe提供）

興得了父親的青龍偃月刀，卻將潘璋首級擐※4於馬項之下，辭了老人，就騎了潘璋的馬，望本營而來。老人自將潘璋之死屍拖出燒化！

且說關興行了數里，忽聽得人喊馬嘶！一彪軍到來。爲

〈評點〉

◎10：亦一奇事。（李贄）

◎11：至今富池口有甘興霸廟，往來客商祭祀，有神鴉送客一程。（毛宗崗）

◎12：近來造生祠者，生則祠之，沒則已焉！與關公大不同矣！（毛宗崗）

◎13：大快之暢事也。（李贄）

注釋

※3：同「仇」。

※4：拴、繫。（另一義同「貫」，擐甲即貫甲，意指穿著鎧甲。）

首一將，乃潘璋部將馬忠也。忠見興殺了主將潘璋，將首級擐於馬項之下，青龍刀又被興奪了，勃然大怒！縱馬來取關興。興見馬忠是害父讎人，氣沖牛斗！舉青龍刀，望忠便砍！忠部下三百軍併力上前，一聲喊起！將關興圍在垓心。

興力孤勢危，忽見西北上一彪軍殺來，乃是張苞。馬忠見救兵到來，慌忙引軍自退。關興、張苞一同趕來！趕不數里，前面糜芳、傅士仁引軍來尋馬忠。兩軍相合，混戰一場！苞、興二人兵少，慌忙撤退。

回至猇亭，來見先主。獻上首級，具言此事。先主驚異！◎14賞犒三軍。

卻說馬忠回見韓當、周泰，收聚敗軍，各分頭把守。軍士中，傷者不計其數。馬忠帶傅士仁、糜芳於江渚屯劄。

當夜三更，軍士皆哭聲不止！糜芳暗聽之，有一夥軍言曰：「我等皆是荊州之兵，被呂蒙詭計，送了主公性命。今劉皇叔御駕親征，東吳早晚休矣！所恨者糜芳、傅士仁也。我等何不殺此二賊，去蜀營投降，功勞不小。」又一夥軍言曰：「不要性急。等箇空兒，便就下手！」◎15

◆河南洛陽關林內的青龍偃月刀。
（馬宏杰／fotoe提供）

糜芳聽畢，大驚！遂與傅士仁商議，曰：「軍心變動！我二人性命難保。今蜀主所恨者馬忠耳，何不殺了他，將首級去獻蜀主，告稱：『我等不得已而降吳，今知御駕前來，特地詣營請罪！』」

仁曰：「不可！去必有禍！」芳曰：「蜀主寬仁德厚。目今阿斗太子是我外甥；彼但念我國戚之情，必不肯加害！」

二人計較已定。先備了馬！三更時分，入帳刺殺馬忠。將首級割了，二人帶數十騎逕投猇亭而來。伏路軍人先引見張南、馮習，具說其事。

次日，到御營中求見先主，獻上馬忠首級，哭告於前！曰：「臣等實無反心；被呂蒙詭計，稱是關公已亡，賺開城門；臣等不得已而降。今聞聖駕前來，特殺此賊，以雪陛下之恨！伏乞陛下恕臣等之罪。」先主大怒！曰：「朕自離成都許多時，你兩箇如何不來請罪？今日勢危，故來巧言，欲全性命。若饒你，至九泉之下，有何面目見關公乎？」◎16言訖！令關興在御營中設關公靈位。先主親捧馬忠首級，詣前祭祀。又令關興將糜芳、傅士仁剝去衣服，跪於靈前。親自用刀剮之，

〈評點〉

◎14：不但先主驚異，千百世後人亦快心。（李漁）

◎15：有靈有靈。（李贄）

◎16：極是。（李贄）

以祭關公。◎17

忽張苞上帳，哭拜於前。曰：「二伯父讎人皆已誅戮！臣父冤讎何日可報？」先主曰：「賢姪勿憂，朕當削平江南，殺盡吳狗。務擒二賊，與汝親自醢※5之，以祭汝父。」苞泣謝而退。

此時先主威聲大振！江南之人盡皆膽裂，日夜號哭。韓當、周泰大驚！急奏吳王，具言：「糜芳、傅士仁殺了馬忠，去歸蜀帝，亦被蜀帝殺了！」孫權心怯，遂聚文武商議。

步騭奏曰：「蜀主所恨者，乃呂蒙、潘璋、馬忠、糜芳、傅士仁也。今此數人皆亡，獨有范疆、張達二人現在東吳。何不擒此二人，并張飛首級，遣使送還。交與荊州，送還夫人，上表求和。再會前情，共圖滅魏，則蜀兵自退矣！」權從其言。遂具沉香木匣，盛貯飛首。綁縛范疆、張達，囚於檻車之內，令程秉爲使，賫國書望猇亭而來。

卻說先主欲發兵前進，忽近臣奏曰：「東吳遣使送張車騎之首并囚范疆、張達二賊至。」先主兩手加額※6，曰：「此天之所賜！亦由三弟之靈也。」即令張苞設飛靈位。先主見張飛首級在匣中，面不改色。放聲大哭！張苞自仗利刀，將范疆、張達萬剮凌遲，祭父之靈。◎18

◆ 河南洛陽關林風光。（聶鳴／fotoe提供）

◆湖北荊州三國公園桃園結義塑像。（ccnpic.com 提供）

祭畢。先主怒氣不息！定要滅吳。馬良奏曰：「讎人盡戮，其恨可雪矣！吳大夫程秉到此，欲還荊州，送回夫人，永結盟好，共圖滅魏。伏候聖旨。」先主怒曰：「朕切齒讎人，乃孫權也。今若與之連和，是負二弟當日之盟矣！今先滅吳，次滅魏。」便欲斬來使，以絕吳情。多官苦告方免。

程秉抱頭鼠竄！回奏吳主曰：「蜀不從講和，誓欲先滅東吳，然後伐魏。眾官苦諫不聽，如之奈何？」權大驚！舉止失措。

闞澤出班奏曰：「現有擎天之柱，如何不用耶？」權急問：「何人？」澤曰：

〈評點〉

◎17：糜、傅二人親自送上門做祭品。妙。（李漁）

◎18：前糜、傅自送兩副活三牲祭關公，今者程秉送范、張兩副活三牲祭翼德。痛快之極。（李漁）

注釋

※5：原指肉醬，這裏作動詞用，是剁成肉醬的意思。

※6：古人表示慶幸時的一種手勢，舉起雙手放在額部。

「昔日東吳大事，全任周郎，後魯子敬代之；子敬亡後，決於呂子明。今子明雖喪，現有陸伯言在荊州。此人名雖儒生，實有雄才大略。以臣論之，不在周郎之下。前破關公，其謀皆出於伯言。主上若能用之，破蜀必矣！如或有失，臣願與同罪！」

權曰：「非德潤之言，孤幾誤大事！」

張昭曰：「陸遜乃一書生耳。非劉備敵手！恐不可用。」◎19顧雍亦曰：「陸遜年幼望輕，恐諸公不服；若不服，則生禍亂。必誤大事！」步騭亦曰：「遜才堪治郡耳。若託以大事，非其宜也。」◎20

闞澤大呼曰：「若不用陸伯言，則東吳休矣！臣願以全家保之。」◎21權曰：「孤亦素知陸伯言乃奇才也！孤意已決！卿等勿言。」於是命召陸遜。

遜本名陸議，後改名遜，字伯言，乃吳郡吳人也。漢「城門校尉」陸紆之孫，「九江都尉」陸駿之子。身長八尺，面如美玉，官領鎮西將軍。當下奉召而至。參拜畢，權曰：「今蜀兵臨境，孤特命卿總督軍馬，以破劉備。」遜曰：「江東文武皆大王故舊之臣。臣年幼無才，安能制之？」權曰：「闞德潤以全家保卿。孤亦素知卿才，今拜

◆守江口書生拜大將。孫權拜陸遜為大都督，令掌諸路軍馬。（fotoe提供）

卿爲『大都督』，卿勿推辭。」

遜曰：「倘文武不服，如何？」權取所佩劍與之，曰：「如有不聽號令者，先斬後奏！」遜曰：「荷蒙重託，敢不拜命？但乞大王於來日會聚衆官，然後賜臣。」◎22

闞澤曰：「古之命將，必築臺會衆，賜白旄、黃鉞、印綬、兵符，然後威行令肅。今大王宜遵此禮，擇日築壇，拜伯言爲『大都督』，假節鉞。則衆人自無不服矣！」權從之，命人連夜築壇完備。大會百官，請陸遜登壇，拜爲「大都督、右護軍、鎮西將軍」，進封婁侯。賜以寶劍、印綬，令掌六郡八十一州兼荊、楚諸路軍馬。吳王囑之曰：「閫以內孤主之，閫以外，將軍制之※7。」

遜領命下壇，令徐盛、丁奉爲護衛，即日出師。一面調諸路軍馬，水陸並進。文書到猇亭。韓當、周泰大驚！曰：「主上如何以一書生總兵耶？」◎23比及遜至，衆皆不服。遜升帳議事，衆人勉強參賀。遜曰：「主上命吾爲大將，督軍破

〈評點〉

◎19：此非忌遜，不知遜也。（鍾伯敬）

◎20：雍嫌其望輕，驚又嫌其才短。人固不易知，知人亦不易也。（毛宗崗）

◎21：前止以一身保，此又以全家保。如此薦人，薦得著力。（毛宗崗）

◎22：但看如此舉動，陸伯言便有主張矣。豈凡才哉？（李贄）

◎23：韓當、周泰乃孫堅舊將。周郎尚是後輩，況陸遜乎？以今世俗論之，當寫「眷晚生」名帖矣！安得不驚？（毛宗崗）

注釋

※7：閫，城門的門限。閫外，指京城以外的所有疆土。這是古代對出征的大將授以全權，君主不牽制、不干擾他的指揮權的意思。這裏是指孫權將不干擾陸遜的指揮權。

蜀。軍有常法，公等各宜遵守！違者，王法無親，勿致後悔！」眾皆默然。

周泰曰：「目今安東將軍孫桓乃主上之姪。現困於彝陵城中，內無糧草，外無救兵。請都督早施良策，救出孫桓，以安主上之心。」遜曰：「吾素知孫安東深得軍心，必能堅守。不必救之！待我破蜀後，彼自出矣！」◎24眾皆暗笑而退。

韓當謂周泰曰：「命此孺子為將，東吳休矣！公見彼所行乎？」泰曰：「吾聊以言試之；並無一計。安能破蜀也！」◎25

次日，陸遜傳下號令：教諸將各處關防，牢守隘口，不許輕敵。眾皆笑其懦，不肯堅守。

次日，陸遜升帳，喚諸將曰：「吾欽奉王命，總督諸軍，昨已三令五申，令汝等各處堅守。俱不遵吾令！何也？」韓當曰：「吾自從孫將軍平定江南，經數百戰。其餘諸將或從討逆將軍，或從當今大王，皆披堅執銳，出生入死之士。今主上命公為大都督，令退蜀兵。早宜定計，調撥軍馬，分頭征進，以圖大事！乃只令堅守勿戰，豈欲待天自殺賊耶？吾非貪生怕死之人！奈何使吾等墮其銳氣！」於是，帳下諸將皆應聲而言曰：「韓將軍之言是也！吾等情願決一死戰！」

陸遜聽畢，掣劍在手，厲聲曰：「僕雖一介書生！今蒙主上

◆武漢龜山三國城馬良塑像。（劉兆明／fotoe提供）

託以重任者，以吾有尺寸可取※8，能『忍辱負重』故也。◎26汝等各宜守隘口，牢把險要，不許妄動。如違令者，皆斬！」眾皆憤憤而退。

卻說先主自猇亭布列軍馬，直至川口。接連七百里，前後四十營寨。晝則旌旗蔽日，夜則火光耀天。

忽細作報說：「東吳用陸遜爲大都督，總制軍馬。遜令諸將各守險要不出。」先主問曰：「陸遜何如人也？」馬良奏曰：「遜雖東吳一書生，然年幼多才，深有謀略。前襲荊州，皆係此人之詭計！」◎27

先主大怒！曰：「豎子詭謀損朕二弟，今當擒之！」便傳令進兵！馬良諫曰：「陸遜之才不亞周郎，未可輕敵。」先主曰：「朕用兵老矣！豈反不如一黃口孺子耶？」遂親領前軍，攻打諸處關津隘口！

韓當見先主兵來，差人報知陸遜。遜恐韓當妄動，急飛馬自來觀看。正見韓當立馬於山上，遠望蜀兵漫山遍野而來！軍中隱隱有黃羅蓋傘。韓當接著陸遜，並馬

〈評點〉

◎24：有大持操。（鍾伯敬）

◎25：摹寫不服光景，甚肖。（李漁）

◎26：「忍辱負重」四字，從來成大事人無不由此。（毛宗崗）

◎27：知己反在別處。（李贄）

注釋

※8：承認有些小的長處。尺、寸，長度不大。這是對自己有才能的一種謙遜說法。

而觀。

當指曰：「軍中必有劉備。吾欲擊之！」遜曰：「劉備舉兵東下，連勝十餘陣，銳氣正盛！今只乘高守險，不可輕出，出則不利！但宜獎勵將士，廣布防禦之策，以觀其變。今彼馳騁於平原曠野之間，正自得志。我堅守不出，彼求戰不得，必移屯於山林樹木間。吾當以奇計勝之！」韓當口雖應諾，心中只是不服。

先主使前隊搦戰，辱罵百端。遜令塞耳休聽，不許出迎。親自遍歷諸關隘口，撫慰將士，皆令堅守。◎28先主見吳軍不出，心中焦躁。

馬良曰：「陸遜深有謀略！今陛下遠來攻戰，自春歷夏。彼之不出，欲待我軍之變也！願陛下察之。」先主曰：「彼有何謀？但怯敵耳。向者數敗，今安敢再出？」

先鋒馮習奏曰：「即今天氣炎熱。軍屯於赤火之中，取水深爲不便。」先主遂命：「各營皆移於山林茂盛之地，近溪傍澗。待過夏到秋，併力進兵。」馮習遂奉旨，將諸寨皆移於林木陰密之處。

馬良奏曰：「吾軍若動，倘吳軍驟至，如之奈何？」先主曰：「朕令吳班引萬餘弱兵，近吳寨平地屯住。朕親選八千精兵伏於山谷之中，若陸遜知朕移營，必乘

◆馮習（？～222），字休元，湖北公安人。隨劉備征吳，任領軍，戰死。成都武侯祠武將廊塑像，塑於清道光二十九年（1849）。（魏德智／fotoe提供）

勢來擊！卻令吳班詐敗，遜若追來，朕引兵突出，斷其歸路。小子可擒矣！」◎29文武皆賀曰：「陛下神機妙算，諸臣不及也。」

馬良曰：「近聞諸葛丞相在東川點看各處隘口，恐魏兵入寇。陛下何不將各營移居之地畫成圖本，問於丞相？」先主曰：「朕亦頗知兵法，何必又問丞相？」良曰：「古云：『兼聽則明，偏聽則蔽。』望陛下察之。」先主曰：「卿可自去各營畫成四址八道圖本，親到東川去問丞相。如有不便，可急來報知。」◎30馬良領命而去。

於是先主移兵於林木陰密處避暑。早有細作報知韓當、周泰。二人聽得此事，大喜！來見陸遜，曰：「目今蜀兵四十餘營皆移於山林密處，依溪傍澗，就水歇涼。都督可乘虛擊之！」正是：

「蜀主有謀能設伏，吳兵好勇定遭擒！」

未知陸遜可聽其言否，且看下文分解……

〈評點〉

◎28：眞是忍辱負重之人。（李漁）

◎29：若不遇陸遜，則此計未嘗不妙。（毛宗崗）

◎30：恐那時來不及了。（李漁）

第八十四回　陸遜營燒七百里　孔明巧布八陣圖

卻說韓當、周泰探知先主移營就涼，急來報知陸遜。遜大喜！◎1遂引兵自來觀看動靜。只見平地一屯，不滿萬餘人，大半皆是老弱之眾。大書「先鋒吳班」旗號。

周泰曰：「吾視此等兵如兒戲耳。願同韓將軍分兩路擊之！如其不勝，甘受軍令。」陸遜看了良久，以鞭指曰：「前面山谷中隱隱有殺氣起，其下必有伏兵。故於平地設此弱兵，以誘我耳。諸公切不可出！」眾將聽了，皆以為懦。

次日，吳班引兵到關前搦戰！耀武揚威，辱罵不絕。多有解衣卸甲，赤身裸體，或睡或坐。徐盛、丁奉入帳稟陸遜曰：「蜀兵欺我太甚！某等願出擊之！」遜笑曰：「公等但恃血氣之勇，未知孫、吳兵法。此彼誘敵之計也！三日後，必見其詐矣！」徐盛曰：「三日後，彼移營已定，安能擊之乎？」遜曰：「吾正欲令彼移營也！」諸將哂笑而退。

過三日後，會諸將於關上觀望，見吳班兵已退去！遜指曰：「殺氣起矣！劉備必從山谷中出也。」言未畢，只見蜀兵皆全裝貫束，擁先主而過。吳兵見了，盡皆

◆陸遜反攻示意圖。（陳虹伃繪）

膽裂。

遜曰：「吾之不聽諸公擊班者，正爲此也。今伏兵已出，旬日之內必破蜀矣！」諸將皆曰：「破蜀當在初時。今連營五六百里，相守經七八月，其諸要害皆已固守，安能破乎？」◎2遜曰：「諸公不知兵法。備乃世之梟雄，更多智謀。其兵始集，法度精專；今守之久矣！不得我便，兵疲意阻。取之正在今日。」◎3諸將方纔嘆服。後人有詩讚曰：

「虎帳談兵按六韜※1，安排香餌釣鯨鰲。
三分自是多英俊，又顯江南陸遜高！」

卻說陸遜已定了破蜀之策，遂修箋遣使，奏聞孫權，言指日可以破蜀之意。權覽畢，大喜曰：「江東復有此異人，孤何憂哉？諸將皆上書

〈評點〉

◎1：韓當、周泰喜而欲出，陸遜喜而不出。另有喜處！（毛宗崗）

◎2：果然信其前語，未信其後語。（毛宗崗）

◎3：凡事遇著對手，極好做事。不但對陣，猜拳、著棋無不如此。（李贄）

注釋

※1：古代兵書，分文韜、武韜、龍韜、虎韜、豹韜、犬韜六卷，相傳爲西周姜太公作，實際上是西漢人采摭舊說的假託之作。

言其儒，孤獨不信。今觀其言，固非儒也。」於是大起吳兵來接應。

卻說先主在猇亭盡驅水軍順流而下，沿江屯劄水寨，深入吳境。黃權諫曰：「水軍沿江而下，進則易，退則難。臣願爲前驅，陛下宜在後陣，庶萬無一失。」先主曰：「吳賊膽落！朕長驅大進，有何礙乎？」眾官苦諫，先主從之。遂分兵兩路，命黃權督江北之兵，以防魏寇。先主自督江南諸軍夾江分立營寨，以圖進取。

細作探知，連夜報知魏主，言：「蜀伐吳，樹柵連營，縱橫七百餘里，分四十餘屯，皆傍山林下寨。今黃權督兵在江北岸，每日出哨百餘里，不知何意？」

魏主聞之，仰面笑曰：「劉備將敗矣。」群臣請問其故，魏主曰：「劉玄德不曉兵法。豈有連營七百里，而可以拒敵者乎？包原隰險阻屯兵者※2，此兵法之大忌也！玄德必敗於東吳陸遜之手，旬日之內，消息必至矣！」

群臣猶未信。皆請撥兵備之。魏主曰：「陸遜若勝，必盡舉東吳兵去取西川。吳兵遠去，國中空虛。朕虛託以

◆ 安徽亳州三國攬勝宮。（聶鳴／fotoe提供）

兵助戰，今三路一齊進兵，東吳唾手可取也！」◎4眾皆拜服。

魏主下令，使曹仁督一軍出濡須，曹休督一軍出洞口，曹眞督一軍出南郡：「三路軍馬會合日期，暗襲東吳。朕隨後自來接應。」調遣已定。

不說魏兵襲吳，且說馬良至川，入見孔明，呈上圖本。而言曰：「今移營夾江，橫占七百里，下四十餘屯，皆依溪傍澗，林木茂盛之處。主上令良將圖本來與丞相觀之。」

孔明看訖，拍案叫苦！曰：「是何人叫主上如此下寨？可斬此人！」馬良曰：「皆主上自爲，非他人之謀。」孔明嘆曰：「漢朝氣數休矣！」

良問其故，孔明曰：「包原隰險阻而結營，此兵家之大忌！倘彼用火攻，如何解救？又豈有連營七百里而可拒敵乎？禍不遠矣！陸遜拒守不出，正爲此也。汝當速去見天子，改屯諸營，不可如此。」良曰：「倘今吳兵已勝，如之奈何？」孔明曰：「陸遜不敢來追，成都可保無虞。」

良曰：「遜何故不追？」孔明曰：「恐魏兵襲其後也。主上若有失，當投白帝城避之，吾入川時，已伏下十萬兵在魚腹浦矣！」

〈評點〉

◎4：前劉曄勸取東吳，曹丕不乘其危而取之；今反欲乘其勝而取之，詭譎之甚。（毛宗崗）

注釋

※2：把大軍鋪開駐紮在地形過於複雜的大片地方，是完全違反軍事學的錯誤策略。包：通「苞」，草木叢生的地方。原：高平之處。隰：低濕的地方。險阻：地勢險要的處所。

良大驚！曰：「某於魚腹浦往來數次，未嘗見一卒。丞相何作此詐語？」孔明曰：「後來必見，不勞多問。」◎5馬良求了表章，火速投御營來。孔明自回成都，調撥軍馬救應。

卻說陸遜見蜀兵懈怠，不復隄防。升帳聚大小將士聽令，曰：「吾自受命以來，未嘗出戰。今觀蜀兵，足知動靜，故欲先取江南岸一營，誰敢去取？」

言未畢，韓當、周泰、凌統等應聲而出！曰：「某等願往！」遜教皆退不用。獨喚階下末將淳于丹曰：「吾與汝五千軍，去取江南第四營，蜀軍傅彤所守。今晚就要成功！吾自提兵接應。」◎6淳于丹引兵去了！

又喚徐盛、丁奉曰：「汝等各領兵三千，屯於寨外五里，如淳于丹敗回，有兵趕來，當出救之，卻不可追去。」◎7二將自引軍去了！

卻說淳于丹於黃昏時分，領兵前進。到蜀寨時，已三更之後。丹令眾軍鼓譟而入！蜀營內傅彤引軍殺出！挺槍直取淳于丹。丹敵不住，撥馬便回。忽然喊聲大震！一彪軍攔住去路，爲首大將趙融。丹奪路而走，折其大半！

正走之間，山後一彪蠻軍攔住，爲首番將沙摩柯。丹死戰得脫！背

◆湖北宜昌彝陵古戰場的雕塑。（阿淳／fotoe提供）

後三路軍趕來。比及離營五里，吳軍徐盛、丁奉二人兩下殺來！蜀兵退去，救了淳于丹回營。

丹帶箭入見陸遜請罪。遜曰：「非汝之過也，吾欲試敵人之虛實耳。破蜀之計，吾已定矣！」◎8

徐盛、丁奉曰：「蜀兵勢大，難以破之。恐自損兵折將耳。」遜笑曰：「我這條計但瞞不過諸葛亮耳。天幸此人不在，使我成大功也！」◎9遂集大小將士聽令，使朱然：「於水路進兵；來日午後，東南風大作！用船裝載茅草，依計而行。」

韓當引一軍攻江北岸，周泰引一軍攻江南岸。每人手執茅草一把，內藏硫黃燄硝，各帶火種，各執槍刀，一齊而上。但到蜀營，順風舉火！蜀兵四十屯，只燒二十屯，每間一屯燒一屯。◎10各軍預帶乾糧，不許暫退！晝夜追襲，只擒了劉備方

〈評點〉

◎5：奇絕，真是神妙不測。（李漁）

◎6：此人大通。（李贄）

◎7：預知其敗而使之，真是人所不識。（毛宗崗）

◎8：蜀兵虛實，遜已盡知。此句亦是託言，不過欲驕敵之心。（毛宗崗）

◎9：正與孔明之言相應。（李漁）

◎10：周郎只是連燒，陸遜卻用間燒。又是一樣燒法。（毛宗崗）

止。眾將聽了軍令，各受計而去。

卻說先主正在御營尋思破吳之計，忽見帳前中軍旗旛無風自倒。乃問程畿曰：「此爲何兆？」畿曰：「今夜莫非吳兵來劫營？」先主曰：「昨夜殺盡，安敢再來？」◎11

畿曰：「倘是陸遜驕敵，奈何？」正言間，人報：「山上遠遠望見吳兵盡沿山望東去了！」先主曰：「此是疑兵！」令眾休動。命關興、張苞各引五百騎出巡。

黃昏時分，關興回奏曰：「江北營中火起！」先主急令關興往江北，張苞往江南，探看虛實。「倘吳兵到時，可急回報。」二將領命去了。初更時分，東南風驟起！只見御營左屯火起！方欲救時，御營右屯又火起！風緊火急！樹木皆著。喊聲大震！兩屯軍馬齊出，奔至御營中，御營軍自相踐踏，死者不知其數。後面吳兵殺到！又不知多少軍馬？

先主急上馬，奔馮習營時，習營中火光連天而起。江南江北，照耀如同白日。馮習慌上馬，引數十騎而走，正逢吳將徐盛軍到！敵住廝殺。先主見了，撥馬投西而走！徐盛捨了馮習，引兵追來。

先主正慌，前面又一軍攔住！乃是吳將丁奉，兩下夾攻！先主大驚！四面無路。忽然喊聲大震！一彪軍殺入重圍，乃是張苞。◎12救了先主，引御林軍奔走。

正行之間，前面一軍又到！乃蜀將傅彤也。合兵一處而行。背後吳軍趕至！先

◆彝陵之戰。劉備犯了兵家大忌，終至大敗，在關興、張苞保衛下逃跑。（葉雄繪）

主前到一山，名馬鞍山。張苞、傅彤請先主上得山時，山下喊聲又起！陸遜大隊人馬將馬鞍山圍住。

張苞、傅彤死據山口。先主遙望，遍野火光不絕，死屍重疊，塞江而下。

次日，吳兵又四下放火燒山！軍士亂竄，先主驚慌。忽然火光中一將引數騎殺上山來！視之，乃關興也。興伏地請曰：「四下火光逼近，不可久停！陛下速奔白帝城，再收軍馬可也。」先主曰：「誰敢斷後？」傅彤奏曰：「臣願以死當之。」當日黃昏，關興在前，張苞在中，傅彤斷後。保著先主，殺下山來！

吳軍見先主奔走，皆要爭功！各引大軍，遮天蓋地，往西追趕！先主令軍士盡

〈評點〉

◎11：驕敵極矣！安得不敗？（毛宗崗）

◎12：是翼德子。（李贄）

脫袍鎧，塞道而焚！以斷後軍。◎13

正奔走間，喊聲大震！吳將朱然引一軍從江岸邊殺來，截住去路。先主叫曰：「朕死於此矣？」關興、張苞縱馬衝突，被亂箭射回。各帶重傷，不能殺出！背後喊聲又起！陸遜引大軍從山谷中殺來！

先主正慌急之間，此時天色已微明，只見前面喊聲震天！朱然軍紛紛落澗，滾滾投巖。一彪軍殺入，前來救駕。先主大喜，視之，乃常山趙子龍也。時趙雲在川中江州，聞吳、蜀交兵，遂引軍出。忽見東南一帶火光沖天！雲心驚，遠遠探視。不想先主被困。雲奮勇衝殺而來！陸遜聞是趙雲，急令退軍。雲正殺之間，忽遇朱然，便與交鋒。不一合，一槍刺朱然於馬下！殺散吳兵，救出先主，望白帝城而走。

先主曰：「朕雖得脫，諸將士將奈何？」雲曰：「敵軍在後，不可久遲！陛下且入白帝城歇息，臣再引兵去救應諸將。」◎14此時先主僅存百餘人，入白帝城。後人有詩讚陸遜曰：

「持茅舉火破連營，玄德窮奔白帝城。
一旦威名驚蜀、魏，吳王寧不敬書生？」

卻說傅彤斷後，被吳軍八面圍住。丁奉大叫曰：「川將死者無數，降者極多。汝主劉備已被擒獲！今汝力窮勢孤，何不早降？」傅

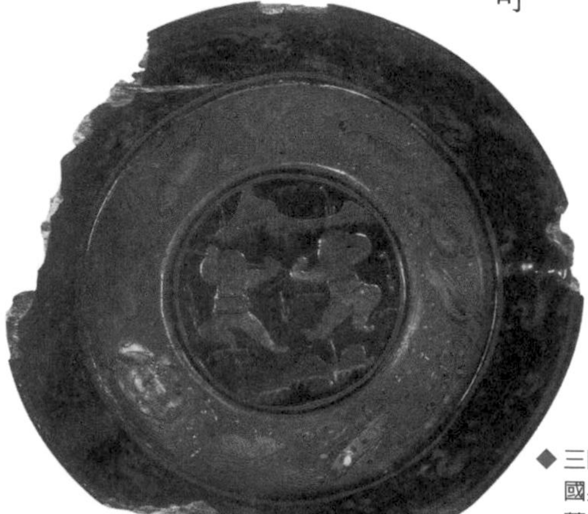

◆三國彩繪童子對棍圖漆盤，安徽馬鞍山三國吳朱然墓出土，安徽省文物考古研究所藏。（fotoe提供）

◆傅彤（？～222），湖北棗陽人，隨劉備征吳，率軍斷後，因精疲力竭吐血而死。（清．潘畫堂繪／上海書畫出版社提供）

彤叱曰：「吾乃漢將，安肯降吳狗乎？」挺槍縱馬，率蜀軍奮力死戰，不下百餘合！往來衝突，不能得脫。彤長嘆曰：「吾今休矣！」言訖，口中吐血，死於吳軍之中。◎15後人有詩讚傅彤曰：

「彝陵吳、蜀大交兵，陸遜施謀用火焚。至死猶然罵吳狗，傅彤不愧漢將軍。」

蜀祭酒程畿匹馬奔至江邊，招呼水軍赴敵。吳兵隨後追來！水軍四散奔逃。畿部將叫曰：「吳兵至矣，程祭酒快走罷！」畿怒曰：「吾自從主上出軍，未嘗赴敵而逃。」言未畢，吳兵驟至！四下無路，畿拔劍自刎。◎16後人有詩讚曰：

「慷慨蜀中程祭酒，身留一劍答君王；

〈評點〉

◎13：前是吳兵放火，此是蜀兵放火。以水救火者，有之矣！未聞有以火救火者也。眞大奇之事。（毛宗崗）

◎14：畢竟是老將，可用可用。（李贄）

◎15：傅彤勝黃權多矣！（毛宗崗）

◎16：文臣亦有武將之風。惟書生能忍辱，亦惟書生不肯受辱。（毛宗崗）

臨危不改平生志，博得聲名萬古香。」

時吳班、張南久圍彝陵城。忽馮習到，言蜀兵敗！遂引兵來救先主。孫桓方纔得脫。張、馮二將正行之間，前面吳兵殺來！背後孫桓從彝陵城殺出，兩下夾攻！張南、馮習奮力衝突，不能得脫，死於亂軍之中。◎17後人有詩讚曰：

「馮習忠無二，張南義少雙；沙場甘戰死，史冊共流芳！」

吳班殺出重圍！又遇吳兵追趕。幸得趙雲接著，救回白帝城去了。

時有蠻王沙摩柯匹馬奔走，正逢周泰。戰二十餘合，被泰所殺！蜀將杜路、劉寧盡皆降吳。蜀營一應糧草器仗尺寸不存。蜀將川兵，降者無數。

時孫夫人在吳聞猇亭兵敗，訛傳先主死於軍中。遂驅車至江邊，望西遙哭，投江而死！◎18後人立廟江濱，號曰「梟姬祠」。尚論者作詩嘆之曰：

「先主兵歸白帝城，夫人聞難獨捐生。至今江畔遺碑在，猶著千秋烈女名！」

卻說陸遜大獲全功。引得勝之兵，往西追襲！前離夔關不遠，遜在馬上，看見前面臨山傍江一陣殺氣沖天而起！遂勒馬，回顧眾將曰：「前面必有埋伏！三軍不可輕進。」即倒退十餘里，於地勢空闊處排成陣勢，以禦敵軍。即差哨馬前去探視！

回報：「並無軍屯在此！」遜不信，下馬登高望之，殺氣復起！遜再令人仔細

◆程畿，字季然，四川閬中人。劉璋時為漢昌長，遷江陽太守。三國時為蜀國將領，猇亭之戰陣亡。（fotoe提供）

◆河北涿州三義宮內張遵（張苞之子、張飛之孫）、馬奇、吳班塑像。（Legacy images 提供）

探視。哨馬回報：「前面並無一人一騎！」遜見日將西沉，殺氣愈加！心中猶豫。令心腹人再往探看。回報：「江邊只有亂石八九十堆，並無人馬。」遜大疑！令著土人問之。

須臾，有數人到！遜問曰：「何人將亂石作堆？如何亂石堆中有殺氣沖起！」土人曰：「此處地名魚腹浦。諸葛亮入川之時，驅兵到此，取石排成陣勢於沙灘之上。自此常常有氣如雲，從內而起！」◎19

陸遜聽罷！上馬引數十騎來觀石陣，立馬於山坡之上。但見四面八方皆有門有戶。遜笑曰：「此乃惑人之術耳，有何益焉！」遂引數騎下山坡來，直入石陣觀看。

〈評點〉

◎17：二人是丈夫。（李贄）

◎18：當夫人怒叱吳兵之時，何其壯也！及觀其攜阿斗而歸，疑其志不如前。今觀其哭先主而死，則其志不減於昔矣！（毛宗崗）

◎19：此事大奇亦大趣。（李贄）

部將曰：「日暮矣！請都督早回。」遜方欲出陣，忽然狂風大作！一霎時，飛沙走石，遮天蓋地。但見怪石嵯峨※3，槎枒※4似劍；橫沙立土，重疊如山。江聲浪湧，有如劍鼓之聲！◎20遜大驚曰：「吾中諸葛亮之計也！」◎21急欲回時，無路可出。

正驚疑間，忽見一老人立於馬前，笑曰：「將軍欲出此陣乎？」遜曰：「願長者引出！」老人策杖徐徐而行，逕出石陣，並無所礙。

送至山坡之上。遜問曰：「長者何人？」老人答曰：「老夫乃諸葛孔明之岳父，黃承彥也。昔小婿入川之時，於此布下石陣，名『八陣圖』，反復八門，按遁甲休、生、傷、杜、景、死、驚、開。每日每時，變化無端，可比十萬精兵。臨去之時，曾分付老夫道：『後有東吳大將迷於陣中，莫要引他出來。』老夫適於山巖之上，見將軍從『死門』而入，料想不識此陣，必爲所迷。老夫平生好善，不忍將軍陷沒於此，故特自『生門』引出也。」◎22

遜曰：「公曾學此陣法否？」黃承彥曰：「變化無窮，不能學也！」遜慌忙下馬，拜謝而回。後杜工部有詩曰：

「功蓋三分國，名成『八陣圖』。江流石不轉，遺恨失吞吳！」

陸遜回寨嘆曰：「孔明眞『臥龍』也，吾不能及！」於是下令

◆孔明巧布八陣圖。陸遜陷入孔明留下的八陣圖，幸得孔明岳父黃承彥指點而出。（fotoe提供）

◆重慶奉節縣長江三峽瞿塘峽口公園的八卦陣。（安哥／fotoe 提供）

班師。左右曰：「劉備兵敗勢窮，困守一城。正好乘勢擊之！今見石陣而退，何也？」遜曰：「吾非懼石陣而退，吾料魏主曹丕其奸詐與父無異，今知吾追趕蜀兵，必乘虛來襲！吾若深入西川，急難退矣！」◎23遂令一將斷後，遜率大軍而回！

退兵未及二日，三處人來飛報：「魏兵曹仁出濡須，曹休出洞口，曹真出南郡。三路軍馬數十萬，星夜至境，未知何意？」遜笑曰：「不出吾之所料！吾已令兵拒之矣！」正是：

「雄心方欲吞西蜀，勝算還須禦北朝。」

未知如何退兵，且看下文分解……

〈評點〉

◎20：愈奇愈趣。（李贄）

◎21：孔明石陣，反復八門，變化無測；望之有氣如雲，人之無路可出；風濤砂石供其役，天人神鬼佐其戰。八陣圖成，千古拜伏。（鍾伯敬）

◎22：孔明知陸遜不該死的，卻留個人情與丈人做。（毛宗崗）

◎23：英雄英雄。（李贄）

注釋

※3：本義指山勢高峻，這裏指怪石之大。

※4：本義指樹枝歧出，這裏形容怪石的形狀。

第八十五回　劉先主遺詔託孤兒　諸葛亮安居平五路

卻說章武二年，夏六月。東吳陸遜大破蜀兵於猇亭、彝陵之地。先主奔回白帝城，趙雲引兵據守。忽馬良至。見大軍已敗，懊悔不及！將孔明之言奏知先主。

先主嘆曰：「朕早聽丞相之言，不致今日之敗。今有何面目復回成都見群臣乎？」遂傳旨：就白帝城駐紮，將館驛改爲永安宮。人報：「馮習、張南、傅彤、程畿、沙摩柯等皆歿於王事。」先主感傷不已。◎1

又近臣奏稱：「黃權引江北之兵，降魏去了！陛下可將彼家屬送有司問罪。」先主曰：「黃權被吳兵隔斷在江北岸，欲歸無路，不得已而降魏。是朕負權，非權負朕也。何必罪其家屬？」仍給祿米以養之。◎2

卻說黃權降魏，諸將引見曹丕。丕曰：「卿今降朕，欲追慕於陳、韓※1耶？」權泣而奏曰：「臣受蜀帝之恩，殊遇甚厚。令臣督諸軍於江北，被陸遜絕斷；臣歸蜀無路，降吳不可，故來投陛下。敗軍之將，免死爲幸！安敢追慕於古人耶？」丕大喜！遂拜黃權爲鎮南將軍。權堅辭不

◆重慶奉節白帝城裏的白帝廟。（影哥／fotoe提供）

受。◎3

忽近臣奏曰：「有細作人自蜀中來，說：『蜀主將黃權家屬盡皆誅戮！』」權曰：「臣與蜀主推誠相信，知臣本心，必不肯殺臣之家小也。」◎4丕然之！

後人有詩責黃權曰：

「降吳不可卻降曹，忠義安能事兩朝？堪嘆黃權惜一死，紫陽書法不輕饒！」

曹丕問賈詡曰：「朕欲一統天下。先取蜀乎？先取吳乎？」詡曰：「劉備雄才，更兼諸葛亮善能治國；東吳孫權能識虛實，陸遜現屯兵於險要，隔江泛湖，皆難卒謀。以臣觀之，諸將之中，皆無孫權、劉備敵手。雖以陛下天威臨之，亦未見萬全之勢也！只可持守，以待二國之變。」◎5

丕曰：「朕已遣三路大兵伐吳，安有不勝之理？」尚書劉曄曰：「近東吳陸遜新破蜀兵七十萬，上下齊心；更有江湖之阻，不可卒制。陸遜多謀，必有準備。」丕曰：「卿前勸朕伐吳，今又諫阻。何也？」曄曰：「時有不同也！昔東吳累

〈評點〉

◎1：又總點前文。（毛宗崗）
◎2：仁恕有禮，君道備矣。（李漁）
◎3：權、丕相信至此，亦甚難得。（鍾伯敬）
◎4：君臣相信至此，亦甚難得。（李贄）
◎5：賈詡可謂知己知彼。（毛宗崗）

注釋

※1：即陳平、韓信。二人原來都是項羽的部下，後來投奔劉邦，幫助劉邦攻滅項羽，成爲漢朝的開國功臣。

敗於蜀，其勢頓挫，故可擊耳。今既獲全勝，銳氣百倍，未可攻也！」◎6丕曰：「朕意已決！卿勿復言。」遂引御林軍親往接應三路兵馬。

早有探馬報說：「東吳已有準備。令呂範引兵拒住曹休；諸葛瑾引兵在南郡，拒住曹真；朱桓引兵當住濡須，以拒曹仁。」劉曄曰：「既有準備，去恐無益。」丕不從！引兵而去。

卻說吳將朱桓年方二十七歲，極有膽略。孫權甚愛之！時督軍於濡須。聞曹仁引大軍去取羨溪，桓遂撥軍把守羨溪去了；止留五千騎守城。

忽報：「曹仁令大將常雕，同諸葛虔、王雙引五萬精兵，飛奔濡須城來！」眾軍皆有懼色。桓按劍而言，曰：「勝負在將，不在兵之多寡。兵法云：『客兵倍而主兵半者，主兵尚能勝於客兵。』今曹仁千里跋涉，人馬疲困。吾與汝等共據高城，南臨大江，北背山險。『以逸待勞，以主待客』，此乃百戰百勝之勢！雖曹丕自來，尚不足憂！況仁等耶？」於是傳令教眾軍偃旗息鼓，只作無人把守之狀。

且說魏將先鋒常雕領精兵來取濡須城。遙望城上並無軍馬，雕催軍急進！離城不遠，一聲砲響！旌旗齊豎。朱桓橫刀飛馬而出，直取常雕。戰不三合，被桓一刀斬常雕於馬下。吳兵乘勢衝殺一陣！魏兵

◆三國吳陶佛像魂瓶（局部）。中國國家博物館藏。（Legacy images 提供）

大敗，死者無數。朱桓大勝！得了無數旌旗軍器戰馬。

曹仁領兵隨後到來。卻被吳兵從羨溪殺出！曹仁大敗而退，回見魏主，細奏大敗之事。丕大驚！正議之間：忽探馬報：「曹眞、夏侯尚圍了南郡，被陸遜伏兵於內，諸葛瑾伏兵於外；內外夾攻，因此大敗！」言未畢！忽探馬又報：「曹休亦被呂範殺敗！」

丕聽知三路兵敗。乃喟然嘆曰：「朕不聽賈詡、劉曄之言，果有此敗。」◎7時值夏天，大疫流行，馬步軍十死六七，遂引軍回洛陽。吳、魏自此不和。

卻說先主在永安宮染病不起，漸漸沉重。至章武三年夏四月，先主自知病入四肢，又哭關、張二弟，其病愈深。兩目昏花，厭見侍從之人。乃叱退左右，獨臥於龍榻之上。

忽然陰風驟至，將燈吹搖，滅而復明，只見燈影之下二人侍立。先主怒曰：「朕心緒不寧，教汝等且退。何故又來？」叱之！不退。先主起而視之：上首乃雲長，下首乃翼德也。

〈評點〉

◎6：劉曄前後兩樣說話，實有兩樣解說；不似今人之「首鼠兩端」，反覆不定也。（毛宗崗）

◎7：與先主不聽孔明，大同小異。（毛宗崗）

先主大驚！曰：「二弟原來尚在？」雲長曰：「臣等非人，乃是鬼也。上帝以臣二人平生不失信義，皆敕命爲神。哥哥與兄弟聚會不遠矣！」◎8先主扯定大哭！忽然驚覺，二弟不見。即喚從人問之，時正三更。

先主嘆曰：「朕不久於人世矣！」遂遣使往成都請丞相諸葛亮、「尚書令」李嚴等，星夜來永安宮，聽受遺命。孔明等與先主次子魯王劉永、梁王劉理，來永安宮見帝，留太子劉禪守成都。

且說孔明到永安宮，見先主病危，慌忙拜伏於龍榻之下。先主傳旨，請孔明坐於龍榻之側。撫其背曰：「朕自得丞相，幸成帝業。何期智識淺陋，不納丞相之言，自取其敗。悔恨成疾，死在旦夕！嗣子孱弱，不得不以大事相託。」◎9言訖，淚流滿面。

孔明亦涕泣曰：「願陛下善保龍體，以副※2天下之望。」先主以目遍視！只見馬良之弟馬謖在傍。先主令且退。謖退出，先主謂孔明曰：「丞相觀馬謖之才何如？」◎10孔明曰：「此人亦當世之英才也！」先主曰：「不然。

◆河北涿州三義宮內的劉備、關羽、張飛塑像。（Legacy images 提供）

◆重慶奉節白帝城劉備託孤塑像。（ccnpic.com 提供）

朕觀此人，言過其實，不可大用。丞相宜深察之！」

分付畢。傳旨，召諸臣入殿。取紙筆寫了遺詔，遞與孔明，而嘆曰：「朕不讀書，粗知大略。聖人云：『鳥之將死，其鳴也哀；人之將死，其言也善。』朕本待與卿等同滅曹賊，共扶漢室，不幸中道而別。煩丞相將詔付與太子禪，令勿以爲常言。凡事更望丞相教之！」

◆馬謖（190～228），字幼常，三國時期襄樊宜城（今湖北宜城）人，侍中馬良之弟。為諸葛亮參軍，長於戰爭理論，缺少實戰經驗，因失守街亭而被處斬。（葉雄繪）

〈評點〉

◎8：寫得眞情。（李漁）

◎9：以三顧始，以託孤終，以情以禮，可法。（李漁）

◎10：百忙中，忽論馬謖人才。極似閒話！不知後來卻是要緊的話。（毛宗崗）

注釋

※2：符合。

孔明等泣拜於地，曰：「願陛下將息龍體。臣等願效犬馬之勞，以報陛下知遇之恩也！」

先主命內侍扶起孔明，一手掩淚，一手執其手曰：「朕今死矣！有心腹之言相告。」孔明曰：「有何聖諭？」先主泣曰：「君才十倍曹丕，必能安邦定國，終定大事。若嗣子可輔，則輔之；如其不才，君可自爲成都之主。」◎11

孔明聽畢，汗流遍體，手足失措。泣拜於地，曰：「臣安敢不竭股肱之力，效忠貞之節，繼之以死乎？」言訖，叩頭流血。

先主又請孔明坐於榻上。喚魯王劉永、梁王劉理近前。分付曰：「爾等皆記朕言。朕亡之後，爾兄弟三人皆以父事丞相，不可怠慢。」言罷，遂命二王同拜孔明。二王拜畢，孔明曰：「臣雖肝腦塗地，安能報知遇之恩也！」

先主謂眾官曰：「朕已託孤於丞相，令嗣子以父事之。卿等俱不可怠慢，以負朕望。」又囑趙雲曰：「朕與卿於患難之中，相從到今。不想於此地分別。◎12卿可想朕故交，早晚看覷※3吾子，勿負朕言。」雲泣拜曰：「臣敢不效犬馬之勞？」

先主又謂眾官曰：「卿等眾官，朕不能一一分囑。

◆遺詔託孤。阿斗幾次為趙雲所救，又被劉備託付給諸葛亮，卻終究只是一個「扶不起的阿斗」，令多人辛勞付諸流水。（鄧嘉德繪）

願皆自愛。」言畢，駕崩，壽六十三歲。時章武三年，夏四月二十四日也。

後杜工部有詩嘆曰：

「蜀主窺吳向三峽，崩年亦在永安宮。
翠華想像空山外，玉殿虛無野寺中。
古廟杉松巢水鶴，歲時伏臘※4走村翁。
武侯祠屋長鄰近，一體君臣祭祀同。」◎13

先主駕崩。文武官僚，無不哀痛。孔明率眾官奉梓宮※5還成都，太子劉禪出城迎接靈柩，安於正殿之內。舉哀行禮畢，開讀遺詔。詔曰：「朕初得疾，但下痢耳；後轉生雜病，殆不自濟。朕聞：『人年五

◆河南洛陽關林五虎殿趙雲塑像。關羽、張飛之外，趙雲是劉備最值得信任的大將。（周沁軍／fotoe提供）

〈評點〉

◎11：人疑此語乃先主所以結孔明之心，吾謂：「此語乃深知劉禪之無用也。」（毛宗崗）只此一語，便奪孔明之魄。玄德眞奸雄哉！（李贄）

◎12：只兩言，敘盡情誼，說盡悲楚。（李漁）

◎13：蜀主與武侯同盡，千載莫辨君臣；村翁與水鶴俱湮，一時何分人物？昔年白帝託孤，已作英雄往事；今日蜀中懷古，豈非文士空花？可於此詩得禪理矣。（毛宗崗）

注釋

※3：看顧、照料。
※4：古代兩種祭祀的名稱。伏：夏天的伏日。臘：冬天的臘月。
※5：指皇帝的屍柩。

十，不稱夭壽』。今朕年六十有餘，死復何恨？但以汝兄弟爲念耳。勉之！勉之！勿以惡小而爲之，勿以善小而不爲。惟賢惟德，可以服人。汝父德薄，不足效也！吾亡之後，汝與丞相從事，事之如父。勿怠！勿忘！汝兄弟更求聞達，至囑！至囑！」

群臣讀詔已畢。孔明曰：「國不可一日無君，請立嗣君，以承漢統。」乃立太子禪即皇帝位，改元建興。加諸葛亮爲武鄉侯，領「益州牧」。葬先主於惠陵，謚曰：「昭烈皇帝」。尊皇后吳氏爲皇太后。謚甘夫人爲昭烈皇后。糜夫人亦追尊爲皇后。陞賞群臣，大赦天下。

早有魏軍探知此事，報入中原。近臣奏知魏主，曹丕大喜！曰：「劉備已亡，朕無憂矣！何不乘其國中無主，起兵伐之！」

賈詡諫曰：「劉備雖亡，必託孤於諸葛亮。亮感備知遇之恩，必傾心竭力，扶持嗣主。陛下不可倉卒伐之！」◎14正言間，忽一人從班部中奮然出曰：「不乘此時進兵，更待何時？」眾視之，乃司馬懿也。

丕大喜！遂問計於懿。懿曰：「若只起中國之兵，急難取勝。須用五路大兵、四面夾攻！令諸葛亮首尾不能救應，然後可圖。」

丕問：「何五路？」懿曰：「可脩書一封，差使往遼東鮮卑國，見國王軻比

◆漢昭烈帝劉備。（清・潘畫堂繪／上海書畫出版社提供）

能，賂以金帛，令起遼西羌兵十萬，先從旱路取西平關，此一路也；再脩書遣使齎官誥賞賜，直入南蠻，見蠻王孟獲，令起兵十萬，攻益州、永昌、牂牁※6、越雟※7四郡，以擊西川之南，此二路也；再遣使入吳脩好，許以割地，令孫權起兵十萬，攻兩川峽口，逕取涪城，此三路也；又可遣使至降將孟達處，起上庸兵十萬，西攻漢中，此四路也；然後命『大將軍』曹眞爲『大都督』，提兵十萬，由京兆逕出陽平關取西川，此五路也。共大兵五十萬，五路並進。諸葛亮便有呂望之才，安能當此乎？」

丕大喜！隨即密遣能言官四員爲使前去。又命曹眞爲「大都督」，領兵十萬，逕取陽平關。此時張遼等一班舊將皆封列侯，俱在冀、徐、青及合淝等處據守關津隘口，故不復調用。◎15

卻說蜀漢後主劉禪自即位以來，舊臣多有病亡者，不能細說。凡一應朝廷選法、錢糧、詞訟等事，皆聽諸葛丞相裁處。時後主未立皇后。孔明與群臣上言曰：「故『車騎將軍』張飛之女甚賢，年十七歲。可納爲正宮皇后。」後主即納之。

〈評點〉

◎14：與劉曄諫伐吳一般見識。（毛宗崗）

◎15：百忙中又補敘別將。筆法周密。（毛宗崗）

注釋

※6：郡名，在今貴州境內。

※7：郡名，轄境在今四川、雲南之間。

建興元年，秋八月。忽有邊報說：「魏調五路大兵來取西川！第一路曹眞爲『大都督』起兵十萬，取陽平關。第二路，乃反將孟達，起上庸兵十萬，犯漢中。第三路，乃東吳孫權起精兵十萬，取峽口入川。第四路，乃蠻王孟獲，起蠻兵十萬，犯益州四郡。第五路乃番王軻比能，起羌兵十萬，犯西平關。此五路軍馬，甚是利害！已先報知丞相，丞相不知爲何，數日不出視事？」

後主聽罷，大驚！即差近侍齎旨宣召孔明入朝。使命去了半日，回報：「丞相府下人言：『丞相染病不出。』」◎16後主轉慌！

次日，命「黃門侍郎」董允、「諫議大夫」杜瓊去丞相臥榻前，告此大事。董、杜二人到丞相府前，皆不得入。杜瓊曰：「先帝託孤於丞相。今主上初登寶位，被曹丕五路兵犯境，軍情至急！丞相何故推病不出？」良久！門吏傳丞相令，言：「病體稍可，明早出都堂議事。」董、杜二人嘆息而回。

次日，多官又來丞相府前伺候。從早至晚，又不見出。◎17多官惶惶，只得散去。杜瓊入奏後主曰：「請陛下聖駕親往丞相府問計。」後主即引多官入宮，啓奏皇太后。太后大驚！曰：「丞相何故如此？有負先帝委託之意也。我當自往！」董允奏曰：「娘娘未可輕往。臣料丞相必有高明之見。且待主上先往。如果怠慢，請

◆三國蜀漢「直百五銖」錢，是劉備建立蜀國後發行的貨幣。（fotoe提供）

娘娘於太廟中，召丞相問之未遲！」太后依奏。

次日，後主車駕親至相府。門吏見駕到，慌忙拜伏於地而迎。後主問曰：「丞相在何處？」門吏曰：「不知在何處。只有丞相鈞旨，教擋住百官，勿得輒入。」

後主乃下車步行，獨進第三重門。見孔明獨倚竹杖，在小池邊觀魚。◎18後主在後立久，乃徐徐而言曰：「丞相安樂否？」◎19孔明回顧，見是後主。慌忙棄杖，拜伏於地曰：「臣該萬死！」

◆董允（？～246），字休昭，南郡枝江（今湖北枝江）人，中郎將董和之子，曾任侍中等職。他對後主常諍諫，當時後主寵信宦官黃皓，他不但正色匡主，而且數次責皓。黃皓畏懼，董允在世時不敢為非作歹。成都武侯祠文將廊塑像，塑於清康熙十一年（1672）。（魏德智／fotoe提供）

〈評點〉

◎16：丞相不出，其謀已定。大抵善幹事者，深謀遠慮，斷不淺露如此。（鍾伯敬）

◎17：奇絕！令人猜測不出。（毛宗崗）

◎18：此爲觀魚乎哉？（鍾伯敬）

◎19：孔明固爲算無遺策，但拿班也是第一手。做軍師的直是這樣貴重！雖然，不如此，又言不聽計不從，眾人多口矣。也是沒奈何耳，豈得已哉！（李贄）

後主扶起，問曰：「今曹丕分兵五路，犯境甚急。相父※8緣何不肯出府視事？」孔明大笑！扶後主入內室，坐定。奏曰：「五路兵至，臣安得不知？臣非觀魚，有所思也。」

後主曰：「如之奈何？」孔明曰：「羌王軻比能、蠻王孟獲、反將孟達、魏將曹眞，此四路兵，臣已皆退去了也！◎20止有孫權這一路兵，臣已有退之之計！但須一能言之人爲使。因未得其人，故熟思之。陛下何必憂乎！」

後主聽罷，又驚又喜！曰：「相父果有鬼神不測之機也。願聞退敵之策！」孔明曰：「先帝以陛下付託與臣，臣安敢旦夕怠慢？成都衆官，皆不曉兵法之妙，貴在使人不測。豈可泄漏於人？◎21

「老臣先知西番國王軻比能引兵犯西平關。臣料馬超積祖西川人氏，素得羌人之心。羌人以超爲神威天將軍。臣已先遣一人，星夜馳檄，令馬超緊守西平關，伏四路奇兵，每日交換，以兵拒之，此一路不必憂矣！

「又南蠻孟獲，兵犯四郡，臣亦飛檄遣魏延領一軍，左出右入，右出左入，爲疑兵之計。

◆曹丕分兵五路攻打蜀國，丞相諸葛亮卻閉門不出，後主劉禪親至諸葛亮府上討求計策，原來孔明早已成竹在胸，思得退敵之策。（朱寶榮繪）

◆諸葛亮安居平五路。正所謂「運籌帷幄之中，決勝千里之外」。（鄧嘉德繪）

蠻兵惟憑勇力，其心多疑；若見疑兵，必不敢進，此一路又不足憂矣！

「又知孟達引兵出漢中。孟達與李嚴曾結生死之交，臣回成都時，留李嚴守永安宮。臣已作一書，只做李嚴親筆，令人送與孟達。達必然推病不出，以慢軍心，此一路又不足憂矣！◎22

「又知曹眞引兵犯陽平關。此地險峻，可以保守。臣已調趙雲引一軍把守關隘，並不出戰。曹眞若見我兵不出，不久自退矣！此四路兵俱不足憂！

「臣尚恐不能全保。又密調關興、張苞二將各引兵三萬，屯於緊要之處，爲各路救應。此數處調遣之事，皆不曾由成都，故無人知覺。

「只有東吳一路兵，未必便動。如見四路兵勝，川中危急，必來相

〈評點〉

◎20：神矣。（李贄）

◎21：老臣知兵，眞有鬼神不測之機。可敬，可敬。（李贄）

◎22：此處用著李嚴，方知託孤時同受遺命不爲無謂。（李漁）

注釋

※8：因諸葛亮是丞相，劉備又囑咐劉禪要「事之如父」，故後主有此稱呼。

攻！若四路不濟，安肯動乎？臣料孫權想曹丕三路侵吳之怨，必不肯從其言。◎23雖然如此，須用一舌辯之士逕往東吳，以利害說之。則先退東吳，其四路之兵何足憂乎？但未得說吳之人，臣故躊躇。何勞陛下聖駕來臨？」

後主曰：「太后亦欲來見相父。今朕聞相父之言，如夢初覺。復何憂哉？」孔明與後主共飲數杯，◎24送後主出府。

眾官皆環立於門外，見後主面有喜色！後主別了孔明，上御車回朝。眾皆疑惑不定。

孔明見眾官中一人仰天而笑，面亦有喜色。孔明視之，乃義陽新野人，姓鄧名芝，字伯苗，現爲「戶部尚書」，漢「司馬」鄧禹之後。孔明暗令人留住鄧芝，多官皆散。孔明請芝到書院中，問芝曰：「今蜀、魏、吳鼎分三國。欲討二國，一統中興，當先伐何國？」芝曰：「以愚意論之，魏雖漢賊，其勢甚大，急難搖動！當徐徐緩圖。今主上初登寶位，民心未安。當與東吳連合，結爲唇齒，一洗先帝舊怨。此乃長久之計也！◎25未審丞相鈞意

◆鄧芝（182～251），字伯苗，義陽新野（今河南新野）人，三國時期蜀漢大臣。（葉雄繪）

若何？」

孔明大笑！曰：「吾思之久矣！奈未得其人。今日方得也！」芝曰：「丞相欲其人何爲？」孔明曰：「吾欲使人往結東吳。公既能明此意，必能不辱君命。使吳之任※9，非公不可。」◎26

芝曰：「愚才疎智淺，恐不堪當此重任。」孔明曰：「吾來日奏知天子，便請伯苗一行。切勿推辭！」芝應允而退。

至次日，孔明奏准後主，差鄧芝往說東吳。芝拜辭，望東吳而來。正是：

「吳人方見干戈息，蜀使還將玉帛※10通。」

未知鄧芝此去若何，且看下文分解……

〈評點〉

◎23：料敵如神。（李贄）

◎24：此酒只算壓驚。（李漁）

◎25：此隆中老主意也。（李贄）

◎26：妙在待他自説出來，然後教他去。（毛宗崗）

注釋

※9：這是一句調文的話，意思是：能夠非常稱職地完成使命的人選。春秋時，孔丘很欣賞衛大夫蘧伯玉派來的使者話說得得體，便讚嘆說：「使乎，使乎！」（見《論語・憲問》）

※10：統指玉器、織物等財貨，是古代兩國和好通使時常用的禮品。表示和平、友好，與干戈（戰爭）一詞相對。

第八十六回　難張溫秦宓逞天辯　破曹丕徐盛用火攻

卻說東吳陸遜自退魏兵之後，吳王拜遜爲「輔國將軍」江陵侯，領「荊州牧」。自此軍權皆歸於遜。

張昭、顧雍啓奏吳王，請自改元。權從之，遂改爲「黃武元年」。忽報：「魏主遣使至！」權召入。使命陳說：「蜀前使人求救於魏，魏一時不明，故發兵應之。今已大悔！欲起四路兵收川。東吳可來接應。若得蜀土，各分一半。」◎1

權聞言，不能決。乃問於張昭、顧雍等。昭曰：「陸伯言極有高見，可問之。」權即召陸遜至。遜奏曰：「曹丕坐定中原，急不可圖。今若不從，必爲讎矣！臣料魏與吳皆無諸葛亮之敵手，今且勉強應允。整軍預備，只探聽四路如何。若四路兵勝，川中危急，諸葛亮首尾不能救。主上則發兵以應之！先取成都，此爲上策。如四路兵敗，別作商議。」◎2權從之，乃謂魏使曰：「軍需未辦，擇日便當起程！」使者拜辭而去。

權令人探得：西番兵出西平關，見了馬超，不戰自退。南蠻孟獲起兵攻四郡，

皆被魏延用疑兵計殺退！回洞去了。上庸孟達兵至半路，忽然染病不能行。曹眞兵出陽平關，趙子龍拒住各處險道，果然「一將守關，萬夫莫開」。曹眞屯兵於斜谷道，不能取勝而回。

孫權知了此信，乃謂文武曰：「陸伯言眞神算也！孤若妄動，又結怨於西蜀矣！」

忽報：「西蜀遣鄧芝到！」張昭曰：「此又是諸葛亮退兵之計，遣鄧芝爲說客也。」權曰：「當何以答之？」昭曰：「先於殿前立一大鼎，貯油數百斤！下用炭燒。待其油沸，可選身長面大武士一千人，各執刀在手，從宮門前直排至殿上。卻喚芝入見，休等此人開言下說詞，責以『酈食其說齊』故事※1，效此例烹之！且看其人如何對答。」權從其言。遂立油鼎，命武士侍於左右，各執軍器。召鄧芝入。

芝整衣冠而入，行至宮門前，只見兩行武士，威風凜凜，各執鋼刀、大斧、長戟、短劍，直列至殿前。芝曉其意，並無懼色，昂然而行。◎3

〈評點〉

◎1：前既救蜀，今又取蜀；便是自相矛盾之語。（毛宗崗）

◎2：早不出孔明所料。（李漁）

◎3：以前能有喜色，故此時能無懼色。（毛宗崗）

注釋

※1：楚漢相爭時，酈食其作爲劉邦的使者，勸說齊王田廣歸順於漢，齊王接受了他的話，解除了戰備；漢的大將韓信卻乘機襲擊了齊，齊王認爲被酈出賣，就把他烹死。

至殿前，又見鼎鑊內熱油正沸。左右武士以目視之，芝但微微而笑！近臣引至簾前，鄧芝長揖不拜。◎4

權令捲起珠簾，大喝曰：「何不拜？」芝昂然而答曰：「上國天使，不拜小邦之主。」

權大怒！曰：「汝不自料，欲掉三寸之舌，效酈生說齊乎？可速入油鼎！」芝大笑曰：「人皆言東吳多賢，誰想懼一儒生？」◎5權轉怒曰：「孤何懼爾一匹夫耶？」芝曰：「既不懼鄧伯苗，何愁來說汝等也？」

權曰：「爾欲爲諸葛亮作說客，來說孤絕魏向蜀，是否？」芝曰：「吾乃蜀中一儒生，特爲吳國利害而來！乃設兵陳鼎，以拒一使。何其局量※2之不能容物耶？」◎6權聞言惶愧！即叱退武士，命鄧芝上殿，賜坐，而問曰：「吳、魏之利害若何？願先生教我。」

芝曰：「大王欲與蜀講和，還是欲與魏講和？」◎7權曰：「孤正欲與蜀主講和。但恐蜀主年輕識淺，不能全始全終耳。」芝曰：「大王乃命世之英豪，諸葛亮亦一時之俊傑！蜀有山川之險，吳有三江之固。若二國連和，共爲唇齒，進則可以

◆蜀國派使臣鄧芝到吳國，吳國用大鼎煮油，派執刀武士一千人，想給鄧芝一個下馬威。鄧芝凜然不懼。（朱寶榮繪）

兼吞天下，退則可以鼎足而立。今大王若委質※3稱臣於魏，魏必望大王朝覲，求太子以爲內侍，如其不從，則興兵來攻！蜀亦順流而進取。如此，則江南之地不復爲大王有矣！若大王以愚言爲不然，愚將就死於大王之前，以絕說客之名也。」◎8言訖，撩衣下殿，望油鼎中便跳！

權急命止之。請入後殿，以上賓之禮相待。權曰：「先生之言，正合孤意。孤今欲與蜀主連和，先生肯爲我介紹乎？」◎9芝曰：「適欲烹小臣者，乃大王也；今欲使小臣者，亦大王也。大王猶是狐疑未定，安能取信於人？」◎10權曰：「孤意已決！先生勿疑。」

於是，吳王留住鄧芝。集多官問曰：「孤掌江南八十一州，更有荊、楚之地，反不如西蜀偏僻之處也。蜀有鄧芝，不辱其主；吳並無一人入蜀，以達孤意。」忽

〈評點〉

◎4：使乎！使乎！（鍾伯敬）
◎5：反說東吳懼他。妙甚。（李漁）
◎6：妙妙！（李贄）
◎7：妙在先問他主意。（毛宗崗）
◎8：答還說客一句。妙甚！（毛宗崗）
◎9：反使孫權求他，妙不可言。（毛宗崗）
◎10：反作起難來，妙。（李漁）

注釋

※2：器量，度量。
※3：古代臣下向君主獻禮，表示獻身。質：通「贄」，初次拜見長輩時所送的禮物。

一人出班奏曰：「臣願爲使。」眾視之，乃吳郡吳人，姓張名溫，字惠恕。現爲「中郎將」。

權曰：「恐卿到蜀見諸葛亮，不能達孤之情。」溫曰：「孔明亦人耳，臣何畏彼哉？」權大喜！重賞張溫，使同鄧芝入川通好。

卻說孔明自鄧芝去後，奏後主曰：「鄧芝此去，其事必成！吳地多賢，定有人來答禮。陛下當禮貌之，令彼回吳，以通盟好。吳若通和，魏必不敢加兵於蜀矣！吳、魏寧靖，臣當征南平定蠻方，然後圖魏。魏削，則東吳亦不能久存。可以復一統之基業也。」◎11後主然之。

忽報：「東吳遣張溫與鄧芝入川答禮。」後主聚文武於丹墀，令鄧芝、張溫入。溫自以爲得志，昂然上殿，見後主施禮。後主賜錦墩坐於殿左，設御宴待之。後主但敬禮而已。

宴罷，百官送張溫到館舍。次日。孔明設宴相待。孔明謂張溫曰：「先帝在日與吳不睦，今已宴駕。當今主上深慕吳王，欲捐舊忿，永結盟好，併力破魏。望大夫善言回奏！」◎12張溫領諾。

酒至半酣，張溫喜笑自若，頗有傲慢之意。次

◆河北涿州三義宮諸葛亮塑像。
（Legacy images 提供）

日。後主將金帛賜與張溫，設宴於城南郵亭之上，命眾官相送。孔明慇懃勸酒。正飲酒間，忽一人乘醉而入，昂然長揖，入席就坐。◎13溫怪之，乃問孔明曰：「此何人也？」孔明答曰：「姓秦名宓，字子勑；現爲益州學士。」

溫笑曰：「名稱『學士』，未知胸中曾學事否？」

宓正色而言曰：「蜀中三尺小童，尚皆就學。何況於我？」溫曰：「且說公何所學？」宓對曰：「上至天文，下至地理；三教九流，諸子百家，無所不通。古今興廢，聖賢經傳，無所不覽。」◎14

溫笑曰：「公既出大言，請即以天爲問。天有頭乎？」宓曰：「有頭！」溫曰：「頭在何方？」宓曰：「在西方！詩云：『乃眷西顧※4』。以此推之，頭在西方也！」溫又問：「天有耳乎？」宓曰：「天處高而聽卑。詩云：『鶴鳴于九皋※5，聲聞于天。』無耳何能聽？」◎15溫又問：「天有足乎？」宓曰：「有足！詩

〈評點〉

◎11：著著先定。（李漁）
◎12：只此數語，言內言外包括盡矣。（李漁）
◎13：此人定是孔明約來。（毛宗崗）
◎14：此等大話，我今亦聞之矣，但未見眞有如秦宓者耳。（毛宗崗）
◎15：勝講學諸公多矣。（李贄）

注釋

※4：回頭向西看。眷：回顧的樣子。
※5：仙鶴在深澤中鳴叫。九皋：深澤。

◆江蘇南京梅花山下的孫權雕像。（鄭晨烜／fotoe提供）

云：『天步艱難。』無足何能步？」溫又問：「天有姓乎？」宓曰：「豈得無姓？」溫曰：「何姓？」宓答曰：「姓劉！」溫曰：「何以知之？」宓曰：「天子姓劉，以故知之。」

溫又問曰：「日生於東乎？」◎16宓對曰：「雖生於東，而沒於西。」◎17此時秦宓語言清朗，答問如流。滿座皆驚！張溫無語。

宓乃問曰：「先生東吳名士，既以天事下問，必能深明天之理。昔混沌既分，陰陽剖判※6；輕清者上浮而爲天，重濁者下凝而爲地。至共工氏戰敗，頭觸不周山，天柱折，地維缺※7。天傾西北，地陷東南。天既輕清而上浮，何以傾其西北乎？又未知輕清之外，還有何物？願先生教我。」◎18

張溫無言可對，乃避席而謝曰：「不意蜀中多出俊傑！恰聞講論，使僕頓開茅塞。」◎19孔明恐溫羞愧，故以善言解之曰：「席間問難，皆戲

◆難張溫秦宓逞天辯。秦宓大量引用《詩經》之句，對答如流，張溫無語。（fotoe提供）

談耳。足下深知安邦定國之道，何在唇齒之戲哉？」◎20溫拜謝。

孔明又令鄧芝入吳答禮，就與張溫同行。張、鄧二人拜謝孔明，望東吳而來。

卻說吳王見張溫入蜀未還，乃聚文武商議。忽近臣奏曰：「蜀遣鄧芝同張溫入國答禮。」權召入。張溫拜於殿前，備稱後主與孔明之德：「願求永結盟好，特遣鄧尚書又來答禮。」權大喜！乃設宴待之。

權問鄧芝曰：「若吳、蜀二國同心滅魏，得天下太平，二主分治，豈不樂乎？」芝答曰：「『天無二日，民無二王』。如滅魏之後，未識天命所歸何人，但爲君者各修其德，爲臣者各盡其忠。則戰爭方息耳！」權大笑！曰：「君之誠款乃如是耶！」遂厚贈鄧芝還蜀，自此吳、蜀通好。◎21

卻說魏國細作探知此事，火速報入中原。魏主曹丕聽知，大怒曰：「吳、蜀連和，必有圖中原之意也。不若朕先伐之！」於是大集文武，商議起兵伐吳。

〈評點〉

◎16：日者君象。是言君在東吳也。（毛宗崗）
◎17：又將西蜀抹倒東吳。（毛宗崗）
◎18：張溫之問天，是詼諧；秦宓卻認眞問起來，教他如何對答！（毛宗崗）
◎19：無可奈何，只得如此。（李贄）
◎20：孔明妙。（鍾伯敬）
◎21：此系大關目處。（李漁）

注釋

※6：開闢。
※7：古代神話。共工氏與顓頊爭爲帝，一怒之下，一頭向不周山撞去，於是把撐天的柱子碰斷了，大地也因此缺了一角。

此時「大司馬」曹仁、「太尉」賈詡已亡。「侍中」辛毗出班奏曰：「中原之地，土闊民稀；而欲用兵，未見其利。今日之計，莫若養兵屯田十年；足食足兵，然後用之，則吳、蜀方可破也！」丕怒曰：「此迂儒之論也。今吳、蜀連和，早晚必來侵境。何暇等待十年？」即傳旨起兵伐吳。

司馬懿奏曰：「吳有長江之險，非船不渡。陛下必御駕親征，可選大小戰船，從蔡潁而入淮，取壽春至廣陵，渡江口逕取南徐，此爲上策。」

丕從之。於是日夜併工，造龍舟十隻，長二十餘丈，可容二千餘人。收拾戰船三千餘隻。魏黃初五年，秋八月，會聚大小將士。令曹眞爲前部，張遼、張郃、文聘、徐晃等爲大將先行；許褚、呂虔爲中軍護衛，曹休爲合後，劉曄、蔣濟爲參謀。前後水陸軍馬三十餘萬，尅日起兵。封司馬懿爲「尚書僕射」，留在許昌。凡國政大事，並皆聽懿決斷。◎22

不說魏兵起程，卻說東吳細作探知此事，報入吳國。

◆楊柳青年畫《三國演義》武將相，自左至右：夏侯淵、張遼、曹洪、許褚。（韋曄／fotoe提供）

近臣慌奏吳王曰：「今魏主曹丕親自乘駕龍舟，提水陸大軍三十餘萬，從蔡潁出淮，必取廣陵，渡江來下江南。甚爲利害！」孫權大驚！即聚文武商議。

顧雍曰：「今主上既與西蜀連和，可修書與諸葛孔明，令起兵出漢中，以分其勢。一面遣一大將，屯兵南徐以拒之。」權曰：「非陸伯言不可當此重任。」雍曰：「陸伯言鎮守荊州，不可輕動。」權曰：「孤非不知。奈眼前無替力之人！」◎23言未盡，一人從班部內應聲而出，曰：「臣雖不才，願統一軍以當魏兵。若曹丕親渡大江，臣必生擒，以獻殿下。若不渡江，亦殺魏兵大半，令魏兵不敢正視東吳。」權視之，乃徐盛也。

權大喜！曰：「如得卿守江南一帶，孤何憂哉？」遂封徐盛爲「安東將軍」，總鎮都督建業、南徐軍馬。盛謝恩，領命而退。即傳令，教眾官軍多置器械，多設旌旗，以爲守護江岸之計。

忽一人挺身出曰：「今日大王以重任委託將軍，欲破魏兵以擒曹丕。將軍何不早發軍馬渡江，於淮南之地迎敵？直待曹丕兵至，恐無及矣！」盛視之，乃吳王弟

〈評點〉

◎22：便爲司馬氏專權之兆。（毛宗崗）

◎23：孫權慣用激將法！（毛宗崗）

◆三國吳青瓷羊尊。中國國家博物館藏。（Legacy images 提供）

孫韶也。韶字公禮，官授「揚威將軍」，曾在廣陵守禦。年幼負氣※8，極有膽勇。

盛曰：「曹丕勢大！更有名將爲先鋒，不可渡江迎敵。待彼船皆集於北岸，吾自有計破之！」韶曰：「吾手下自有三千軍馬，更兼深知廣陵路勢。吾願自取江北，與曹丕決一死戰！如不勝，甘當軍令。」盛不從，韶堅執要去；盛只是不肯，韶再三要行。

盛怒曰：「汝在此不聽號令，吾安能制諸將乎？」叱武士推出斬之！刀斧手擁孫韶出轅門之外，立起皂旗。韶部將飛報孫權。權聽知，急上馬來救。

武士恰待行刑，孫權早到！喝散刀斧手，救了孫韶。韶哭奏曰：「臣往年在廣陵，深知地理。不就那裏與曹丕廝殺，直待他下了長江，東吳指日休矣！」◎24

權逕入營來。徐盛迎接入帳，奏曰：「大王命臣爲都督，提兵拒魏。今揚威將軍孫韶不遵軍法，違令當斬！大王何故赦之？」權曰：「韶倚血氣之壯，誤犯軍法。萬希寬恕！」盛曰：「法非臣所立，亦非大王所立，乃國家之典刑也。若以親而免之，何以令眾乎？」◎25

權曰：「韶犯法，本應任將軍處治。奈此子雖本姓俞氏，然孤兄甚愛之，賜姓孫，於孤頗有勞績。今若殺之，負兄義矣！」盛曰：「且看大王之面，寄下死罪！」

權令孫韶拜謝。韶不肯拜，厲聲而言曰：「據吾之見，只是引軍去破曹丕！便死也不服你的見識。」徐盛變色！權叱退孫韶，謂徐盛曰：「便無此子，何損於吳？今後勿再用之。」言訖自回。

是夜，人報徐盛，說：「孫韶引本部三千精兵，潛地過江去了！」盛恐有失，於吳王面上不好看。乃喚丁奉，授以密計，引三千兵渡江接應。◎26

卻說魏王駕龍舟至廣陵，前部曹眞已領兵立於大江之岸。曹丕問曰：「江岸有多少兵？」眞曰：「隔岸遠望，並不見一人，亦無旌旗營寨。」丕曰：「此必詭計也！朕自往觀其虛實。」於是大開江道，放龍舟直至大江，泊於江岸。船上建龍鳳日月五色旌旗，儀鑾簇擁，光耀射目！

曹丕端坐舟中，遙望江南，不見一人。回顧劉曄、蔣濟曰：「可渡江否？」曄曰：「兵法實實虛虛，彼見大軍至，如何不作準備？陛下未可造次。且待三五日，看其動靜，然後發先鋒渡江以探之！」丕曰：「卿言正合朕意。」

是日天晚，宿於江中。當夜月黑，軍士皆執燈火。明耀天地，恰如白晝。遙望江南，並不見半點兒火光。丕問左右曰：「此何故也？」近臣奏曰：「想聞陛下天

〈評點〉

◎24：孫韶有終軍宗秩之風。（毛宗崗）

◎25：徐盛有穰苴、孫武之風。（毛宗崗）

◎26：好個徐盛。（李贄）

注釋

※8：此處是意氣很盛的意思。

兵到來，故望風逃竄耳。」丕暗笑。

及至天曉，大霧迷漫，對面不見。須臾，風起！霧散雲收。望見江南一帶，皆是連城。城樓上刀槍耀日，遍城盡插旌旗無數。頃刻數次人來報：「南徐沿江一帶，直至石頭城，一連數百里，城郭舟車連綿不絕，一夜成就。」曹丕大驚。原來徐盛束縛蘆葦爲人，盡穿青衣，執旌旗，立於假城疑樓之上。

魏兵見城上許多人馬，如何不膽寒？丕嘆曰：「魏雖有武士千群，無所用之。江南人物如此，未可圖也。」正驚訝間！忽然狂風大作，白浪滔天！江水濺濕龍袍，大船將覆。曹眞慌令文聘撐小舟急來救駕。龍舟上人立站不住，文聘跳上龍舟，扶丕下得小舟，奔入河港。

忽流星馬報：「趙雲引兵出陽平關，逕取長安。」丕聽得，大驚失色！便叫收軍，眾軍各自奔走。背後吳兵追至！丕傳旨，教盡棄御用之物而走。

龍舟將次入淮，忽然鼓角齊鳴，喊聲大震！刺斜裏一彪軍殺到！爲首大將，乃孫韶也。魏兵不能抵當，折其大半，渰死者無數。◎27諸將奮力救出魏主。

魏主渡淮河，行不三十里！淮河中一帶蘆葦，預灌魚油，盡皆火著！順風而下，風勢甚急！火焰漫空，截住龍舟。

丕大驚！急下小船。傍岸時，龍舟上早已火著！丕慌忙上馬。岸上一彪軍殺

◆破曹丕徐盛用火攻。魏兵大敗，文聘背負曹丕奔入河港。（fotoe提供）

來！爲首大將，乃丁奉也。

張遼急拍馬來迎，被奉一箭射中其腰，卻得徐晃救了，同保魏主而走，折軍無數。背後孫韶、丁奉奪得馬匹車仗、船隻器械，不計其數。

魏兵大敗而回，吳將徐盛全獲大功，吳王重加賞賜。

張遼回到許昌，箭瘡迸裂而亡。曹丕厚葬之，不在話下。

卻說趙雲引兵殺出陽平關之次，忽報：「丞相有文書到。說益州耆帥※9雍闓，結連蠻王孟獲，起十萬蠻兵，侵掠四郡。因此宣雲回軍，令馬超堅守陽平關。丞相欲自南征。」趙雲乃急收兵而回。

此時孔明在成都整飭軍馬，親自南征。正是：

「方見東吳敵北魏，又看西蜀戰南蠻。」

未知勝負如何，且看下回分解……

〈評點〉

◎27：少年負氣，未嘗誤事。與近日少年不同。（毛宗崗）

注釋

※9：老帥。

第八十七回　征南寇丞相大興師　抗天兵蠻王初受執

卻說諸葛丞相在於成都，事無大小，皆親自從公決斷。兩川之民忻※1樂太平，夜不閉戶，路不拾遺。又幸連年大熟，老幼鼓腹謳歌；凡遇差徭，爭先早辦。因此軍需器械，應用之餉，無不完備。米滿倉廒，財盈府庫。◎1

建興三年，益州飛報：「蠻王孟獲大起蠻兵十萬，犯境侵掠！『建寧太守』雍闓乃漢朝什萬侯雍齒之後，今結連孟獲造反！『牂牁郡太守』朱褒，『越巂郡太守』高定二人獻了城，止有『永昌郡太守』王伉不肯反。現今雍闓、朱褒、高定三人部下人馬皆與孟獲爲鄉導官，攻打永昌郡。賴王伉與『功曹』呂凱會集百姓，死守此城。其勢甚急！」

孔明乃入朝，奏後主曰：「臣觀南蠻不服，實國家之大患也。臣當自領大軍，前去征討。」◎2後主曰：「東有孫權，北有曹丕。今相父棄朕而去，倘吳、魏來攻，如之奈何？」

孔明曰：「東吳方與我國講和，料無異心；若有異心，李嚴在白帝城，此人可當陸遜也。曹丕新敗，銳氣已喪，未能遠圖；且有馬超守把漢中諸處關口，不必憂

◆河北涿州三義宮正殿內諸葛亮及文官群臣塑像。（Legacy images 提供）

也！臣又留關興、張苞等，分兩軍爲救應，保陛下萬無一失。今臣先去掃蕩蠻方，然後北伐，以圖中原，報先帝三顧之恩，託孤之重。」

後主曰：「朕年幼無知，惟相父斟酌行之。」言未畢！班部內一人出曰：「不可！不可！」眾視之，乃南陽人也，姓王名連，字文儀，現爲「諫議大夫」。

連諫曰：「南方不毛之地※2，瘴疫之鄉。丞相秉鈞衡之重任，而自遠征，非所宜也！且雍闓等乃癬疥之疾，丞相只須遣一大將討之！必然成功。」孔明曰：「南蠻之地離國甚遠，人多不習王化，收服甚難。吾當

〈評點〉

◎1：先敘蜀中富庶，以見內安而後可以外攘也。（毛宗崗）

◎2：不征魏而親自征蠻，出人意外。（毛宗崗）

注釋

※1：同「欣」。

※2：不長莊稼的土地。形容土地荒涼、貧瘠。不毛，不生長五穀。

親去征之，可剛可柔，別有斟酌。非可容易※3託人！」◎3王連再三苦勸，孔明不從。

是日，孔明辭了後主，令蔣琬爲參軍，費禕爲長史，董厥、樊建二人爲掾史；趙雲、魏延爲大將，總督軍馬；王平、張翼爲副將。并川將數十員，共起川兵五十萬，前望益州進發。

忽有關公第三子關索入軍來見孔明，曰：「自荊州失陷，逃難在鮑家莊養病。每要赴川見先帝報讎，瘡痕未合，不能起行。近已安痊，打探得東吳讎人已皆誅戮，逕來西川見帝，恰在途中遇見征南之兵，特來投見。」孔明聞之，嗟訝不已！一面遣人申報朝廷，就令關索爲前部先鋒，一同征南。

大隊人馬各依隊伍而行。飢餐渴飲，夜住曉行；所經之處，秋毫無犯。◎4

卻說雍闓聽知孔明自統大軍而來，即與高定、朱褒商議：分兵三路，高定取中路，雍闓在左，朱褒在右。三路各引兵五六萬迎敵。

於是高定令鄂煥爲前部先鋒。煥身長九尺，面貌醜惡。使一枝方天戟，有萬夫不當之勇。領本部兵，離了大寨，來迎蜀兵。

卻說孔明引大軍已到益州界分。前部先鋒魏延，副將張翼、王平纔入界口，正

◆征南寇丞相大興師。諸葛亮興兵往益州進發，途中關羽第三子關索來投，被任為前部先鋒。（fotoe提供）

遇鄂煥軍馬。兩陣對圓，魏延出馬大罵曰：「反賊早早受降！」鄂煥拍馬與魏延交鋒。戰不數合！延詐敗走。煥隨後趕來！

走不數里，喊聲大震！張翼、王平兩路軍殺來，絕其後路。延復回，三員將併力拒戰，生擒鄂煥。解到大寨，入見孔明。

孔明令去其縛，以酒食待之。問曰：「汝是何人部將？」煥曰：「某是高定部將。」孔明曰：「吾知高定乃忠義之士。今爲雍闓所惑，以致如此。吾今放汝回去，令高太守早早歸降，免遭大禍。」鄂煥拜謝而去。◎5回見高定，說孔明之德。定亦感激不已。

次日，雍闓至寨。禮畢，闓曰：「如何得鄂煥回也？」定曰：「諸葛亮以義放之！」闓曰：「此乃諸葛亮『反間之計』；欲令我兩人不和，故施此謀也。」定半信半疑，心中猶豫。

忽報：「蜀將搦戰！」闓自引三萬兵出迎！戰不數合，闓撥馬便走。魏延率兵大進！追殺二十餘里。次日，雍闓又起兵來迎。孔明一連三日不出。至第四日，雍

〈評點〉

◎3：七縱七擒之意，於此已先定矣！（毛宗崗）

◎4：的是王者之兵。（毛宗崗）

◎5：此老得此法，便省卻多少事矣。（鍾伯敬）

注釋

※3：隨便、輕率。

闓、高定分兵兩路來取蜀寨。

卻說孔明令魏延等兩路伺候。果然雍闓、高定兩路兵來！被伏兵殺傷大半，生擒者無數，都解到大寨來。雍闓的人囚在一邊，高定的人囚在一邊。卻令軍士傳說：「但是高定的人，免死！雍闓的人盡殺！」◎6眾軍皆聞此言。

少時，孔明令取雍闓的人到帳前，問曰：「汝等是何人部從？」眾僞曰：「高定部下人也。」孔明教皆免其死。與酒食賞勞，令人送出界首，縱放回寨。

孔明又喚高定的人問之！眾皆告曰：「吾等實是高定部下軍士。」孔明亦皆免其死！賜與酒食。卻揚言曰：「雍闓今日使人投降；要獻汝主，并朱褒首級，以爲功勞。吾甚不忍！汝等既是高定部下軍，吾放汝等回去。再不可背反！若再擒來，決不輕恕。」眾皆拜謝而去。

回到本寨，入見高定，說知此事。定乃密遣人去雍闓寨中探聽，卻有一半放回的人言說孔明之德。因此雍闓部軍多有歸順高定之心。

雖然如此，高定心中不穩，又令一人來孔明寨中探聽虛實。被伏路軍捉來見孔明。

孔明故意認做雍闓的人，喚入帳中，問曰：「汝元帥既約下獻高定、朱褒二人首級，因何誤了日期？汝這廝不精細，如何做得細作？」◎7軍士含糊答應。

孔明以酒食賜之，修密書一封，付軍士曰：「汝此書付雍闓，教他早早下手，休得誤事。」細作拜謝而去。回見高定，呈上孔明之書，說：「雍闓如此如此……」

定看書畢，大怒！曰：「吾以眞心待之，彼反欲害吾！情理難容。」便喚鄂煥商議。煥曰：「孔明乃仁人，背之不祥。我等謀反作惡，皆雍闓之故。不如殺闓以投孔明。」

定曰：「如何下手？」煥曰：「可設一席，令人去請雍闓。彼若無異心，必坦然而來！若其不來，必有異心。我主可攻其前，某伏於寨後小路候之。闓可擒矣！」◎8高定從其言，設席請雍闓。闓果疑前日放回軍士之言，懼而不來。

是夜，高定引兵殺投雍闓寨中。原來有孔明放回免死的人，皆想高定之德，乘時助戰。雍闓軍不戰自亂。闓上馬望山路而走。

◆諸葛亮戲裝像。（Legacy images 提供）

〈評點〉

◎6：好妙計！（李漁）

◎7：老兒老兒，弄得這些蠻子好也！（李贄）

◎8：皆在孔明算中。（李漁）

行不二里，鼓聲響處！一彪軍出，乃鄂煥也。挺方天戟，驟馬當先！雍闓措手不及，被煥一戟刺於馬下，就梟其首級。闓部下軍士皆降。高定卻引兩部軍來降孔明，獻雍闓首級於帳下。

孔明高坐於帳上，喝令左右：「推轉高定，斬首報來！」定曰：「某感丞相大恩。今將雍闓首級來降，何故斬也？」孔明大笑曰：「汝來詐降，敢瞞吾耶？」定曰：「丞相何以知吾詐降？」孔明於匣中取出一緘，與高定曰：「朱褒已使人密獻降書。說你與雍闓結生死之交，豈肯一旦便殺此人？吾故知汝詐也！」◎9定叫屈曰：「朱褒乃『反間之計』也，丞相切不可信。」孔明曰：「吾亦難憑一面之詞。汝若捉得朱褒，方表真心。」定曰：「丞相休疑！某去擒朱褒來見丞相，若何？」孔明曰：「若如此！吾疑心方息也。」

高定即引部將鄂煥并本部兵，殺奔朱褒營來！比及離寨約有十里，山後一彪軍到！乃朱褒也。

褒見高定軍來，慌忙與高定答話。定大罵曰：「汝如何寫書與諸葛丞相處，使『反間之計』害吾耶？」褒目瞪口呆，不能回答。

忽然！鄂煥於馬後轉過，一戟刺朱褒於馬下。定厲聲而言曰：「如不順者，皆戮之！」於是眾軍一齊拜降。

定引兩部軍來見孔明，獻朱褒首級於帳下。孔明大笑曰：「吾故使汝殺此二賊，以表忠心。」遂命高定爲「益州太守」，總攝三郡。令鄂煥爲牙將。

三路軍馬已平，於是「永昌太守」王伉出城迎接孔明。孔明入城已畢，問曰：「誰與公守此城，得保無虞？」伉曰：「某今日得此郡無危者，皆賴永昌不韋人，姓呂名凱，字季平。皆此人之力。」孔明遂請呂凱至。

〈評點〉

◎9：既假致雍闓之書，又假作朱褒之書。一派是假！（毛宗崗）

◆呂凱（？～約225），字季平，永昌不韋（今雲南保山）人，雲南太守，遷陽亭侯。成都武侯祠文將廊塑像，塑於清康熙十一年（1672）。（魏德智／fotoe提供）

凱入見，禮畢。孔明曰：「久聞公乃永昌高士，多虧公保守此城。今欲平蠻方，公有何高見？」◎10呂凱遂取一圖冊，呈與孔明曰：「某自歷仕以來，知南人欲反久矣！故密遣人入其境，察看可屯兵交戰之處，畫成一圖。名曰『平蠻指掌圖』。今敢獻於明公。明公試觀之，可爲征蠻之一助也。」◎11孔明大喜！就用呂凱爲「行軍教授」兼鄉導官。

於是，孔明提兵大進，深入南蠻之境。正行軍之次，忽報：「天子差使命至！」孔明請入中軍。但見一人素袍白衣而進。乃馬謖也，爲兄馬良新亡，因此挂孝。

謖曰：「奉主上勅命，賜眾軍酒帛。」孔明接詔已畢，依命一一給散。遂留馬謖在帳敘話。

孔明問曰：「吾奉天子詔，削平蠻方。久聞幼常高見，望乞賜教。」◎12

謖曰：「愚有片言，望丞相察之。南蠻恃其地遠山險，不服久矣！雖今日破之，明日復叛。丞相大軍到彼，必然平服。但班師之日，必用北伐曹丕；蠻兵若知內虛，其反必速。夫用兵之道：『攻心爲上，攻城爲下；心戰爲上，兵戰爲下。』◎13願丞相但服其心，足矣！」

◆孟獲，建寧郡（今雲南晉寧東）人。三國時期的南蠻大王，後歸順蜀漢，隨諸葛亮到成都任官，官至御史中丞。（葉雄繪）

孔明嘆曰：「幼常足知吾肺腑也。」於是孔明遂令馬謖爲「參軍」。即統大軍前進！

卻說蠻王孟獲聽知孔明智破雍闓等，遂聚三洞元帥商議。第一洞，乃金環三結元帥；第二洞，乃董荼那元帥；第三洞，乃阿會喃元帥。

三洞元帥入見孟獲。獲曰：「今諸葛丞相領大軍來侵我境界，不得不併力敵之。汝三人可分兵三路而進！如得勝者，便爲洞主。」於是分金環三結取中路，董荼那取左路，阿會喃取右路。各引五萬蠻兵，依令而行。

卻說孔明正在寨中議事。忽哨馬飛報！說：「三洞元帥分兵三路到來！」

孔明聽畢，即喚趙雲、魏延至，卻都不分付。更喚王平、馬忠至，囑之曰：「今蠻兵三路而來。吾欲令子龍、文長去。此二人不識地理，未敢用之。王平可往左路迎敵，馬忠可往右路迎敵。吾卻使子龍、文長隨後接應。今日整頓軍馬，來日平明進發！」二人聽令而去。

〈評點〉

◎10：大智，用人無不如此。（李贄）

◎11：先主無張松不能入西川，孔明無呂凱不能平孟獲。（毛宗崗）

◎12：又足見孔明虛心，他人所不及也。（李漁）

◎13：此四語是兵法中之所無，卻是絕妙兵法。又在孫吳之上。（毛宗崗）

又喚張嶷、張翼，分付曰：「汝二人同領一軍，往中路迎敵。今日整點軍馬，來日與王平、馬忠約會而進。吾欲令子龍、文長去取！奈二人不識地理，故未敢用之。」◎14張嶷、張翼聽令去了。

趙雲、魏延見孔明不用，各有慍色。孔明曰：「吾非不用汝二人。但恐汝涉險入深，爲蠻人所算，失其銳氣耳。」趙雲曰：「倘我等識地理，若何？」孔明曰：「汝二人只宜小心，休得妄動。」二人怏怏而退。

趙雲請魏延到自己寨內，商議曰：「吾二人爲先鋒，卻說不識地理，而不肯用。今用此後輩，吾等豈不羞乎？」延曰：「吾二人只今就上馬，親去探之！捉住土人，便教引進，以敵蠻兵。大事可成！」◎15雲從之！遂上馬，逕取中路而來。

方行不數里，遠遠望見塵頭大起！二人上山坡看時，果見數十騎蠻兵縱馬而來。二人兩路衝出！蠻兵見了大驚而走。

趙雲、魏延各生擒幾人，回到本寨，以酒食待之。卻細問其故，蠻兵告曰：「前面是金環三結元帥大寨，正在山口。寨邊東西兩路，卻通五溪洞，并董荼那、阿會喃各寨之後。」

趙雲、魏延聽知此話，遂點精兵五千，教擒來蠻兵引路。比及起身時，已是二更天氣。月明星朗，趁著月色而行！

剛到金環三結大寨之時，約有四更。蠻兵方起造飯，準備天明厮殺。忽然趙雲、魏延兩路殺入！蠻兵大亂。

趙雲直殺入中軍，正逢金環三結元帥。交馬只一合，被雲一槍刺落馬下！就梟其首級。◎16餘軍潰散！

魏延便分兵一半，望東路抄董荼那寨來；趙雲分兵一半，望西路抄阿會喃寨來。比及殺到蠻兵大寨之時，天已平明。

先說魏延殺奔董荼那寨來。董荼那聽知寨後有軍殺至，便引兵出寨拒敵。忽然寨前門一聲喊起！蠻兵大亂。原來王平軍馬早已到了。兩下夾攻，蠻兵大敗！董荼那奪路走脫，魏延追趕不上。

卻說趙雲引兵殺到阿會喃寨後之時，馬忠已殺至寨前！

〈評點〉

◎14：妙在再激他一激。（李漁）

◎15：必然如此，老兒已算定了。（李贄）

◎16：不激安能如此爽快。（李贄）

◆陽戲軍隊面具和刀具。據說陽戲起源於三國時期諸葛亮平息南部叛亂時，在貴州屯兵兵營中軍隊士兵創造的一種娛樂形式。（張天林／photobase／fotoe 提供）

兩下夾攻，蠻兵大敗！阿噲喃乘亂走脫。

各自收軍，回見孔明。孔明問曰：「三洞蠻兵走了兩洞之主，金環三結元帥首級安在？」趙雲將首級獻功。

眾皆言曰：「董荼那、阿噲喃皆棄馬越嶺而去，因此趕他不上。」孔明大笑曰：「二人吾已擒下了！」趙、魏二人并諸將皆不信。少頃，張嶷解董荼那到，張翼解阿噲喃到。眾皆驚訝！

孔明曰：「吾觀呂凱圖本，已知他各人下的寨子。故以言激子龍、文長之銳氣，教深入重地，先破金環三結。隨即分兵左右寨後抄出，以王平、馬忠應之。非子龍、文長不可當此任也。◎17

「吾料董荼那、阿噲喃必從便徑往山路而走，故遣張嶷、張翼以伏兵待之，令關索以兵接應，擒此二人。」諸將皆拜伏，曰：「丞相機算，神鬼莫測。」

孔明令押過董荼那、阿噲喃至帳下，盡去其縛，以酒食衣服賜之。令各自歸洞，勿得助惡。二人泣拜！各投小路而去。

孔明謂諸將曰：「來日孟獲必然親自引兵廝殺！便可就此擒之。」乃喚趙雲、魏延至，付與計策，各引兵五千去了。又喚王平、關索同引一軍，授計而去。孔明分撥已畢，坐於帳上待之。

卻說蠻王孟獲在帳中正坐，忽哨馬來報，說：「三洞元帥俱被孔明捉將去了！

部下之兵，各自潰散。」獲大怒！遂起蠻兵迤邐進發！正遇王平軍馬。

兩陣對圓，王平出馬，橫刀望之，只見旗門開處，數百南蠻騎將兩陣擺開！中間孟獲出馬，頭頂嵌寶紫金冠，身披纓絡紅錦袍，腰繫碾玉獅子帶，腳穿鷹嘴抹綠靴；騎一匹捲毛赤兔馬，懸兩口松紋鑲寶劍；◎18昂然觀望。回顧左右蠻將曰：「人每說諸葛亮善能用兵。今觀此陣，旌旗雜亂、隊伍交錯！刀槍器械無一可能勝吾者。始知前日之言謬也！早知如此，吾反多時矣！誰敢去擒蜀將，以振軍威？」

言未畢，一將應聲而出，名喚忙牙長，使一口截頭大刀，騎一匹黃驃馬；來取王平。二將交鋒，戰不數合，王平便走。孟獲驅兵大進！迤邐追趕。關索略戰，又走約退二十餘里。

孟獲正追殺之間，忽然喊聲大起！左有張嶷，右有張翼。兩路兵殺出！截斷歸路。王平、關索復引兵殺回，前後夾攻。蠻兵大敗！

孟獲引部將死戰得脫，望錦帶山而逃。背後三路兵追殺將來！獲正奔走之間，前面喊聲大起，一彪軍攔住。為首大將，乃常山趙子龍也。獲見了，大驚！慌忙奔

〈評點〉

◎17：此時卻極力贊他一句。（李漁）

◎18：寫得孟獲怕人。乃見擒之非易，縱之亦非易。（毛宗崗）

錦帶山小路而走。子龍衝殺一陣，蠻兵大敗生擒者無數。

孟獲止與數十騎奔入山谷之中。背後追兵至近！前面路狹，馬不能行。乃棄了馬匹，爬山越嶺而逃。忽然山谷中一聲鼓響！乃是魏延受了孔明計策，引五百部軍，伏於此處。孟獲抵敵不住，被魏延生擒活捉了！從騎皆降。

魏延解孟獲到大寨來見孔明。孔明早已殺牛宰馬，設宴在寨。卻教帳中排開七重劊子手※4，刀槍劍戟燦若霜雪！又執御賜黃金鉞斧，曲柄傘蓋；前後羽葆※5鼓吹，左右排開御林軍，布列得十分嚴整。◎19

孔明端坐於帳上，只見蠻兵紛紛攘攘，解到無數。

孔明喚到帳中，盡去其縛。撫諭曰：「汝等皆是好百姓，不幸被孟獲所拘，今受驚嚇。吾想汝等父母兄弟妻子必倚門而望；若聽知陣敗，定然掛肚牽腸，眼中流血。吾今盡放汝等回去！以安各人父母兄弟妻子之心。」言訖，各賜酒食米糧而遣之。◎20蠻兵深感其恩，泣拜而去。

孔明教喚武士押過孟獲來。不多時，前推

◆抗天兵蠻王初受執。孟獲翻山越嶺逃跑途中，被埋伏的魏延擒獲。（fotoe提供）

後擁，縛至帳前。獲跪於帳下，孔明曰：「先帝待汝不薄，汝何敢背反？」獲曰：「兩川之地皆是他人所占地土。汝主倚強奪之，自稱爲帝。吾世居此處，汝等無禮，侵我土地。何爲反耶？」

孔明曰：「吾今擒汝，汝心服否？」獲曰：「山僻路狹，誤遭汝手，如何肯服？」孔明曰：「汝既不服，吾放汝去，若何？」獲曰：「汝放我回去，再整軍馬，共決雌雄。若能再擒吾！吾方服也。」

孔明即去其縛，與衣服穿了，賜以酒食。給與鞍馬，差人送出路徑，望本寨而去。正是：

「寇入掌中還放去，人居化外未能降。」

未知再來交戰若何，且看下文分解……

〈評點〉

◎19：此等設施亦妙。（鍾伯敬）

◎20：一路俱用此法。（李漁）

注釋

※4：即「圍宿軍」的俗稱。元代早期，皇城還沒有築立，朝會時用軍士圍護，叫圍宿軍。這是小說中保留著元代制度俗語的痕跡。

※5：即羽蓋，古時用鳥羽裝飾的車蓋。

第八十八回　渡瀘水再縛番王　識詐降三擒孟獲

卻說孔明放了孟獲。眾將上帳問曰：「孟獲乃南蠻渠魁※1，今幸被擒，南方便定。丞相何故放之？」孔明笑曰：「吾擒此人如囊中取物耳。◎1直須降伏其心，自然平矣！」諸將聞言，皆未肯信。

當日孟獲行至瀘水，正遇手下敗殘的蠻兵皆來尋探！眾兵見了孟獲，且驚且喜！拜問曰：「大王如何能夠回來？」獲曰：「蜀人監我在帳中。被我殺死十餘人，乘夜黑而走！正行間，逢著一哨馬軍，亦被我殺之！奪了此馬，因此得脫。」◎2

眾皆大喜！擁孟獲渡了瀘水，下住寨柵。會集各洞酋長，陸續招聚原放回的蠻兵，約有十餘萬騎——此時董荼那、阿噲喃已在洞中。孟獲使人去請，二人懼怕，只得也引洞兵來。◎3

獲傳令曰：「吾已知諸葛亮之計矣！不可與戰，戰則中他詭計。彼川兵遠來勞苦，況即日天炎，彼兵豈能久住？吾等有此瀘水之險，將船筏盡拘在南岸一帶，皆築土城，深溝高壘。看諸葛亮如何施謀？」

眾酋長從其計，盡拘船筏。於南岸一帶築起土城。有依山傍崖之地，高豎敵樓；樓上多設弓弩礮石，準備久處之計。糧草皆是各洞供運。孟獲以爲萬全之策，坦然不憂。◎4

卻說孔明提兵大進！前軍已至瀘水，哨馬飛報說：「瀘水之內並無船筏，又兼水勢甚急。隔岸一帶築起土城，皆有蠻兵把守。」

時值五月，天氣炎熱；南方之地分外炎酷。軍馬衣甲皆穿不得。

孔明自至瀘水邊觀畢，回到本寨。聚諸將至帳中，傳令曰：「今孟獲屯兵瀘水之南，深溝高壘，以拒我兵。吾既提兵至此，如何空回？汝等各各引兵，依山傍樹，揀林木茂盛之處，與我將息人馬。」乃遣呂凱離瀘水百里揀陰涼之地，分作兩個寨子，使王平、張嶷、張翼、關索各守一寨。內外皆搭草棚，遮蓋馬匹。將士乘

◆陽戲面具。（張天林／photobase／fotoe 提供）

〈評點〉

◎1：果如囊中物。（李漁）

◎2：背地出醜之事，在人前遮瞞得乾乾淨淨。何近日孟獲之多也?!（毛宗崗）

◎3：孟獲何等倔強！二人何等疲軟？（毛宗崗）

◎4：孟獲之所恃在此，孔明之用計亦在此。（李漁）

注釋

※1：敵方首領。

涼，以避暑氣。

「參軍」蔣琬看了，入問孔明曰：「某看呂凱所造之寨甚不好，正犯昔日先帝敗於東吳時之地勢矣！倘蠻兵偷渡瀘水，前來劫寨，若用火攻，如何解救？」孔明笑曰：「公勿多疑，吾自有妙算。」◎5蔣琬等皆不曉其意。

忽報：「蜀中差馬岱解『暑藥』并糧米到。」孔明令入。岱參拜畢，一面將米、藥分派各寨。

孔明問曰：「汝今帶多少軍來？」馬岱曰：「有三千軍！」孔明曰：「吾軍累戰疲困，欲用汝軍，未知肯向前否？」岱曰：「皆是朝廷軍馬，何分彼我？丞相要用，雖死不辭。」

孔明曰：「今孟獲拒住瀘水，無路可渡。吾欲先斷其糧道，令彼軍自亂。」岱曰：「如何斷得？」孔明曰：「離此一百五十里，瀘水下流沙口——此處水慢，可以紮筏而渡。◎6汝提本部三千軍渡水，直入蠻洞。先斷其糧，然後會合董荼那、阿嗆喃兩箇洞主，使為內應，不可有誤。」

馬岱欣然去了。領兵前到沙口，驅兵渡水。因見水淺，大半不下筏，只裸衣而過；半渡，皆倒。

◆渡瀘水再縛番王。諸葛亮設計，參軍蔣琬不明其意。（fotoe提供）

急救傍岸，口鼻出血而死。◎7馬岱大驚！連夜回告孔明。孔明隨喚鄉導土人問之。土人曰：「目今炎天，毒聚瀘水。日間甚熱，毒氣正發，有人渡水，必中其毒；或飲此水，其人必死。若要渡時，須待夜靜水冷，毒氣不起，飽食渡之；方可無事。」

孔明遂令土人引路。又選精壯軍五六百，隨著馬岱來到瀘水沙口，紮起木筏，半夜渡水，果然無事。

岱領著二千壯軍，令土人引路，逕取蠻洞運糧總路口夾山谷而來。那夾山谷兩下是山，中間一條路，止容一人一馬而過。馬岱占了夾山谷，分撥軍士，立起寨柵。洞蠻不知，正解糧到，被岱前後截住，奪糧百餘車。

蠻人報入孟獲大寨中。此時孟獲在寨中終日飲酒取樂，不理軍務。謂眾酋長曰：「吾若與諸葛亮對敵，必中奸計。今靠此瀘水之險，深溝高壘以待之！蜀人受不過酷熱，必然退走。那時吾與汝等隨後擊之！便可擒諸葛亮也。」言訖，呵呵大笑！

〈評點〉

◎5：可知孔明若在，猇亭必不被燒。（毛宗崗）

◎6：俱在圖上看出。（鍾伯敬）

◎7：豈《西遊記》之通天河耶？（李漁）

忽然班內一酋長曰：「沙口水淺，倘蜀兵透漏過來，深為利害！當分軍把守。」獲笑曰：「汝是本處土人，如何不知？吾正要蜀兵來渡此水。渡則必死於水中矣！」

酋長又曰：「倘有土人說與夜渡之法，當復何如？」獲曰：「不必多疑。吾境內之人安肯助敵人耶？」◎8

正言之間，忽報：「蜀兵不知多少，暗渡瀘水，絕繼了夾山糧道，打著『平北將軍馬岱旗號』。獲笑曰：「量此小輩，何足道哉？」即遣副將忙牙長引三千兵投夾山谷來！

卻說馬岱望見蠻兵已到，遂將二千軍排在山前。兩陣對圓，忙牙長出馬，與馬岱交鋒，只一合，被岱一刀斬於馬下！

蠻兵大敗走回，來見孟獲，細言其事。獲喚諸將問曰：「誰敢去敵馬岱？」言未畢，董荼那出曰：「某願往！」孟獲大喜！遂與三千兵而去。獲又恐有人再渡瀘水，即遣阿會喃引三千兵去把守沙口。

◆諸葛亮五月渡瀘像。成都武侯祠藏。（Legacy images 提供）

卻說董荼那引蠻兵到了夾山谷下寨。馬岱引兵來迎。部內軍有認得是董荼那，說與馬岱：「如此如此……。」

岱縱馬向前，大罵曰：「無義背恩之徒！吾丞相饒你性命，今又背反！豈不自羞？」董荼那滿面羞慚，無言可答。不戰而退！◎9馬岱掩殺一陣而回。

董荼那回見孟獲，曰：「馬岱英雄，抵敵不住。」獲大怒！曰：「吾知汝原受諸葛亮之恩，今故不戰而退，正是賣陣之計。」喝教：「推出斬首！」眾酋長再三哀告，方纔免死。叱武士將董荼那打了一百大棍，放歸本寨。◎10

諸多酋長皆來告董荼那曰：「我等雖居蠻方，未嘗敢犯中國※2；中國亦不曾侵我。今因孟獲勢力相逼，不得已而造反。想孔明神機莫測，曹操、孫權尚自懼之，何況我等蠻方乎？況我等皆受其活命之恩，無可爲報。今欲捨一死命，殺孟獲去投孔明，以免洞中百姓塗炭之苦。」

董荼那曰：「未知汝等心下若何？」內有原蒙孔明放回的人，一齊同聲應曰：「願往！」於是，董荼那手執鋼刀，引百餘人，直奔大寨而來！

時孟獲大醉於帳中。董荼那引眾人持刀而入！帳下有兩將侍立，董荼那以刀指

〈評點〉

◎8：癡蠻子。（李贄）

◎9：蠻子原有良心。（毛宗崗）

◎10：孟獲取禍之道。（毛宗崗）

注釋

※2：此指漢族建立的政權。

曰：「汝等亦受諸葛丞相之恩，宜當報效。」二將曰：「不須將軍下手！某當生擒孟獲去獻丞相。」

於是一齊入帳，將孟獲執縛已定，押到瀘水邊，駕船直過北岸，先使人報知孔明。

卻說孔明已有細作探知此事，於是密傳號令，教各寨將士整頓軍器；方教為首酋長解孟獲入來！其餘皆回本寨聽候。

董荼那先入中軍，見孔明細說其事。孔明重加賞勞，用好言安慰，遣董荼那引眾酋長去了。然後令刀斧手推孟獲入。

孔明笑曰：「汝前者有言，但再擒得，便肯降服。今日如何？」獲曰：「此非汝之能也！乃吾手下之人自相殘害，以致如此。如何肯服？」◎11

孔明曰：「吾今再放汝去，若何？」孟獲曰：「吾雖蠻人，頗知兵法。若丞相端的肯放吾回洞中，吾當率兵再決勝負！若丞相這番再擒得我，那時傾心吐膽歸降，並不敢改移也。」孔明曰：「這番生擒，如又不服，必無輕恕！」令左右去其繩索，仍前賜以酒食，列坐於帳上。

孔明曰：「吾自出茅廬，戰無不勝，攻無不取。汝蠻邦之人何為不服？」獲默然不答。孔明酒後，喚孟獲同上馬出寨，看視諸營寨柵，所屯糧草，所積軍器。孔明指謂孟獲曰：「汝不降吾，眞愚人也！吾有如此之精兵猛將，糧草兵器。汝安能勝吾哉？汝若早降，吾當奏聞天子；令汝不失王位，子子孫孫永鎮蠻邦。意下若何？」

獲曰：「某雖肯降，怎奈洞中之人未肯心服。若丞相肯再放回去，就當招安本部人馬，同心合膽，方可歸順。」孔明忻然，又與孟獲回到大寨。飲酒至晚，獲辭去。孔明親自送至瀘水邊，以船送獲歸寨。

孟獲來到本寨，先伏刀斧手於帳下。差心腹人到董荼那、阿會喃寨中，只推孔明有使命至，將二人賺到大寨帳下，盡皆殺之！棄屍於澗。◎12

孟獲隨即遣親信之人把守隘口，自引軍出了夾山谷，要與馬岱交戰，卻並不見一人。及問土人，皆言：「昨夜盡搬糧草，復渡瀘水，歸大寨去了。」

獲再回洞中，與親弟孟優商議曰：「如今諸葛亮之虛實吾已盡知！汝可去如此如此……。」

孟優領了兄計，引百餘蠻兵，搬載金珠、寶

〈評點〉

◎11：是。（李贄）

◎12：好狠蠻子。（毛宗崗）

◆ 河北涿州三義宮內陳倉侯馬岱塑像。（Legacy images 提供）

貝、象牙、犀角之類，渡了瀘水，逕投孔明大寨而來。方纔過了河時，前面鼓角齊鳴！一彪軍攔開。爲首大將，乃馬岱也。◎13孟優大驚！岱問了來情，令在外廂。差人來報孔明。

孔明正在帳中與馬謖、呂凱、蔣琬、費禕等共議平蠻之事。忽帳下一人報稱：「孟獲差弟孟優來進寶貝。」孔明回顧馬謖曰：「汝知其來意否？」謖曰：「不敢明言！容某暗寫於紙上，呈與丞相，看合鈞意否？」孔明從之。

馬謖寫訖，呈與孔明。孔明看畢，撫掌大笑曰：「擒孟獲之計，吾已差派下也！汝之所見，正與吾同。」遂喚趙雲入，向耳畔分付：「如此如此……。」又喚魏延入，亦低言分付；又喚王平、馬忠、關索入，亦各密地分付。各人受了計策，皆依令而去。方召孟優入帳。

優再拜於帳下曰：「家兄孟獲感丞相活命之恩，無可奉獻，輒具金珠寶貝若干，權爲賞軍之資；續後便有進貢天子禮物。」孔明曰：「汝兄今在何處？」優曰：「爲感丞相大恩，逕往銀坑山中，收拾寶物去了。少時便回來也！」

孔明曰：「汝帶多少人來？」優曰：「不敢多帶，只是隨

◆諸葛營遺址，雲南省楚雄州永仁縣方山風景名勝區。相傳三國時諸葛亮南征曾在此紮寨。（fotoe提供）

行百餘人，皆運貨物者。」孔明盡教入帳。看時，皆是青眼黑面，黃髮紫鬚；耳帶金環，髽頭※3跣足，身長力大之士。孔明就令隨席而坐；教諸將勸酒，慇懃相待。

卻說孟獲在帳中專望回音，忽報：「有二人回了！」喚入問之，俱說：「諸葛亮受了禮物，大喜！將隨行之人皆喚入帳中，殺牛宰馬，設宴相待。二大王令某密報大王：今夜三更裏應外合，以成大事。」◎14

孟獲聽知，甚喜！即點起三萬蠻兵，分爲三隊。獲喚各洞酋長，分付曰：「各軍盡帶火具。今晚到了蜀寨時，放火爲號。吾當自取中軍，以擒諸葛亮。」諸多蠻將受了計策。黃昏左右，各渡瀘水而來。

孟獲帶領心腹蠻將百餘人，逕投孔明大寨，於路並無一軍阻當。前至寨門，獲率眾將驟馬而入！乃是空寨，並不見一人。

獲撞入中軍，只見帳中燈燭輝煌！孟優並番兵盡皆醉倒。原來孟優被孔明教馬謖、呂凱二人管待，令樂人搬做雜劇，慇懃勸酒；酒內下藥，盡皆醉倒，渾如醉死

〈評點〉

◎13：寫馬岱出沒不測。（李漁）

◎14：孟獲所授之計，至此方纔敘明。（毛宗崗）

注釋

※3：一般寫作「蓬頭」，頭髮散亂。

之人。孟獲入帳問之，內有醒者，但指口而已。

獲知中計，急救了孟優等一干人；卻待奔回中隊，前面喊聲大震！火光驟起。蠻兵各自逃竄，一彪軍殺到！乃是蜀將王平。獲大驚！急奔左隊時，火光衝天，一彪軍殺到！爲首蜀將乃是魏延。獲慌忙望右隊而來，只見火光又起，又一彪軍殺到！爲首蜀將乃是趙雲。三路軍夾攻將來！四下無路。

◆識詐降三擒孟獲。孟獲被馬岱誘擒。（fotoe提供）

孟獲棄了軍士，匹馬望瀘水而逃。正見瀘水上數十個蠻兵駕一小舟。獲慌令近岸。人馬方纔下船，一聲號起！將孟獲縛住。原來馬岱受了計策，引本部兵扮作蠻兵，撐船在此，誘擒孟獲。◎15於是孔明招安蠻兵，降者無數。孔明一一撫慰，並不加害。就教救滅了餘火。

須臾，馬岱擒孟獲至，趙雲擒孟優至，魏延、馬忠、王平、關索擒諸洞酋長至。孔明指孟獲而笑曰：「汝先令汝弟以禮詐降，如何瞞得我過？今番又被我擒，汝可服否？」

獲曰：「此乃吾弟貪口腹之故，誤中汝毒，因此失了大事。吾若自來，必然成功！此乃天敗，非吾之不能也。如何肯服？」◎16孔明曰：「今已三次，如何不服？」孟獲低頭無語。

孔明笑曰：「吾再放汝回去！」孟獲曰：「丞相若肯放我弟兄回去，收拾家下親丁，和丞相大戰一場！那時擒得，方纔死心塌地而降。」◎17孔明曰：「再若擒住，必不輕恕！汝可小心在意，勤攻韜略之書，再整親信之士，早用良策；勿生後

〈評點〉

◎15：孔明附耳之計，至此方明。（李漁）

◎16：低棋越不肯認低。（李漁）

◎17：孟獲何嘗蠻？只是其心不服耳，服則永服也。不比今人蠻，心服口不服也。（鍾伯敬）

悔。」遂令武士去其繩索，放起孟獲，并孟優及各洞酋長，一齊都放。孟獲拜謝去了。此時蜀兵已渡瀘水。孟獲等過了瀘水，只見岸口陳兵列將，旗幟紛紛。獲到營前，馬岱高坐，以劍指之曰：「這番拏住，必無輕放！」孟獲到了自已寨時，趙雲早已襲了此寨，布列兵馬。雲坐於大旗下，按劍而言曰：「丞相如此相待，休忘大恩！」◎[18]獲諾諾連聲而去。

將出界口山坡，魏延引一千精兵，擺在坡上，勒馬厲聲而言曰：「吾今已深入巢穴，奪汝險要。汝尚自愚迷，抗拒大軍，這回拏住，碎尸萬斷！決不輕饒。」◎[19]孟獲等抱頭鼠竄！望本洞而去。後人有詩讚曰：

「五月驅兵入不毛，月明瀘水瘴烟※[4]高；誓將雄略酬三顧，豈憚征蠻七縱勞？」

卻說孔明渡了瀘水，下寨已畢，大賞三軍。聚諸將於帳下，曰：「孟獲第二番擒來，吾令遍觀各營虛實，正欲令其來刦營也！吾知孟獲頗曉兵法；吾將兵馬糧草炫耀，實令孟獲看吾破綻，必

◆怒江，發源於唐古喇山南麓的吉熱拍格，上游藏語稱為「那曲」，意為「黑水河」。流經雲南境內的貢山、福貢、瀘水，由潞西進入緬甸，最後注入印度洋。（fotoe提供）

用火攻！彼令其弟詐降，欲爲內應耳。吾三番擒之而不殺，誠欲服其心，不欲滅其類也！吾今明告汝等，勿得辭勞，可用心報國。」

眾將拜服曰：「丞相智、仁、勇，三者足備，雖子牙、張良不能及也。」孔明曰：「吾今安敢望古人耶？皆賴汝等之力，共成功業耳。」◎20帳下諸將聽得孔明之言，盡皆喜悅。

卻說孟獲受了三擒之氣，忿忿歸到銀坑洞中。即差心腹人賚金珠寶貝，往八番九十三甸等處，并蠻方部落，借使牌刀獠丁軍健※5數十萬，尅日齊備。各隊人馬，雲堆霧擁，俱聽孟獲調用。◎21

伏路軍探知其事，來報孔明。孔明笑曰：「吾正欲令蠻兵皆至，見吾之能也。」遂上小車而行。正是：

「若非洞主威風猛，怎顯軍師手段高？」

未知勝負如何，且看下文分解……

〈評點〉

◎18：馬岱之言純是剛，趙雲之言剛中帶寬。（毛宗崗）

◎19：趙雲之言略寬，魏延之言又剛。眞是三收三放！（毛宗崗）

◎20：又獎勵眾人，皆是孔明妙處。（毛宗崗）

◎21：還虧蠻子肚量大，受得許多氣，引出無數蠻子來。（李漁）

注釋

※4：指南方山林中因爲潮濕悶熱而蒸發形成的有毒霧氣。

※5：指武器和兵士。獠丁：相貌兇惡的壯丁。軍健：強壯有力的士兵。

第八十九回　武鄉侯四番用計　南蠻王五次遭擒

卻說孔明自駕小車，引數百騎前來探路。前有一河，名曰「西洱河」。水勢雖慢，並無一隻船筏。孔明令伐木爲筏而渡，其木到水皆沉。

孔明遂問呂凱。凱曰：「聞西洱河上流有一山，其山多竹，大者數圍。可令人伐之，於河上搭起竹橋，以渡軍馬。」

孔明即調三萬人入山，伐竹數十萬根，順水放下。於河面狹處搭起竹橋，闊十餘丈。乃調大軍於河北岸一字兒下寨，便以爲濠塹，以浮橋爲門，壘土爲城。過橋南岸，一字下三個大營，以待蠻兵。

卻說孟獲引數十萬蠻兵，恨怒而來！將近西洱河，孟獲引前部一萬刀牌獠丁，直扣前寨搦戰。孔明頭戴綸巾，身披鶴氅，手執羽扇，乘駟馬車；左右衆將簇擁而出。◎1

孔明見孟獲：身穿犀皮甲，頭頂朱紅盔，左手挽牌，右手執刀，騎赤毛牛；口中辱罵。手下萬餘洞丁，各舞刀牌，往來衝突！孔明急令退回本寨，四面緊閉，不許出戰。

蠻兵皆裸衣赤身，直到寨門前叫罵。諸將大怒！皆來稟孔明曰：「某等情願出寨決一死戰！」孔明不許。諸將再三欲戰，孔明止曰：「蠻方之人不遵王化。今此一來，狂惡正盛，不可迎也。且宜堅守數日。待其猖獗少懈，吾自有妙計破之。」◎2

於是，蜀兵堅守數日。孔明在高阜處望之。窺見蠻兵已多懈怠，乃聚諸將曰：「汝等敢出戰否？」眾將欣然要出！孔明先喚趙雲、魏延入帳，向耳畔低言分付：「如此如此……」二人受了計策先進。卻喚王平、馬忠入帳，受計去了。

又喚馬岱分付曰：「吾今棄此三寨，退過河北。吾軍一退，汝可便拆浮橋，移於下流，卻渡趙雲、魏延軍馬過河來接應！」

岱受計而去。又喚張翼曰：「吾軍退去，寨中多設燈火。孟獲知之，必來追趕！汝卻斷其後。」張翼受計而去。

〈評點〉

◎1：一邊忿怒，一邊安閒；相形之下，好看煞人。（毛宗崗）

◎2：此待蠻子第一妙法。（李贄）

◆武鄉侯四番用計。孟獲全副裝扮，於陣前叫罵，孔明堅守不出。（fotoe提供）

孔明只教關索護車。眾軍退去！寨中多設燈火。蠻兵望見，不敢衝突。

次日平明，孟獲引大隊蠻兵逕到蜀寨之時，只見三個大寨，皆無人馬在內；棄下糧草車仗數百餘輛。

孟優曰：「諸葛亮棄寨而走，莫非有計否？」孟獲曰：「吾料諸葛亮棄輜重而去，必因國中有緊急之事。若非吳侵，定是魏伐。故虛張燈火以為疑兵，棄車仗而去也。◎3可速追之！不可錯過。」

於是孟獲自驅前部，直到西洱河邊。望見河北岸上，寨中旗幟整齊如故，燦若雲錦；沿河一帶，又設錦城。蠻兵哨見，皆不敢進。

獲謂優曰：「此是諸葛亮懼吾追趕，故就河北岸少住。不二日，必走矣！」遂將蠻兵屯於河岸。又使人去山上砍竹為筏，以備渡河。卻將敢戰之兵皆移於寨前面。卻不知蜀兵早已入自己之境。

是日，狂風大起！四壁廂火明鼓響，蜀兵殺到！蠻兵獠丁自相衝突！孟獲大驚，急引宗族洞丁殺開條路，逕奔舊寨。忽一彪軍從寨中殺出！乃是趙雲。獲慌忙

◆ 陽戲面具與八卦圖。（張天林／photobase／fotoe 提供）

回西洱河，望山僻處而逃，又一彪軍殺出！乃是馬岱。

孟獲只剩得數十個敗殘兵，望山谷中而逃。見南北西三處塵頭火光，因此不敢前進，只得望東奔走。方纔轉過山口，見一大林之前，數十從人引一輛小車，車上端坐孔明，呵呵大笑！曰：「蠻王孟獲大敗至此！吾已等候多時也。」

獲大怒！回顧左右曰：「吾遭此人詭計，受辱三次。今幸得這裏相遇，汝等奮力前去，連人帶馬，砍為粉碎！」數騎蠻兵，猛力向前！孟獲當先吶喊，搶到大林之前，「趷踏」※1一聲！踏了陷坑，一齊塌倒。大林之內，轉出魏延，引數百軍來，一個個拖出，用索縛定。

孔明先到寨中，招安蠻兵并諸甸酋長洞丁。此時大半皆歸本鄉去了，除死傷外，其餘盡皆歸降。孔明以酒肉相待，以好言撫慰，盡令放回。◎4蠻兵皆感嘆而去。

少頃，張翼解孟優至。孔明誨之曰：「汝兄愚迷，汝當諫之。今被吾擒了四次，有何面目再見人耶？」孟優羞慚滿面，伏地告求免死。孔明曰：「吾殺汝不在今日。吾且饒汝性命，勸諭汝兄。」令武士解其繩索，放起孟優。優泣拜而去！

〈評點〉

◎3：蠻子料到此處，亦不大呆。（李漁）

◎4：只用此法。（李贄）

注釋

※1：擬詞，形容聲音。

不一時，魏延解孟獲至。孔明大怒曰：「汝今番又被吾擒了，有何理說？」獲曰：「吾今誤中詭計，死不瞑目。」◎5孔明叱武士：「推出斬之！」◎6獲全無懼色，回顧孔明曰：「若敢再放吾回去，必然報四番之恨。」孔明大笑！令左右去其縛，賜酒壓驚。就坐於帳中。孔明問曰：「吾今四次以禮相待，汝尚然不服，何也？」獲曰：「吾雖是化外之人，不似丞相專施詭計。吾如何肯服？」

孔明曰：「吾再放汝回去，復能戰乎？」獲曰：「丞相若再拏住吾，吾那時傾心降服，盡獻本洞之物犒軍，誓不反亂。」孔明即笑而遣之！

獲忻然拜謝而去。於是聚得諸洞壯丁數千人，望南迤邐而行。早望見塵頭起處！一隊兵到。乃是兄弟孟優，重整殘兵，來與兄報讎。兄弟二人抱頭大哭，訴說前事。◎7

優曰：「我兵屢敗，蜀兵屢勝，難以抵當。只可就山陰洞中退避不出。蜀兵受不過暑氣，自然退矣！」獲問曰：「何處可避？」優曰：「此去西南有一洞，名曰『禿龍洞』。洞主朵思大王與弟甚厚。可投之！」

於是孟獲先教孟優到禿龍洞見了朵思大王。朵思慌引洞兵出迎。孟獲入洞，禮畢。訴說前事。朵思曰：「大王寬心！若川

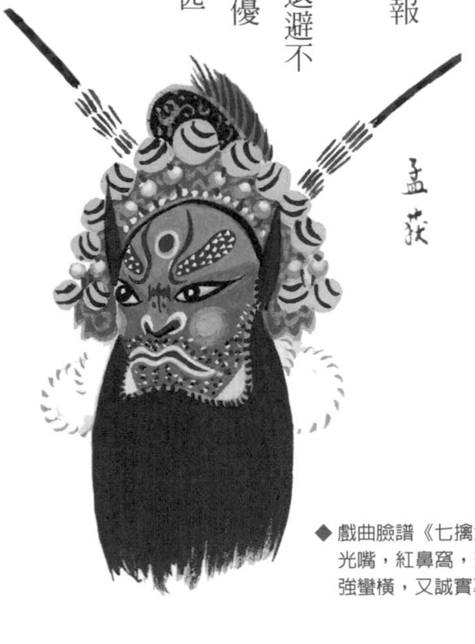

◆戲曲臉譜《七擒孟獲》之孟獲。南蠻王，揉灰藍臉，紅眉畫白點，光嘴，紅鼻窩，畫絡鬍，示其相貌醜陋，為臉譜中的怪異人物。倔強蠻橫，又誠實率直。（田有亮繪）

兵到來，令他一人一騎不得還鄉，與諸葛亮皆死於此處。」獲大喜！問計於朵思。朵思曰：「此洞中止有兩條路。東北上一路，就是大王所來之路；地勢平坦，土厚水甜，人馬可行。若以木石壘斷洞口，雖有百萬之眾不能進也。西北上有一條路，山險嶺惡，道路狹窄。其中雖有小路，多藏毒蛇惡蠍。黃昏時分，烟瘴大起！直至『巳』『午』時方收，惟『未』『申』『酉』三時※2可以往來；水不可飲，人馬難行。

「此處更有四個毒泉。一名『啞泉』其水頗甜；人若飲之，則不能言，不過旬日必死！◎8二曰『滅泉』，此水與湯無異，人若沐浴，則皮肉皆爛，見骨而死！◎9三曰『黑泉』。其水微清；人若濺之在身，則手足皆黑而死；◎10四曰『柔泉』。其水如冰；人若飲之，咽喉無暖氣，身軀軟弱如綿而死！◎11

〈評點〉

◎5：好老面皮。（鍾伯敬）

◎6：此時又是一樣做法，若只仍賜酒食，善言勸之，便沒趣矣！（毛宗崗）

◎7：難兄難弟。（鍾伯敬）

◎8：人之嘵嘵多言者，當令飲此。（毛宗崗）

◎9：今之好潔太甚者，當令遇此。（毛宗崗）

◎10：若此泉恐世人，多有戒心。（毛宗崗）

◎11：今之剛狠太甚者，當令飲此。（毛宗崗）

注釋

※2：分別是下午一點到三點、三點到五點、五點到七點。

「此處蟲鳥皆無。惟有漢伏波將軍曾到，自此以後，更無一人到此。◎12今壘斷東北大路，令大王穩居敝洞。若蜀兵見東路截斷，必從西路而入。於路無水，若見此四泉，定然飲水。雖百萬之眾，皆無歸矣！何用刀兵耶？」

孟獲大喜！以手加額，曰：「今日方有容身之地。」又望北指曰：「任諸葛神機妙算，難以施設。四泉之水，足以報敗兵之恨也。」自此，孟獲、孟優終日與朵思大王筵宴。

卻說孔明連日不見孟獲兵出。遂傳號令，教大軍離西洱河，望南進發。此時正當六月炎天，其熱如火。後人有「詠南方苦熱」詩曰：

「山澤欲焦枯，火光復太虛；不知天地外，暑氣更何如？」

又有詩曰：

「赤帝※3施權柄，陰雲不敢生；雲蒸孤鶴喘，海熱巨鰲驚。

忍捨溪邊坐，慵拋竹裏行。如何沙塞客※4，擐甲復長征？」

孔明統領大軍，正行之際，忽哨馬飛報：「孟獲退在禿龍洞中不出。洞口要路壘斷，內有兵把守；山惡嶺峻，不能前進。」

孔明請呂凱問之。凱曰：「某曾聞此洞有條路，實不知詳細。」

蔣琬曰：「孟獲四次遭擒，即已喪膽，安敢再出？況今天氣炎熱，軍馬疲乏，征之無益。不如班師回國。」◎13

孔明曰：「若如此，正中孟獲之計也。吾軍一退，彼必乘勢追之！今已到此，安有復回之理？」遂令王平領數百軍爲前部，卻教新降蠻兵引路，尋西北小路而入。

前到一泉，人馬皆渴，爭飲此水。王平探有此路，回報孔明。比及到大寨之時，皆不能言，但指口而已。

孔明大驚！知是中毒，遂自駕小車，引數十人前來。看時，見一潭清水，深不見底，水氣凜凜，軍不敢試。孔明下車，登高望之，四壁峰嶺，鳥雀不聞。心中大疑！

忽望見遠遠山岡之上有一古廟。孔明攀籐附葛而上，見一石屋之中，塑一將軍端坐。旁有石碑：「乃漢伏波將軍馬援之廟」，因平蠻到此，土人立廟祀之。孔明再拜曰：「亮受先帝託孤之重，今承聖旨到此平蠻；欲待蠻方即平，然後伐魏吞吳，重安漢室。今軍士不識地理，誤飲毒水，不能出聲。還望尊神念本朝恩義，通靈顯聖，護祐三軍。」祈禱已畢，出廟，尋土人問之。隱隱望見對山一老叟扶杖而來，形容甚異。◎14孔明請老叟入廟，禮畢，對坐

〈評點〉

◎12：好個去處，倒好躲債。（李贄）

◎13：頓挫。（李漁）

◎14：來得奇，與陸遜之遇黃承彥相似。（毛宗崗）

注釋

※3：掌管太陽的神祇。沙漠邊塞處的旅客，這裏指蜀兵。

※4：草名。

◆蜀兵渡瀘水，不少人中毒而死。諸葛亮向當地土人嚮導詢問情況。（朱寶榮繪）

於石上。孔明問曰：「丈者高姓？」老叟曰：「老夫久聞大國丞相隆名，幸得拜見。蠻方之人多蒙丞相活命，皆感恩不淺。」

孔明問泉水之故。老叟答曰：「軍所引之水，乃『啞泉』水也；飲之難言，數日而死。此泉之外，又有三泉。東南有一泉，其水至冷；人若飲之，咽喉無暖氣，身軀軟弱而死；名曰『柔泉』。正南有一泉，人若濺之在身，手足皆黑而死；名曰『黑泉』。西南有一泉，沸如熱湯，人若浴之，皮肉盡脫而死；名曰『滅泉』。敝處有此四泉，毒氣所聚，無藥可治。又烟瘴甚起，惟『未』『申』『酉』三個時辰可往來，餘者時辰，皆瘴氣密布，觸之即死。」

孔明曰：「如此，則蠻方不可平矣！蠻方不平，安能併呑吳、魏，再興漢室？有負先帝託孤之重，生不如死也！」老叟曰：「丞相勿憂！老夫指引一處，可以解之！」◎15孔明曰：「老丈有何高見？望乞指教。」

老叟曰：「此去正西數里，有一山谷；入內行二十里，有一溪，名曰：『萬安溪』，◎16上有一高士，號爲『萬安隱者』。此人不出溪有數十餘年矣！其草菴後有一泉，名『安樂泉』，人若中毒，汲其水飲之即愈。有人或生疥癩，或感瘴氣，於

〈評點〉

◎15：忽然絕處逢生。（毛宗崗）

◎16：「萬安」二字便好。（李漁）

萬安溪內浴之，自然無事。更兼庵前有一等草，名曰『薤葉芸香』※5，人若口含一葉，則瘴氣不染。丞相可速往求之！」

孔明拜謝。問曰：「承丈者如此活命之德，感刻不勝！願聞高姓！」老叟入廟曰：「吾乃本處山神，奉伏波將軍之命，特來指引。」言訖，喝開廟後石壁而入。孔明驚訝不已。再拜廟神，尋舊路上車，回到大寨。

次日，孔明備信香禮物，引王平及眾啞軍連夜望山神所言去處，迤邐而進。入山谷小徑，約行二十餘里，但見長松大柏，茂竹奇花，環遶一莊；籬落之中，有數間茅屋。聞得馨香噴鼻！

孔明大喜！到莊前扣戶，有一小童出。孔明方欲通姓名，早有一人竹冠草履，白袍皂絛，碧眼黃髮，忻然出曰：「來者莫非漢丞相否？」孔明笑曰：「高士何以知之？」隱者曰：「久聞丞相大纛※6南征，安得不知？」遂邀孔明入草堂。

禮畢，分賓主坐定。孔明告曰：「亮受昭烈皇帝託孤之重。今承嗣君聖旨，領大軍

◆重慶奉節白帝城永安宮劉備託孤堂。（馬耀俊／CTPphoto／fotoe 提供）

至此，欲服蠻邦，使歸王化。不期孟獲潛入洞中，軍士誤飲啞泉之水。夜來蒙伏波將軍顯聖，言高士有藥泉，可以治之。望乞矜念，賜神水以救眾兵殘生。」

隱者曰：「量老夫山野廢人，何勞丞相枉駕？此泉就在庵後。」教取來飲。於是童子引王平等一起啞軍來到溪邊，汲水飲之，隨即吐出惡涎，便能言語。童子又引眾軍到萬安溪中沐浴。隱者於庵中進柏子茶、松花菜，以待孔明。◎17

隱者告曰：「此間蠻洞多毒蛇惡蝎，柳花飄入溪泉之間，水不可飲。但掘地為泉，汲水飲之方可。」孔明求「薤葉芸香」，隱者令眾軍儘意採取：「各人口含一葉，自然瘴氣不侵。」

孔明拜求隱者姓名。隱者笑曰：「某乃孟獲之兄，孟節是也！」孔明愕然。

隱者又曰：「丞相休疑！容伸片言。某一父母所生三人：長即老夫孟節，次孟獲，又次孟優。父母皆亡，二弟強惡，不歸王化。某屢諫不從，故更名改姓，隱居於此。今辱弟造反，又勞丞相深入不毛之地，如此困苦※7，孟節合該萬死。故先於丞相之前請罪！」◎18

孔明嘆曰：「方信盜跖、下惠※8之事，今亦有之。」遂與孟節曰：「吾申奏

〈評點〉

◎17：百忙中，卻偏敘出隱士清冷之況，令人煩襟頓滌。（毛宗崗）

◎18：奇，奇！一父母所生，自有蠻有不蠻也。（李漁）

注釋

※5：祭神用的香。古人迷信的說法：虔誠地燒香，其煙就可作為信使，達到神的面前，使神知道燒香人的願望。

※6：大旗，這裏指大軍。纛：古代軍隊裏的大旗。

※7：道謝語，猶如說難為、有勞、對不住。

※8：都是春秋時候的人。舊說相傳：二人雖是兄弟，為人卻完全不同。下惠，即柳下惠，被視為有名的「賢人」，盜跖則一直被視為「大盜」。

天子，立公爲王可乎？」節曰：「爲嫌功名而逃於此，豈復有貪富貴之意？」◎19

孔明乃具金帛贈之，孟節堅辭不受。孔明嗟嘆不已，拜別而回。後人有詩曰：

「高士幽棲獨閉關，武侯曾此破諸蠻。
至今古木無人境，猶有寒烟鎖舊山！」

孔明回到大寨之中，令軍士掘地取水。掘下二十餘丈，並無滴水。凡掘十餘處，皆是如此。軍心驚慌！

孔明夜半焚香，告天曰：「臣亮不才，仰承大漢之福，受命平蠻。今途中乏水，軍馬枯渴。倘上帝不絕大漢，即賜甘泉；若氣運已終，臣亮等願死於此處。」是夜祝罷，平明視之，皆得滿井甘泉。後人有詩曰：

「爲國平蠻統大兵，心存正道合神明。
耿恭拜井甘泉出！諸葛虔誠水夜生。」◎20

孔明軍馬既得甘泉，遂安然由小徑直入禿龍洞前下寨。蠻兵探知，來報孟獲曰：「蜀兵不染瘴疫之氣，又無枯渴之患。諸泉皆不應。」朵思大王聞之，皆不信。自與孟獲來高山望之。只見蜀兵安然無事，大桶小擔，搬運水漿，飲馬造飯。

朵思見之，毛髮聳然！回顧孟獲曰：「此乃神兵也！」

獲曰：「吾兄弟二人與蜀兵決一死戰，就殞於軍前，安肯束手受縛？」朵思曰：「若大王兵敗，吾妻子亦休矣！當殺牛宰馬，大賞洞丁；不避水火，直衝蜀

寨，方可得勝。」於是大賞蠻兵。

正欲起程，忽報：「洞後迤西銀冶洞二十一洞主楊鋒引三萬兵來助戰！」孟獲大喜！曰：「鄰兵助我，我必勝矣！」即與朵思大王出洞迎接。楊鋒引兵入，曰：「吾有精兵三萬，皆披鐵甲，能飛山越嶺。足以敵蜀兵百萬。我有五子，皆武藝足備，願助大王。」鋒令五子入拜，皆彪軀虎體，威風抖擻。孟獲大喜！遂設席相待楊鋒父子。

酒至半酣，鋒曰：「軍中少樂。吾隨軍有蠻姑，善舞刀牌，以助一笑！」獲忻然從之。須臾，數十蠻姑皆披髮跣足，從帳外舞跳而入。群蠻拍手，以歌和之！◎21

楊鋒令二子把盞。二子舉杯，詣孟獲、孟優前。二人接杯，方欲飲酒，鋒大喝一聲！二子早將孟獲、孟優執下座來。朵思大王卻待要走，已被楊鋒擒了。蠻姑橫截於帳上，誰敢近前？

〈評點〉

◎19：泰伯讓天下而逃之蠻方，孟節又讓蠻王之位而逃之深山。其殆比泰伯之讓而更甚耶？名之曰：「節」，眞不愧其名。（毛宗崗）

◎20：好腐詩。（李贄）

◎21：好看好看，比今美人以妙喉和紫簫作鳳凰聲音，大不相同也。（李贄）

獲曰：「『兔死狐悲，物傷其類』。吾與汝皆是各洞之主，往日無冤，何故害我？」鋒曰：「吾兄弟子姪皆感諸葛丞相活命之恩，無以爲報。今汝反叛，何不擒獻？」於是，各洞蠻兵皆走回本鄉，楊鋒將孟獲、孟優、朵思等解赴孔明寨來。孔明令入。

楊鋒等拜於帳下，曰：「某等子姪皆感丞相恩德，故擒孟獲、孟優等呈獻。」孔明重賞之，令驅孟獲入。

◆南蠻王五次遭擒。銀治洞二十一洞主楊鋒在宴席上擒獲孟獲、孟優，將其解往諸葛亮寨中。（fotoe提供）

孔明笑曰：「汝今番心服乎？」獲曰：「非汝之能，乃吾洞中之人自相殘害，以致如此。要殺便殺！只是不服。」◎22

孔明曰：「汝賺吾入無水之地，更以啞泉、滅泉、黑泉、柔泉如此之毒。吾軍無恙，豈非天意乎？汝何爲如此執迷？」

獲又曰：「吾祖居銀坑山中，有三江之險，重關之固。汝若就彼擒之！吾當子子孫孫傾心服事。」孔明曰：「吾再放汝回去，重整兵馬，與吾共決勝負。如那時擒住，汝再不服，當滅九族！」叱左右去其縛，放起孟獲。獲再拜而去。

孔明又將孟優并朵思大王皆釋其縛，賜酒食壓驚。◎23二人悚懼，不敢正視。孔明令鞍馬送回。正是：

「深臨險地非容易，更展奇謀豈偶然？」

未知孟獲整兵再來，勝負如何，且看下文分解……

〈評點〉

◎22：甚矣，攻心之難！（李漁）

◎23：又收卻此二人心矣。（鍾伯敬）

第九十回　驅巨獸六破蠻兵　燒籐甲七擒孟獲

卻說孔明放了孟獲等一干人。楊鋒父子皆封官爵，重賞洞兵。楊鋒等拜謝而去。

孟獲等連夜奔回銀坑洞。那洞，外有三江，乃是瀘水、甘南水、西城水三路水會合，故爲「三江」。其洞北近平坦三百餘里，多產萬物。洞西二百餘里有鹽井，西南二百里直抵瀘、甘，正南三百里乃是梁都洞。洞中有山，環抱其洞；山上出銀礦，故名爲銀坑山。◎1山中置宮殿樓臺，以爲蠻王巢穴。其中建一祖廟，名曰「家鬼」。◎2四時宰牛殺馬享祭，名曰「卜鬼」。每年常以蜀人并外鄉之人祭之。若人患病，不肯服藥，只禱師巫，名爲「藥鬼」。

其處無刑法，但犯罪即斬。◎3有女長成，卻於溪中沐浴，男女自相混淆，任其自配；父母不禁，名曰「學藝」。◎4年歲雨水均調，則種稻穀；倘若不熟，殺蛇爲羹，煑象爲飯。每方隅※1之中，上戶號曰「洞主」，次曰「酋長」。每月初一十五兩日，皆在三江城中買賣，轉易

◆陽戲表演者在松林中表演蝦蟆功。（張天林／photobase／fotoe 提供）

貨物。其風俗如此。◎5

卻說孟獲在洞中聚集宗黨千餘人，謂之曰：「吾屢受辱於蜀兵，立誓欲報之！汝等有何高見？」言未畢，一人應曰：「吾舉一人，可破諸葛亮！」眾視之，乃孟獲妻弟，現為八番部長，名曰「帶來洞主」。

獲大喜！急問：「何人？」帶來洞主曰：「此去西南，八納洞洞主木鹿大王，深通法術。出則騎象，能呼風喚雨！常有虎、豹、豺、狼，毒蛇惡蠍跟隨。手下更有三萬神兵，甚是英勇。大王可修書具禮，某親往求之。此人若允，何懼蜀兵哉？」

獲忻然令國舅齎書而去。卻令朵思大王把守三江城，以為前面屏障。

卻說孔明提兵直至三江城，遙望見此城三面傍江，一面通岸。即遣魏延、趙雲同領一軍，於旱路打城。

〈評點〉

◎1：產銀之山，而謂之「坑」，可見錢財與糞土一般。奈何今人之陷此坑而不悟也！（毛宗崗）

◎2：好鬼名。（李漁）

◎3：倒爽利。（毛宗崗）

◎4：此事人人要學。（李漁）

◎5：如此風俗，何必設官理之？宜孔明服蠻之後，不復設官也。（毛宗崗）

注釋

※1：四方和四隅，引申指國家的邊疆。

軍到城下時，城上弓弩齊發。原來洞中之人多習弓弩，一弩齊發十矢，箭頭上皆用毒藥；但有中箭者，皮肉皆爛，見五臟而死。◎6

趙雲、魏延不能取勝，回見孔明，言藥箭之事。孔明自乘小車到軍前，看了虛實，回到寨中，令軍退數里下寨。◎7

蠻兵望見蜀兵遠退。獲大笑，作賀！只疑蜀兵懼怯而退。因此，夜間安心穩睡，不去哨探。

卻說孔明約軍退後，即閉寨不出。一連五日，並無號令。黃昏，左側忽起微風！孔明傳令曰：「每軍要衣襟一幅。限一更時分應點，無者立斬！」諸將皆不知其意，眾軍依令預備。

初更時分，又傳令曰：「每軍衣襟一幅，包土一包。無者立斬！」眾軍亦不知其意，只得依令預備。孔明又傳令曰：「諸軍包土，俱在三江城下交割，先到者有賞。」眾軍聞令，皆包淨土，飛奔城下。孔明令積土為磴道※2：「先上城者為頭功！」◎8

於是，蜀兵十餘萬，并降兵萬餘，將所包之土一齊棄於城下。一霎時，積土成山，接連城上。一聲暗號，蜀兵皆上城。蠻兵急放弩時，大半早被執下。餘者棄城而走。朵思大王死於亂軍之中。

蜀將督軍，分路剿殺。孔明取了三江城，所得珍寶皆賞三軍。敗殘蠻兵逃回見孟獲，說：「朵思大王身死，失了三江城。」獲大驚！正慮之間，人報：「蜀兵已渡江，現在本洞前下寨。」孟獲甚是慌張。

忽然屏風後一人大笑而出！曰：「既爲男子，何無智也？我雖是一婦人，願與你出戰！」獲視之，乃妻祝融夫人也。夫人世居南蠻，乃祝融氏※3之後。善使飛刀，百發百中。孟獲起身稱謝，夫人忻然上馬，引宗黨猛將數百員，生力洞兵五萬，出銀坑宮闕，來與蜀兵對敵。

方纔轉過洞口，一彪軍攔住！爲首蜀將，乃是張嶷。蠻兵見之，卻早兩路擺開！祝融夫人背插五口飛刀，手挺丈八長標，坐下捲毛赤兔馬。◎9張嶷見之，暗暗稱奇！

◆祝融夫人，為三國時南蠻王孟獲之妻，世居南蠻，傳說為火神祝融氏之後裔，善使飛刀。（fotoe提供）

〈評點〉

◎6：此藥不減「四泉」之毒。（毛宗崗）

◎7：所以疏敵之防。（李漁）

◎8：原來爲此。（李漁）

◎9：好個蠻婆子。（鍾伯敬）

注釋

※2：有階踏的坡道。

※3：傳說中的遠古帝王之一。

二人驟馬交鋒。戰不數合，夫人撥馬便走。張嶷趕去，空中一把飛刀落下！嶷急用手隔，正中左臂，翻身落馬。蠻兵發一聲喊！將張嶷執縛去了。

馬忠聽得張嶷被執，急出救時，早被蠻兵困住。望見祝融夫人挺標勒馬而立，忠忿怒向前去戰！坐下馬絆倒，亦被擒了。◎10都解入洞中，來見孟獲。

獲設席慶賀！夫人叱刀斧手推出張嶷、馬忠要斬，獲止曰：「諸葛亮放吾五次。今番若殺彼將，是不義也！且囚在洞中，待擒住諸葛亮，殺之未遲。」◎11夫人從其言，笑飲作樂。

卻說敗殘兵來見孔明，告知其事。孔明即喚馬岱、趙雲、魏延三人受計，各自領軍前去。

次日，蠻兵報入洞中，說：「趙雲搦戰！」祝融夫人即上馬出迎！二人戰不數合，雲撥馬便走。夫人恐有埋伏，勒馬而回。魏延又引軍來搦戰！夫人縱馬相迎。正交鋒緊急，延詐敗而逃！夫人只不趕。

次日，趙雲又引軍來搦戰！夫人領洞兵出迎。二人戰不數合，雲詐敗而走。夫人按標不趕。欲收兵回洞時，魏延引軍齊聲辱罵！夫人急挺標來取魏延。延撥馬便走！夫人忿怒趕來。

延驟馬奔入山僻小路！忽然，背後一聲響亮！延回頭視之，夫人仰鞍落馬。原來馬岱埋伏在此，用絆馬索絆倒，就裏擒縛，解投大寨而來。蠻將洞兵皆來救時，

趙雲一陣殺散！

孔明端坐於帳上。馬岱解祝融夫人至，孔明急令武士去其縛，請在別帳，賜酒壓驚。遣使往告孟獲，欲送夫人換張嶷、馬忠二將。孟獲允諾，即放出張嶷、馬忠，還了孔明。

孔明遂送夫人入洞。孟獲接入，又喜又惱。忽報：「八納洞主到。」孟獲出洞迎接，見其人：騎著白象，身穿金珠瓔絡，腰懸兩口大刀；領著一班餵養虎豹豺狼之士簇擁而入！

獲再拜哀告，訴說前事。木鹿大王許以報讎，獲大喜！設宴相待。次日，木鹿大王引本洞兵帶猛獸而出！

趙雲、魏延聽知蠻兵出，遂將軍馬布成陣勢，二將並轡立於陣前視之。只見蠻兵旗幟器械皆別，人多不穿衣甲，盡裸身赤體，面目醜陋，身帶四把尖刀；軍中不鳴鼓角，但篩金爲號。木鹿大王腰挂兩把寶刀，手執蒂鐘，身騎白象；從大旗中而出。◎12

〈評點〉

◎10：一婦人能敵三將。（李漁）

◎11：吾料孟獲決不斬二人。（李漁）

◎12：又在蜀將眼中寫木鹿聲勢。（毛宗崗）

趙雲見了，謂魏延曰：「我等上陣一生，未嘗見如此人物。」二人正沉吟之際，只見木鹿大王口中不知念甚咒語，手搖蒂鐘，忽然，狂風大作！飛沙走石，如同驟雨；一聲畫角響！虎、豹、豺、狼、毒蛇、猛獸，乘風而出！張牙舞爪，衝將過來！蜀兵如何抵當？往後便退！蠻兵隨後追殺，直趕到三江界口方回。

趙雲、魏延收聚散兵，來孔明帳前請罪，細說此事。孔明笑曰：「非汝二人之罪！吾未出茅廬之時，先知南蠻有『驅虎豹』之法。吾在蜀中已辦下破此陣之物也！隨軍有二十輛車，俱封記在此，今日且用一半，留下一半，後有別用。」遂令左右取了十輛紅油櫃車到帳下，留十輛黑油櫃車在後。眾皆不知其意！

孔明將櫃打開！皆是木刻綵畫巨獸，俱用五色絨線為毛衣，鋼鐵為牙爪；一個可騎坐十人。孔明選了精壯軍士一千餘人，領了一百口，內裝烟火之物，藏在車中。

次日，孔明驅兵大進！布於洞口。蠻

◆驅巨獸六破蠻兵。諸葛亮製造的假獸嚇跑了蠻兵的真獸，孟獲又一次大敗。（fotoe提供）

兵探知，入洞報與蠻王。木鹿大王自謂無敵，即與孟獲引洞兵而出！孔明綸巾羽扇，身衣道袍，端坐於車上。孟獲指曰：「車上坐的便是諸葛亮。若擒住此人，大事定矣！」

木鹿大王口中念咒，手搖蒂鐘。頃刻之間，狂風大作！猛獸突出。孔明將羽扇一搖，其風便回吹彼陣中去了！◎13蜀陣中，假獸擁出！蠻洞真獸見蜀陣巨獸：口吐火焰！鼻出黑烟！身搖銅鈴！張牙舞爪而來！諸惡獸不敢前進，皆奔回蠻洞；反將蠻兵衝倒無數。

孔明驅兵大進！鼓角齊鳴，望前追殺。木鹿大王死於亂軍之中。洞內，孟獲宗黨皆棄宮闕，爬山越嶺而走。孔明大軍占了銀坑洞。

次日，孔明正欲分兵緝擒孟獲，忽報：「蠻王孟獲妻弟帶來洞主因勸孟獲歸降，獲不從，今將孟獲并祝融夫人及宗黨數百餘人盡皆擒來，獻與丞相。」孔明聽知，即喚張嶷、馬忠，分付：「如此如此……。」二將受了計，引二千精壯兵，伏於兩廊。孔明即令守門將：「俱放進來！」

帶來洞主引刀斧手解孟獲等數百人，拜於殿下。孔明大喝曰：「與吾擒下！」兩廊壯兵齊出！二人捉一人，盡被執縛。

〈評點〉

◎13：孔明能借風，又能退風！（毛宗崗）

孔明大笑曰：「量汝此小詭計，如何瞞得我？汝見二次俱是本洞人擒汝來降，吾不加害汝，只道吾深信，故來詐降，欲就洞中殺吾。」喝令武士搜其身畔果然各帶利刀。◎14

孔明問孟獲曰：「汝原說在汝家擒住，方始心服。今日如何？」獲曰：「此是我等自來送死，非汝之能也！吾心未服。」◎15孔明曰：「吾擒汝六番，尚然不服，欲待何時耶？」獲曰：「汝第七次擒住，吾方傾心歸服，誓不反矣！」孔明曰：「巢穴已破，吾何慮哉？」令武士盡去其縛，叱之曰：「這番擒住，再若支吾，必不輕恕！」孟獲等抱頭鼠竄而去。

卻說敗殘蠻兵有千餘人，大半中傷而逃，正遇蠻王孟獲。獲收了敗兵，心中稍喜。卻與帶來洞主商議曰：「今吾洞府已被蜀兵所占，今投何處安身？」帶來洞主曰：「只有一國可以破蜀。」

獲喜曰：「何處可去？」帶來洞主曰：「此去東南七百里，有一國，名烏戈國。國主兀突骨，身長二丈，不食五穀，以生蛇惡獸爲飯。身有鱗甲，刀箭不能侵。其手下軍士俱穿籐甲；其藤生於山澗之中，盤於石壁之內。國人採取，浸於油中，半年方取出曬

◆七擒七縱（之六）。孟獲詐降，被孔明識破。（葉雄繪）

之！曬乾復浸；凡十餘遍，卻纔造成鎧甲。穿在身上，渡江不沉，經水不濕，刀箭皆不能入！因此號爲『籐甲軍』。◎16今大王可往求之！若得彼相助，擒諸葛亮如利刀破竹也。」

孟獲大喜！遂投烏戈國，來見兀突骨。其洞無宇舍，皆居土穴之內。孟獲入洞，再拜哀告前事。兀突骨曰：「吾起本洞之兵，與汝報讎。」獲欣然拜謝！於是，兀突骨喚兩個領兵俘長：一名土安，一名奚泥，起三萬兵，皆穿籐甲，離烏戈國，望東北而來！行至一江，名桃花水，兩岸有桃樹，歷年落葉於水中。若別國人飲之，盡死！惟烏戈國人飲之倍添精神。◎17兀突骨兵至桃花渡口下寨，以待蜀兵。

卻說孔明令蠻人哨探孟獲消息。回報曰：「孟獲請烏戈國主引三萬『籐甲軍』，現屯於桃花渡口。孟獲又在各番聚集蠻兵，併力拒戰。」◎18孔明聽說，提兵大進！直至桃花渡口。隔岸望見蠻兵：不類人形，甚是醜惡。

〈評點〉

◎14：不然焉知不失眞降。（李漁）

◎15：老面皮。（李贄）

◎16：只不曾遇火。（李漁）

◎17：有此異類，出此異水，眞此異事。（鍾伯敬）

◎18：此時將服，定須大戰一場，以作收尾。（毛宗崗）

又問土人，言說：「即日桃葉正落，水不可飲。」孔明退五里下寨，留魏嚴守寨。

次日，烏戈國主引一彪「籐甲軍」過河來，金鼓大震。魏延引兵出迎，蠻兵捲地而至！蜀兵以弩箭射到籐甲之上，皆不能透，俱落於地；刀砍槍刺，亦不能入。蠻兵皆使利刀鋼叉，蜀兵如何抵當？盡皆敗走！蠻兵不趕而回。

魏延復回，趕到桃花渡口。只見蠻兵帶甲渡水而去。內有困乏者，將甲脫下，放在水面，以身坐其上而渡。魏延急回大寨，來稟孔明，細言其事。

孔明請呂凱并土人，問之。凱曰：「吾素聞南蠻中有一烏戈國，無人倫※4者也；更有籐甲護身，急切難傷。又有桃葉惡水，本國人飲之反添精神，別國人飲之即死。如此蠻方，縱使全勝，有何益焉？不如班師早回。」孔明笑曰：「吾非容易到此，豈可便去？吾明日自有平蠻之策。」於是令趙雲助魏延守寨，且休輕出。

次日，孔明令土人引路，自乘小車到桃花渡口北岸山

◆貴州地戲面具。地戲在貴州安順地區廣為流傳，主要情節來源於《三國》、《封神榜》等歷史故事。面具用白楊木和丁香木雕刻而成，既是地戲的精華所在和地戲演出不可缺少的道具，又是彩繪木雕藝術中不可多得的作品，是一種罕見的木刻造型藝術。（吳東俊／fotoe 提供）

僻去處，遍觀地理。山險嶺峻之處，車不能行，孔明棄車步行。忽到一山，望見一谷，形如長蛇，皆危峭石壁，並無樹木；中間一條大路。

孔明問土人曰：「此谷何名？」土人答曰：「此處名爲『盤蛇谷』，出谷則三江城大路，谷前名塔郎甸。」孔明大喜！曰：「此乃天賜吾成功於此也。」

遂回舊路，上車歸寨。喚馬岱分付曰：「與汝黑油櫃車十輛，須用竹竿千條。櫃內之物，如此如此……，◎19可將本部兵去把住盤蛇谷兩頭，依法而行。與汝半月限，一切完備，至期如此施設。倘有走漏，定按軍法！」馬岱受計而去。

又喚趙雲，分付曰：「汝去盤蛇谷後三江大路口如此把守，所用之物，尅日完備。」趙雲受計而去！

又喚魏延，分付曰：「汝可引本部兵去桃花渡口下寨。如蠻兵渡水來敵，汝便棄了寨，望白旗處而走。限半個月內，須要連輸十五陣，棄七個寨柵；若輸十四陣，也休來見我。」魏延領命，心中不樂，快快而去。

孔明又喚張翼另引一軍，依所指之處，築立寨柵去了；卻令張嶷、馬忠：「引本洞所降千人，如此行之！」各人都依計而行。

〈評點〉

◎19：妙在不說明白。（李漁）

注釋

※4：倫比、匹敵。

卻說孟獲與烏戈國主兀突骨曰：「諸葛亮多有巧計，只是埋伏。今後交戰，分付三軍：但見山谷之中，林木多處，切不可輕進。」兀突骨曰：「大王說的有理！吾已知道中國人多有詭計，今後依此言行之。吾在前面廝殺，汝在背後教道。」

兩人商量已定。忽報：「蜀兵在桃花渡口北岸立寨！」兀突骨即差二俘長引「籐甲軍」渡河來與蜀兵交戰。不數合，魏延敗走！蠻兵恐有埋伏，不趕自回。次日，魏延又去立了營寨。蠻兵哨得，又有眾軍渡過河來戰！延出迎之，不數合，延敗走。蠻兵追殺十餘里，見四下並無動靜，便在蜀寨中屯住。

次日，二俘長請兀突骨到寨，說知此事。兀突骨即引兵大進！將魏延追一陣，蜀兵皆棄甲拋戈而走。只見前有白旗。延引敗兵急奔回白旗處，早有一寨。就寨中屯住。兀突骨驅兵追至，魏延引兵棄寨而走！蠻兵得了蜀寨。

次日，又望前追殺！魏延回兵交戰，不三合，又敗。只看白旗處而走。又有一寨。延就寨屯住。次日，蠻兵又至，延略戰又走。蠻兵占了蜀寨……。話休絮煩。魏延且戰且走，已敗十五陣，連棄七個營寨。蠻兵大進追殺！

兀突骨自在軍前破敵。於路但見林木茂盛之處，便不敢進，卻

◆四川成都武侯祠劉備墓。（傳光／fotoe 提供）

使人遠望。果見樹陰之中旌旗招颭。兀突骨謂孟獲曰：「果不出大王所料！」孟獲大笑曰：「諸葛亮今番被吾識破！大王連日勝他十五陣，奪了七個營寨，蜀兵望風而走。諸葛亮已是計窮。只此一進，大事定矣！」◎20兀突骨大喜！遂不以蜀兵爲念。

至第十六日。魏延引敗殘兵而與來「籐甲軍」對敵。兀突骨騎象當先，頭戴日月狼鬚帽，身披金珠纓絡，兩肋下露出生鱗甲，眼目中微露光芒。手指魏延大罵！延撥馬便走。後面蠻兵大進！

魏延引兵轉過盤蛇谷，望白旗而走。兀突骨統引兵眾，隨後追殺。兀突骨望見山上並無草木，料無埋伏，放心追殺！

趕到谷中，見數十輛黑油櫃車在當路。蠻兵報曰：「此是蜀兵運糧道路。因大王兵至，撇下糧車而走！」兀突骨大喜！催兵追趕。將出谷口，不見蜀兵，只見橫木亂石滾下，壘斷谷口。兀突骨令兵開路而進。

忽見前面大小車輛裝載乾柴，盡皆火起。兀突骨忙教退兵！只聞後軍發喊，報說：「谷口已被乾柴壘斷，車中原來皆是火藥，一齊燒著。」

〈評點〉

◎20：當彼喪膽之後，而欲驕其志，爲最難；既有六擒以挫之，須此十五勝以驕之。（毛宗崗）

兀突骨見無草木，心尚不慌。令尋路而走！只見山上兩邊，亂丟火把！火把到處，地中藥線燃著，就地飛起鐵砲！滿谷中，火光亂舞，但逢籐甲，無有不著，將兀突骨并三萬「籐甲軍」燒得互相擁抱，死於盤蛇谷中。

孔明在山上往下看時，只見蠻兵被火燒得伸拳舒腿，大半被鐵砲打得頭臉粉碎！皆死於谷中，臭不可聞。◎21孔明垂淚而嘆！曰：「吾雖有功於社稷，必損壽矣！」左右將士無不感嘆。

◆燒籐甲七擒孟獲。蠻兵被燒死無數，諸葛亮不忍目睹。（fotoe提供）

卻說孟獲在寨中正望蠻兵回報。忽然千餘人拜於寨前，言說：「烏戈國兵與蜀兵大戰，將諸葛亮圍在盤蛇谷中了，特請大王前去接應。我等皆是本洞之人，不得已而降蜀。今知大王前到，特來助戰！」孟獲大喜！即引宗黨并所聚番人，連夜上馬，就令蠻兵引路。

方到盤蛇谷時，只見火光甚烈，臭味難聞。獲知中計！急退兵時，左邊張嶷，右邊馬忠，兩路軍殺出！獲方欲抵敵，一聲喊起！蠻兵中大半皆是蜀兵，將蠻王宗黨，并聚集的番人，盡皆擒了。孟獲匹馬殺出重圍，望山徑而走。

正走之間，見山凹裏一簇人馬，擁出一輛小車，車中端坐一人：綸巾羽扇，身衣道袍，乃孔明也。

孔明大喝曰：「反賊孟獲！今番如何？」獲急回馬走。旁邊閃過一將，攔住去路，乃是馬岱。孟獲措手不及！被馬岱生擒活捉了。◎22此時王平、張翼已引一軍趕至蠻寨內，將祝融夫人并一應老小皆活捉而來。

孔明歸到寨中，升帳而坐。謂眾將曰：「吾今此計，不得已而用之，大損陰德。我料敵人必算吾於林木多處埋伏，吾卻空設旌旗，實無兵馬；疑其心也。吾令

〈評點〉

◎21：予謂孔明一生用術，未有如此之慘且毒者。（李漁）

◎22：此番不是自送，不是詭計，再有何說？（李漁）

◆清代年畫《銀坑洞七擒孟獲》。（fotoe 提供）

魏文長連輸十五陣者：堅其心也！

「吾見盤蛇谷止一條路，兩壁廂皆是光石，並無樹木，下面都是沙土；因令馬岱將黑油車安排於谷中。車中油櫃內，皆是預先造下的大砲，名曰『地雷』。一砲中藏九砲，三十步埋之；中用竹竿通節，以引藥線，纔一發動，山殞石裂。

「吾又令趙子龍預備草車，安排於谷口，又於山上準備大木亂石，卻令魏延賺兀突骨并『籐甲軍』入谷，放出魏延，即斷其路，隨後焚之。

「吾聞：『利於水者，必不利於火。』籐甲雖刀箭不入，乃油浸之物，見火必著。蠻兵如此頑皮，非火攻，安能取勝？使烏戈國之人不留種類者，是吾之大罪也！」眾將拜伏，曰：「丞相

◆ 漢畫像磚《庖廚圖》，表現當時廚師進行廚事活動的情景。（fotoe提供）

天機，鬼神莫測也！」

孔明令押過孟獲來。孟獲跪於帳下，孔明令去其縛，教且在別帳與酒食壓驚。孔明喚管酒食官至坐榻前，分付「如此如此……」而去。

卻說孟獲與祝融夫人，并孟優、帶來洞主一切宗黨在別帳飲酒。忽一人入帳，謂孟獲曰：「丞相面羞，不欲與公相見；◎23特令我來放公回去，再招人馬來決勝負。公今可速去！」

孟獲垂淚，言曰：「七擒七縱，自古未嘗有也。吾雖化外之人，頗知禮義，直

〈評點〉

◎23：不說孟獲羞，倒說孔明羞。其羞孟獲甚矣！（毛宗崗）

◆漢費禕（？～253），字文偉，荊州江夏郡（今河南信陽）人，三國蜀大臣。（fotoe提供）

如此無羞恥乎？」遂同兄弟妻子宗黨人等，皆匍匐跪於帳下，肉袒※5謝罪，曰：「丞相天威，南人不復反矣！」◎24孔明曰：「公今服乎？」獲泣謝曰：「某子子孫孫皆感覆載生成之恩，安得不服？」

孔明乃請孟獲上帳，設宴慶賀。就令永爲洞主。所奪之地，盡皆退還。孟獲宗黨及諸蠻兵無不感戴，皆欣然跳躍而去。後人有詩讚孔明曰：

「羽扇綸巾擁碧幢※6，七擒妙策制蠻王。至今溪洞傳威德，爲選高原立廟堂。」

長史費禕入諫曰：「今丞相親提士卒，深入不毛，收服蠻方。今既蠻王已歸服，何不置官吏與孟獲一同守之？」

孔明曰：「如此有三不易：留外人，則當留兵；兵無所食，一不易也。蠻人傷破，

◆孟獲。首款萬人策略對戰的線上遊戲《三國策Online》。（皓宇科技提供）

父兄死亡，留外人而不留兵，必成禍患；二不易也。蠻人累有廢殺之罪，自有嫌疑，留外人終不相信；三不易也。◎25今吾不留人，不運糧，與相安於無事而已。」眾人盡服。

於是，南方皆感孔明恩德，乃爲孔明立生祠，四時享祭。◎26皆呼之爲「慈父」。各送珍珠、金寶、丹漆、藥材、耕牛、戰馬，以資軍用。誓不再反，南方已定。

卻說孔明犒軍已畢，班師回蜀。令魏延引本部兵爲前鋒。延引兵方至瀘水，忽然陰雲四合！水面上一陣狂風驟起！飛沙走石，軍不能進。延退兵，回報孔明。孔明遂請孟獲問之！正是：

「塞外蠻人方貼服，水邊鬼卒又猖狂。」

未知孟獲所言若何，且看下文分解……

〈評點〉

◎24：中國人卻倒有不如孟獲者，即百縱百擒亦無如之何也。（李贄）

◎25：「三不易」乃孔明量情度勢之言。（鍾伯敬）

◎26：如此人，不愧生祠矣！與前卷馬伏波廟正是相映。（毛宗崗）

注釋

※5：把上衣脫掉一部分，露出身體，表示請罪，願意接受刑罰。這裏是誠心降服的意思。

※6：青綠色的車簾。這裏代指諸葛亮所乘的小車。

第九十一回　祭瀘水漢相班師　伐中原武侯上表

卻說孔明班師回國。孟獲率引大小洞主、酋長，及諸部落，羅拜※1相送。前軍至瀘水時，值九月秋天。忽然陰雲布合，狂風驟起！兵不能渡，回報孔明。孔明遂問孟獲。獲曰：「此水原有『猖神』作禍，往來者必須祭之！」孔明曰：「用何物祭之？」獲曰：「舊時國中因『猖神』作禍，用七七四十九顆人頭并黑白羊祭之，自然風恬浪靜，更兼連年豐稔。」

孔明曰：「吾今事已平定，安可妄殺一人？」遂自到瀘水岸邊觀看，果見陰風大起！波濤洶湧，人馬皆驚。孔明甚疑，即尋土人問之。

土人告說：「自丞相經過之後，夜夜只聞得水邊鬼哭神號。自黃昏直至天曉，哭聲不絕！瘴烟之內，陰鬼無數。因此作禍，無人敢渡。」

孔明曰：「此乃我之罪愆也！前者馬岱引蜀兵千餘，皆死於水中。更兼殺死南人盡棄此處，狂魂怨鬼不能解釋，以致如此。吾今晚當親自往祭於水濱。」土人曰：「須依舊例，殺四十九顆人頭爲祭。則怨鬼自散也！」孔明曰：「本爲人死而成怨鬼，豈可又殺生人耶？吾自有主意。」喚行廚宰殺牛馬；和麵爲劑，塑成人

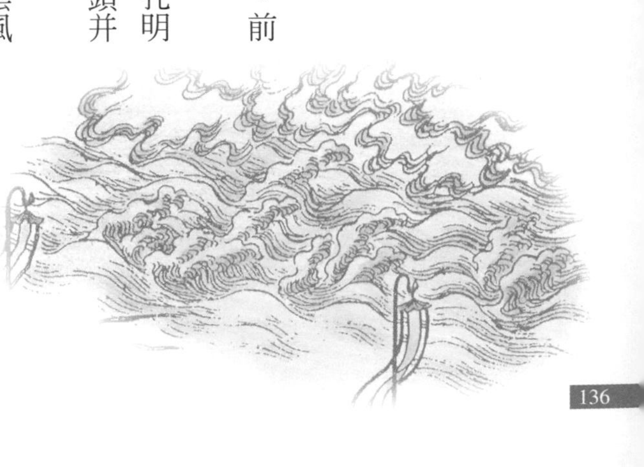

頭，內以牛羊等肉代之，名曰「饅頭」。當夜，於瀘水岸上設香案，鋪祭物，列燈四十九盞，揚旛招魂。將「饅頭」等物陳設於地。

三更時分。孔明金冠鶴氅，親自臨祭。令董厥讀祭文。其文曰：

維大漢建興三年，秋，九月一日。武鄉侯領「益州牧」丞相諸葛亮，謹陳祭儀，享於：

故歿王事蜀中將校，以及南人亡者陰魂，曰：

我大漢皇帝，威勝五霸；明繼三王。

昨自遠方侵境，異俗起兵；縱蠆尾※2以興妖，恣狼心而逞亂。我奉王命，問罪遐荒，大舉貔貅※3，悉除螻蟻。雄軍雲集，狂寇冰消！纔聞破竹之聲，便是失猿之勢。

但，士卒兒郎，盡是九州豪傑；官僚將校，皆爲四海英雄。習武從戎，投明事主，莫不同申三令，共展七擒。齊堅奉國之誠，共效忠君之志。何期汝等偶失兵機，緣落奸計。或爲流矢所中，魂掩泉臺※4；或爲刀劍所傷，魄歸長夜。◎1生則有勇，死則成名。

〈評點〉

◎1：「一將功成萬骨枯」，眞可憐也。又言「可憐無定河邊骨，猶是春閨夢裏人」，更可憐也。（鍾伯敬）

注釋

※1：四面圍繞著下拜。

※2：蠆：蠍子一類的蟲子，其尾有毒。蠆尾常比喻害人的人。

※3：本來是古書上所說的一種猛獸，這裏比喻勇猛的軍隊。

※4：陰間。下文的「魄歸長夜」，長夜：也是代指陰間，因爲人們觀念中陰間總是黑暗陰冷的，所以有此代指。

今凱歌欲還，獻俘將及※5。汝等英靈尚在，祈禱必聞。隨我旌旗，逐我部曲，同回上國，各認本鄉；受骨肉之蒸嘗，領家人之祭祀。莫作他鄉之鬼，徒爲異域之魂。我當奏之天子，使汝等各家盡沾恩露。年給衣糧，月賜廩祿，用茲酬答，以慰汝心。◎2

至於本境土神，南方亡鬼，血食有常，憑依不遠；生者既凜天威，死者亦歸王化。想宜寧貼，※6毋致號啕。

聊表丹忱，敬陳祭祀。嗚呼，哀哉！伏惟尚饗！

讀祭文畢。孔明放聲大哭！極其痛切。情動三軍，無不下淚。孟獲等眾盡皆哭泣。

只見愁雲怨霧之中，隱隱有數千鬼魂，皆隨風而散！◎3

於是孔明令左右將祭物盡棄於瀘水之中。次日，孔明引大軍俱到瀘水南岸，但見雲收霧散，風靜浪平。蜀兵安然盡渡瀘水。果然「鞭敲金鐙響，人唱凱歌還」。◎4

行到永昌。孔明留王伉、呂凱守四郡。發付孟

◆祭瀘水漢相班師。蜀軍殺伐太重，諸葛亮祭過瀘水，方才平安班師回朝。（fotoe提供）

獲領眾自回，囑其勤政馭下，善撫居民；勿失農務。孟獲涕泣拜別而去。

孔明自引大軍回成都。後主排鑾駕出郭三十里迎接，下輦立於道傍，以候孔明。孔明慌下車，伏道而言，曰：「臣不能速平南方，使主上懷憂，臣之罪也！」後主扶起孔明，並車而回。設太平筵會，重賞三軍。自此，遠邦進貢來朝者，二百餘處。◎5

孔明奏准後主，將歿於王事者之家一一優恤。◎6人心歡悅，朝野清平。

卻說魏主曹丕在位七年——即蜀漢建興四年也——丕先納夫人甄氏——即袁紹次子袁熙之婦，前破鄴城時所得——後生一子，名叡字元仲。自幼聰明，丕甚愛之。後丕又納安平廣宗人郭永之女爲貴妃，甚有顏色。其父嘗曰：「吾女乃女中之王也。」故號爲「女王」。自丕納爲貴妃，因甄夫人失寵，郭貴妃欲謀爲后，卻與幸臣張韜商議。

時丕有疾，韜乃詐稱：「於甄夫人宮中掘得桐木偶人，上書天子年月日時，爲

〈評點〉

◎2：鬼定歡喜也。（李贄）

◎3：恐今日和尚施食，倒無此等應驗。（毛宗崗）

◎4：好詞，從何處得來？（李漁）

◎5：服者不但南人。（毛宗崗）

◎6：不負初心。（鍾伯敬）

注釋

※5：古代軍禮之一，戰勝歸來，以所獲俘虜獻於宗廟社稷。

※6：平安舒貼。

壓鎭之事。」※7丕大怒！遂將甄夫人賜死，立郭貴妃爲后。因無出※8，養曹叡爲己子，雖甚愛之，不立爲嗣。

叡年至十五歲，弓馬熟嫻。當年春二月，丕帶叡出獵。行於山塢之間，趕出子母二鹿。丕一箭射倒母鹿！回視小鹿，馳於曹叡馬前。丕大呼曰：「吾兒何不射之？」叡在馬上泣告曰：「陛下已殺其母，安忍復殺其子？」◎7丕聞之，擲弓於地，曰：「吾兒眞仁德之主也。」於是遂封叡爲平原王。

夏五月，丕感寒疾，醫治不痊。乃召「中軍大將軍」曹眞、「鎭軍大將軍」陳群、「撫軍大將軍」司馬懿三人入寢宮。丕喚曹叡至，指謂曹眞等曰：「今朕病已沉重，不能復生。此子年幼，卿等三人可善輔之！勿負朕心。」

三人皆告曰：「陛下何出此言？臣等願竭力以事陛下，至千秋萬歲。」丕曰：「今年許昌城門無故自崩，乃不祥之兆。朕故自知必死也！」

正言間，內侍奏：「『征東大將軍』曹休入宮問安。」丕召入，謂曰：「卿等皆國家柱石之臣也。若能同心輔朕之子，朕死亦瞑目矣！」言訖，墮淚而薨。時年四十歲，在位七年。

於是，曹眞、陳群、司馬懿、曹休等一面舉哀，一面擁立曹叡爲大魏皇帝。諡

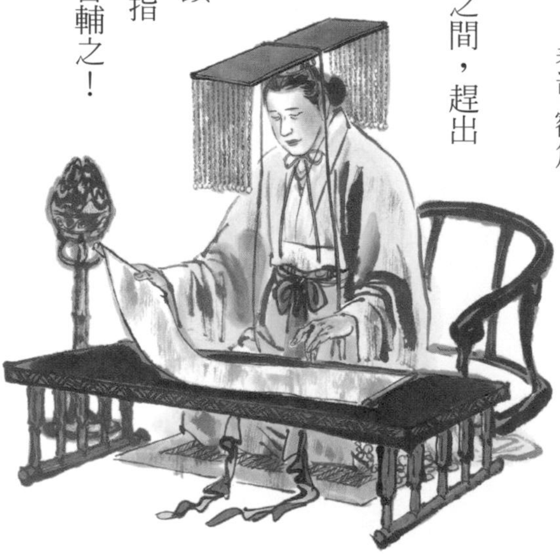

◆曹叡（205～239），即魏明帝，226～239年在位。字元仲，沛國譙（今安徽亳縣）人。曹丕之子，能詩文，與曹操、曹丕並稱魏之「三祖」，文學成就不及操、丕。原有集，已散佚，後人輯有其散文二卷、樂府詩十餘首。（葉雄繪）

◆河南洛陽，麗京門九龍殿曹丕塑像。（fotoe提供）

父丕爲「文皇帝」，謚母甄氏爲「文昭皇后」。封鍾繇爲「太傅」，曹眞爲「大將軍」，曹休爲「大司馬」，華歆爲「太尉」，王朗爲「司徒」，陳群爲「司空」，司馬懿爲「驃騎大將軍」。其餘文武官僚，各各封贈。大赦天下。

時雍、涼二州缺人把守，司馬懿上表，乞守西涼等處。◎8曹叡從之，遂封懿提督雍、涼等處兵馬，領詔去訖。

早有細作飛報入川。孔明大驚！曰：「曹丕已死，孺子曹叡即位；餘皆不足慮。司馬懿深有謀略，今督雍、涼兵馬，倘訓練成時，必爲蜀中之大患。不如先起兵伐之！」◎9

「參軍」馬謖曰：「今丞相平南方回，軍馬疲敝。只宜存恤，豈可復遠征？某有一計，使司馬懿自死於曹叡之手，未知丞相鈞意允否？」

〈評點〉

◎7：此言亦自寓耳。蠢哉曹丕！何足以知此？（李贄）

◎8：司馬懿注意在西，所畏者蜀也。（毛宗崗）

◎9：對手。（李贄）

注釋

※7：迷信做法。用木製假人代替某一眞人，詛咒假人，則會在眞人身上生效。

※8：沒有生育孩子。

孔明問是何計，馬謖曰：「司馬懿雖是魏國大臣，曹叡素懷疑忌。◎10何不密遣人往洛陽、鄴郡等處布散流言，道此人欲反。更作司馬懿告示天下榜文，遍貼諸處。使曹叡心疑，必然殺此人也！」◎11孔明從之，即遣人密行此計去了。

卻說鄴城門上忽一日見貼下告示一道。守門者揭了，來奏曹叡。叡觀之，其文曰：

「驃騎大將軍」「總領雍、涼等處兵馬事」司馬懿，謹以信義布告天下：

昔太祖武皇帝創立基業，本欲立陳思王子建爲社稷主；不幸奸讒交集，歲久潛龍。

皇孫曹叡素無德行，妄自居尊，有負太祖之遺意。

今吾應天順人，尅日興師，以慰萬民之望。告示到日，各宜歸命新君。如不順者，當滅九族！

先此告聞，想宜知悉！

曹叡覽畢，大驚失色！急問群臣。「太尉」華歆奏曰：「司馬懿上表乞守雍、涼正爲此也。先時，太祖武皇帝嘗謂臣曰：『司馬懿鷹視狼顧，不可付以兵權；久必爲國家大禍。』今日反情已萌，可速誅之！」王朗奏曰：「司馬懿深明韜略，善

鍾繇

◆鍾繇（151～230），字元常，潁川長社（今河南長葛東北）人，三國魏大臣，著名書法家，博取衆長，擅長隸書、楷書、行書，其楷書筆法和結體上帶有濃厚的隸書氣息，風格古樸，被歷代奉為楷模。與東漢張芝、東晉王羲之、王獻之合稱為書中四賢；又同王羲之並稱鍾王。（清・潘畫堂繪／上海書畫出版社提供）

◆曹真（?～231），字子丹，東漢沛國譙（今安徽亳州）人，曹操族子。少孤，為曹操收養。魏明帝時被封大司馬，帶兵伐蜀，遇大雨撤兵，帶病返回洛陽，不久病逝。（fotoe提供）

曉兵機，素有大志。若不早除，久必爲禍！」叡乃降旨，欲興兵御駕親征。

忽班部中閃出「大將軍」曹眞奏曰：「不可！文皇帝託孤於臣等數人，是知司馬仲達無異志也。今事未知眞假，遽爾加兵，乃逼之反耳。或者蜀、吳奸細行『反間之計』，使我君臣自亂；彼卻乘虛而擊，未可知也。陛下幸察之！」◎12

叡曰：「司馬懿若果謀反，將奈何？」眞曰：「如陛下心疑，可倣漢高僞遊雲夢之計※9，御駕幸安邑，司馬懿必然來迎。觀其動靜，就軍前擒之可也。」叡從之，遂命曹眞監國。親自領御林軍十萬，逕到安邑。

司馬懿不知其故，欲令天子知其威嚴！乃整兵馬，率甲士數萬來迎。近臣奏曰：「司馬懿果率兵十餘萬，前來抗拒。實有反心矣！」叡慌命曹休先領兵迎之。

〈評點〉

◎10：大凡反間，都從疑起。（李漁）

◎11：一時反間，誰知後來果成眞事。（李漁）

◎12：曹子丹略有見識。（毛宗崗）

注釋

※9：漢高祖劉邦因懷疑楚王韓信謀反，用了陳平的計謀，假裝到雲夢去巡遊，騙韓信迎接，因而逮住韓信。

司馬懿見兵馬前來，只疑車駕親至，伏道而迎。曹休出曰：「仲達受先帝託孤之重，何故反耶？」懿大驚失色！汗流遍體；乃問其故，休備言前事。

懿曰：「此吳、蜀奸細『反間之計』，欲使我君臣自相殘害，彼卻乘虛而襲。某當自見天子辨之。」遂急即退了軍馬，至叡車前，俯伏泣奏曰：「臣受先帝託孤之重，安敢有異心？必是吳、蜀之奸計。臣請提一旅之師，先破蜀，後伐吳；報先帝與陛下，以明臣心。」

叡疑慮未決！華歆奏曰：「不可付之兵權，可即罷歸田里。」叡依言，將司馬懿削職回鄉。◎13命曹休總督雍、涼軍馬。曹叡駕

◆《出師表》。諸葛亮在此表中不僅表現了個人忠於蜀漢，鞠躬盡瘁的精神，而且作出了許多具體的人事安排。（鄧嘉德繪）

回洛陽。

卻說細作探知此事，報入川中。孔明聞之，大喜！曰：「吾欲伐魏久矣！奈有司馬懿總雍、涼之兵。今既中計遭貶，吾又何憂？」

次日，後主早朝，大會官僚。孔明出班，上出師表一道。表曰：

臣亮言：

先帝創業未半，而中道崩殂※10。

今天下三分，益州疲敝※11，此誠危急存亡之秋也。然侍衛之臣不懈於內，忠志之士忘身於外者，蓋追先帝之殊遇，欲報之於陛下也。誠宜開張聖聽，以光先帝遺德，恢宏※12志士之氣；不宜妄自菲薄，引喻※13失義，以塞忠諫之路也。

宮中、府中※14，俱爲一體；陟罰臧否※15，不宜異同。若有作奸犯科，及爲忠善者，宜付有司※16，論其刑賞，以昭陛下平明之治※17；不宜偏私，使內外異法也。◎14

「侍中」「侍郎」郭攸之、費禕、董允等，此皆良實※18，志慮忠純；是以先帝

〈評點〉

◎13：未見三馬同槽，先見一馬離槽。（毛宗崗）

◎14：今古至言。（李贄）

注釋

※10：死亡。

※11：疲勞乏力。

※12：發揚。

※13：引用相類似的例證來說明事理。

※14：宮中：指皇宮。府中：指丞相府。

※15：升降官吏、評論人物。陟：升。臧：善。否：惡。

※16：有關部門。

※17：公平英明。

※18：忠良篤實。

簡拔※19，以遺陛下。愚以爲宮中之事，事無大小，悉以咨之，然後施行！必得裨補闕漏，有所廣益。

將軍向寵，性行淑均，曉暢軍事；試用之於昔日，先帝稱之曰：「能！」是以眾議舉寵以爲督。愚以爲營中之事，事無大小，悉以咨之；必能使行陣和穆，優劣得所也。

「親賢臣，遠小人」，此先漢所以興隆也；「親小人，遠賢臣」，此後漢所以傾頹也。先帝在時，每與臣論此事，未嘗不嘆息痛恨於桓、靈也！

侍中尚書、長史參軍此悉貞亮死節之臣※20也！願陛下親之信之，則漢室之隆，可計日而待也。

臣本布衣，躬耕南陽，苟全性命於亂世，不求聞達於諸侯。先帝不以臣卑鄙※21，猥自枉屈※22，三顧臣於草廬之中，諮臣以當世之事；由是感激，遂許先帝以馳驅。後值傾覆，受任於敗軍之際，奉命於危難之間，爾來二十有一年矣！先帝知臣勤慎，故臨崩寄臣以大事也。

受命以來，夙夜憂慮；恐付託不效，以傷先帝之明；故五月渡瀘，深入不毛。今南方已定，甲兵已足；當獎帥三軍，北定中原，庶竭駑鈍※23；攘除姦凶，興復漢室，還於舊都。此臣所以報先帝，而忠陛下之職分也。至於斟酌損益※24，

◆向寵（？～240），襄陽宜城（今湖北宜城）人，三國蜀漢武將。跟隨劉備伐吳，秭歸之戰，劉備軍慘敗退回，部隊中唯有向寵之營保存最完好，受到劉備稱讚。劉禪即位後，向寵負責管理宮廷宿衛軍。後在延熙三年（240年）平定漢嘉少數民族叛亂時不幸遇害。成都武侯祠武將廊塑像，塑於清道光二十九年（1849）。（fotoe提供）

進盡忠言，則攸之、禕、允之任也。願陛下託臣以討賊興復之效；不效則治臣之罪，以告先帝之靈。若無興復之言，則責攸之、禕、允之咎，以彰其慢。陛下亦宜自謀，以諮諏善道※25，察納雅言，深追先帝遺詔，臣不勝受恩感激。

今當遠離，臨表涕泣，◎15不知所云！

後主覽表，曰：「相父南征，遠涉艱難；方始回都，坐未安席。今又欲北征，恐勞神思。」孔明曰：「臣受先帝託孤之重，夙夜未嘗有怠。今南方已平，可無內顧之憂；不就此時討賊，恢復中原，更待何日？」

忽班部中「太史」譙周出奏曰：「臣夜觀天象，北方旺氣正盛，星曜倍明，未可圖也。」乃謂孔明曰：「丞相深明天文，何故強爲？」孔明曰：「天道變易不常，豈可拘執？吾今且駐軍馬於漢中，觀其動靜而後行。」譙周苦諫不從。

於是孔明乃留郭攸之、董允、費禕等爲侍中，總攝宮中之事；又留向寵爲大將，總督御林軍馬。陳震爲侍中，蔣琬爲參軍，張裔爲長史，掌丞相府事；杜瓊爲諫議大夫，杜微、楊洪爲尚書，孟光、來敏爲祭酒，尹默、李譔爲博士，郤正、費詩爲秘書，譙周爲太史。內外文武官僚一百餘員，同理蜀中之事。

〈評點〉

◎15：非爲伐魏而涕泣，爲後主而涕泣也。（毛宗崗）

注釋

※19：選拔。

※20：侍中指郭攸之、費禕、董允等；尚書指陳震；長史指張裔；參軍指蔣琬。貞亮死節之臣：堅貞忠直，能以死報國的臣子。

※21：這裏指地位卑微。

※22：親自屈尊就卑。

※23：自謙之辭：竭盡我平庸的才能。駑：下等的馬。駑鈍：比喻才能平庸。

※24：得失。

※25：詢問好的策略。諮諏：詢問。

孔明受詔歸府，喚諸將聽令：「前督部、鎮北將軍、領丞相司馬、涼州刺史」都亭侯魏延，「前軍都督，領扶風太守」張翼，「牙門將、裨將軍」王平，「後軍領兵使、安漢將軍、領建寧太守」李恢，「副將、定遠將軍、領漢中太守」呂義，「兼管運糧、左軍領兵使、平北將軍」陳倉侯馬岱，「副將、飛衛將軍」廖化，「右軍領兵使、奮威將軍」博陽亭侯馬忠，「鎮撫將軍、關內侯」張嶷，「行中軍師、車騎大將軍」都鄉侯劉琰，「中監軍、揚武將軍」鄧芝，「中參軍、安遠將軍」馬謖，「前將軍」都亭侯袁琳，「左將軍」高陽侯吳懿，「右將軍」玄都侯高翔，「後將軍」安樂侯吳班，領長史、「綏軍將軍」楊儀，「前將軍、征南將軍」劉巴，「前護軍、偏將軍」漢成亭侯許允，「左護軍、篤信中郎將」丁咸，「右護軍、偏將軍」劉敏，「後護軍、典軍中郎將」宮雝，「行參軍、昭武中郎將」胡濟，「行參軍、諫議將軍」閻晏，「行參軍、偏將軍」爨習，「行參軍、裨將軍」杜義，「武略中郎將」杜祺，「綏軍都尉」盛敦，「從事、武略中郎將」樊岐，「典軍書記」樊建，「丞相令史」董厥，「帳前左護衛使、龍驤將軍」關興，「右護衛使、虎翼將軍」張苞。以上一應官員，都隨著「平北大都督、丞相、武鄉侯、領益州牧、知內外事」諸葛亮。

分撥已定。又檄李嚴等守川口，以拒東吳。選定建興五年、春三月、丙寅日，出師伐魏。◎16

◆河南南陽臥龍崗，岳飛書《出師表》雕塑。紹興八年（1138年）八月，岳飛北上抗金路過南陽，到臥龍崗拜謁諸葛武侯祠。入夜後，他秉燭細觀前代賢士留在壁間，讚頌諸葛亮的文辭詩賦，以及諸葛亮前後出師二表，不覺淚下如雨，思緒萬千。是夜竟不成眠，坐以待旦。當祠內道士敬茶並出紙索字時，岳飛便揮涕走筆，一氣呵成，書寫了武侯出師二表。（fotoe提供）

忽帳下一老將厲聲而進，曰：「我雖年邁，尚有廉頗之勇，馬援之雄。此二古人皆不服老，何故不用我耶？」眾視之，乃趙雲也。

孔明曰：「我自平南回都，馬孟起病故。吾甚惜之！以為折一臂也。今將軍年紀已高，倘稍有參差，動搖一世英名，減卻蜀中銳氣。」◎17

雲厲聲曰：「吾自隨先帝以來，臨陣不退！遇敵則先。大丈夫得死於疆場者，幸也！吾何恨焉？願為前部先鋒。」孔明再三苦勸不住。雲曰：「如不教我為先鋒，就撞死於階下！」

〈評點〉

◎16：此一出正關大義，故大書特書。（李漁）

◎17：雖是激語，亦是真話。（李漁）

孔明曰：「將軍既要爲先鋒，須得一人同去。」言未盡，一人應曰：「某雖不才，願助老將軍先引一軍前去破敵！」孔明視之，乃鄧芝也。◎18

孔明大喜！即撥精兵五千，副將十員，隨趙雲、鄧芝去訖。孔明出師。後主引百官送於北門外十里。孔明辭了後主，旌旗蔽野，戈戟如林，率軍望漢中迤邐進發！

卻說邊庭探知此事，報入洛陽。是日，曹叡設朝。近臣奏曰：「邊官報稱：諸葛亮率領大兵三十餘萬，出屯漢中。令趙雲、鄧芝爲前部先鋒，引兵入境。」叡大驚，問群臣曰：「誰可爲將，以退蜀兵？」

忽一人應聲而出，曰：「臣父死於漢中，切齒之恨，未嘗得報。今蜀兵犯境，臣願引本部猛將，更乞陛下賜關西之兵，前往破蜀。上爲國家效力，下報父讎！臣

◆河北涿州三義宮內鄉侯馬超塑像。（Legacy images 提供）

萬死不恨。」眾視之，乃夏侯淵之子夏侯楙也。楙字子休，其性最急！又最吝；自幼嗣與夏侯惇爲子。

後夏侯淵爲黃忠所斬！曹操憐之，以女清河公主招楙爲駙馬。因此朝中欽敬。雖掌兵權，未嘗臨陣。當時自請出征。曹叡即命爲「大都督」，調關西諸路軍馬前去迎敵。

「司徒」王朗諫曰：「不可！夏侯駙馬素不曾經戰；今付以大任，非其所宜。更兼諸葛亮足智多謀，深通韜略，不可輕敵。」夏侯楙叱曰：「司徒莫非結連諸葛亮，欲爲內應耶？吾自幼從父學習韜略，深通兵法，汝何欺我年幼？吾若不生擒諸葛亮，誓不回見天子。」◎19王朗等皆不敢言。

夏侯楙辭了魏主，星夜到長安，調關西諸路軍馬二十餘萬，來敵孔明。正是：

「欲秉白旄麾將士，卻教黃吻掌兵權。」※26

未知勝負如何，且看下文分解……

〈評點〉

◎18：即是不畏油鼎之人。（毛宗崗）

◎19：志大言大之人每每無用。（毛宗崗）

注釋

※26：黃嘴小兒，指夏侯楙。

第九十二回　趙子龍力斬五將　諸葛亮智取三城

卻說孔明率兵前到沔陽，經過馬超墳墓。乃令其弟馬岱挂孝，孔明親自祭之。祭畢，回到寨中，商議進兵。

忽哨馬報道：「魏主曹叡遣駙馬夏侯楙調關中諸路軍馬，前來拒敵。」

魏延上帳，獻策曰：「夏侯楙乃膏粱子弟※1，懦弱無謀。延願得精兵五千，取路出褒中，循秦嶺以東，當子午谷而投北。不過十日，可到長安。夏侯楙若聞某驟至，必然棄城望橫門邸閣而走！某卻從東方而來。丞相可大驅軍馬，自斜谷而進。如此行之，則咸陽以西一舉可定也。」◎1

孔明笑曰：「此非萬全之計也。汝欺中原無好人物※2？倘有人進言，於山僻中以兵截殺，非惟五千人受害，亦大傷銳氣！決不可用。」◎2

魏延又曰：「丞相兵從大路進發！彼必盡起關中之兵，於路迎敵。則曠日持久，何時而得中原？」孔明曰：「吾從隴右取平坦大路依法進兵，何憂不勝？」遂不用魏延之計。◎3魏延怏怏不悅。◎4孔明差人令趙雲進兵。

卻說夏侯楙在長安聚集諸路軍馬。時有西涼大將韓德，善用開山大斧，有萬夫

不當之勇，引西羌諸路兵八萬到來。見了夏侯楙。楙重賞之，就遣爲先鋒。

德有四子，皆精通武藝，弓馬過人。長子韓瑛，次子韓瑤，三子韓瓊，四子韓琪。

韓德帶四子并西羌兵八萬，取路至鳳鳴山，正遇蜀兵，兩陣對圓。韓德出馬！四子列於兩邊。德厲聲大罵曰：「反國之賊，安敢犯吾境界？」趙雲大怒！挺槍縱馬，單搦韓德交戰。長子韓瑛躍馬來迎。戰不三合，被趙雲一槍刺死於馬下。

次子韓瑤見之，縱馬揮刀來戰！趙雲施逞舊日虎威，抖擻精神迎戰。瑤抵敵不住，三子韓瓊急挺方天戟驟馬前來夾攻。雲全然不懼！槍法不亂。四子韓琪見二兄戰雲不下，也縱馬輪兩口日月刀而來，圍住趙雲。

雲在中央，獨戰三將。少時，韓琪中槍落馬！韓陣中偏將急出救時，雲拖槍便走！韓瓊按戟，急取弓箭射之。連放三箭，皆被雲用槍撥落。瓊大怒！仍綽方天戟縱馬趕來，卻被雲一箭射中面門，落馬而死。◎5韓瑤縱馬舉寶刀便砍趙雲。雲棄

〈評點〉

◎1：亦是膽智。（鍾伯敬）

◎2：孔明亦知是此計，但不欲行險以僥倖耳。愚謂孔明生平失計，莫大於此。（李漁）

◎3：此亦善策，亮不能用，延常謂亮爲怯，嘆憾己才用之不盡，亦豪傑不遇知己，憤激之常云耳。（明．無名氏）

◎4：早爲後文伏筆。（毛宗崗）

◎5：子龍幾曾老來？（李贄）

注釋

※1：膏：肥肉。粱：精糧。膏粱子弟，指過慣驕奢享受生活的富貴人家子弟。

※2：此指曹魏政權。好人物，就是英雄人物，這裏指善於用兵的人物。

槍於地，閃過寶刀，生擒韓瑤歸陣。復縱馬取槍，殺過陣來。

韓德見四子皆喪於趙雲之手，肝膽皆裂！先走入陣去。西涼兵素知趙雲之名，今見其英勇如昔，誰敢交鋒？趙雲馬到處，陣陣倒退！趙雲匹馬單槍，往來衝突，如入無人之境！後人有詩讚曰：

「憶昔常山趙子龍，年登七十建奇功；
獨誅四將來衝陣，猶似當陽救主雄。」

鄧芝見趙雲大勝，率蜀兵掩殺！西涼兵大敗而走。韓德險被趙雲擒住，棄甲步行而逃。雲與鄧芝收軍回寨。芝賀曰：「將軍壽已七旬，英勇如昨；今日陣前力斬四將！世所罕有。」雲曰：「丞相以吾年邁，不肯見用。吾故聊以自表耳！」遂差人解韓瑤，申報捷書，以達孔明。

卻說韓德引敗軍回見夏侯楙，哭告其事。楙自統兵來迎趙雲。探馬報入蜀寨，說：「夏侯楙引兵到。」雲綽槍上馬，引千餘軍，就鳳鳴山前擺成陣勢。

當日夏侯楙戴金盔，坐白馬，手提大砍刀，立在門旗之下。見趙雲躍馬挺槍，

◆趙子龍力斬五將。韓德四子皆喪於老將趙雲之手，其中韓瓊被箭射死。（fotoe提供）

往來馳騁！楙欲自戰，韓德曰：「殺吾四子之讎，如何不報？」縱馬輪開山大斧，直取趙雲。

雲奮怒挺槍來迎！戰不三合，槍起處，刺死韓德於馬下。急撥馬直取夏侯楙。楙慌忙閃入本陣。鄧芝驅兵掩殺！魏兵又折一陣，退十餘里下寨。

◆戲曲臉譜《鳳鳴關》之韓德。西涼老將，勾粉色老臉，示其忠勇暮年，老當益壯。（田有亮繪）

楙連夜與眾將商議，曰：「吾久聞趙雲之名，未嘗見面。今日年老，英雄尚在！方信當陽、長坂之事。似此無人可敵，如之奈何？」

「參軍」程武——乃程昱之子也——進言曰：「某料趙雲有勇無謀，不足爲慮。來日都督再引兵出，先伏兩軍於左右；都督臨陣先退，誘趙雲到伏兵處，都督卻登山，指揮四面軍馬重疊圍住，雲可擒矣！」◎6楙從其言。遂遣董禧引三萬軍伏於左，薛則引三萬軍伏於右，二人埋伏已定。

〈評點〉

◎6：此計亦平常不過。趙雲太猛，故中之耳。（毛宗崗）

次日，夏侯楙復整金鼓旗旛，率兵而進！趙雲、鄧芝出迎。芝在馬上謂趙雲曰：「昨夜魏兵大敗而走，今日復來，必有詐也，老將軍防之。」子龍曰：「量此乳臭小兒，何足道哉？吾今日必當擒之！」便躍馬而出！

魏將潘遂出迎，戰不三合，撥馬便走。趙雲趕去！魏陣中八員將一齊來迎，放過夏侯楙先走，八將陸續奔走。趙雲乘勢追殺，鄧芝引兵繼進。

趙雲深入重地，只聽得四面喊聲大震！鄧芝急收軍退回。左有董禧，右有薛則，兩路兵殺到！

鄧芝兵少，不能解救，趙雲被困在垓心，東衝西突！魏兵越厚。時雲手下止有千餘人，殺到山坡之下！只見夏侯楙在山上指揮三軍。趙雲投東則望東指，投西則望西指，因此趙雲不能突圍。乃引兵欲上山來。半山中，擂木礮石打將下來！不能上山。

趙雲從辰時殺至酉時，不能得脫！只得下馬少歇，且待月明再戰。卻纔卸甲而坐，月光方出，忽四下火光沖天，鼓聲大震！矢石如雨。魏兵殺到！皆叫曰：「趙雲早降！」雲急上馬迎

◆河北涿州三義宮內順平侯趙雲塑像。（Legacy images 提供）

敵。四面軍馬漸漸逼近，八方弓箭交射甚急！人馬皆不能向前。雲仰天嘆曰：「吾不服老，死於此地矣！」

忽東北角上喊聲大起！魏兵紛紛亂竄。一彪軍殺到！爲首大將，持丈八點鋼矛，馬項下挂一顆人頭。雲視之，乃張苞也。

苞見了趙雲，言曰：「丞相恐老將軍有失，特遣某引五千兵接應！◎7聞老將軍被困，故殺透重圍，正遇魏將薛則攔路，被某殺之！」

雲大喜！即與張苞殺出西北角來。只見魏兵棄戈奔走，一彪軍從外吶喊殺入！爲首大將，提青龍偃月刀，手挽人頭。雲視之，乃關興也。

興曰：「奉丞相之命，恐老將軍有失，特引五千兵前來接應。卻纔陣上逢著魏將董禧，被吾一刀斬之！梟首在此。丞相隨後便到也。」

雲曰：「二將軍已建奇功，何不趁今日擒住夏侯楙，以定大事！」張苞聞言，遂引兵去了。興曰：「我也幹功去！」遂亦引兵去了！雲回顧左右曰：「他兩個是吾子姪輩，尚且爭先幹功；吾乃國家上將，朝廷舊臣，反不如此小輩耶？吾當捨老命，以報先帝之恩。」於是引兵來捉夏侯楙。

〈評點〉

◎7：方知孔明精細。（李漁）

當夜，三路兵夾攻！大破魏軍一陣。鄧芝引兵接應，殺得屍橫遍野，血流成河。夏侯楙乃無謀之人，更兼年幼，不曾經戰。見軍大亂，遂引帳下驍將百餘人，望南安郡而走。◎8眾軍因無主將，盡皆逃竄！

興、苞二將，聞夏侯楙望南安郡去了，連夜趕來！楙走入城中，令緊閉城門，驅兵守禦。興、苞二人趕到，將城圍住。趙雲隨後也到，三面攻打。少時，鄧芝亦引兵到。一連圍了十日，攻打不下。

忽報：「丞相留後軍住沔陽，左軍屯陽平，右軍屯石城。自引中軍來到！」趙雲、鄧芝、關興、張苞皆來拜問孔明，說：「連日攻城不下！」孔明遂乘小車，親到城邊，週圍看了一遍。回寨，升帳而坐。眾將環立聽令。

孔明曰：「此郡濠深城峻，不易攻也！吾正事不在此城，汝等如只久攻，倘魏兵分道而出，以取漢中，吾軍危矣！」鄧芝曰：「夏侯楙乃魏之駙馬，若擒此人，勝斬百將；今困於此，豈可棄之而去？」

孔明曰：「吾自有計。此處西連天水郡，北抵安定郡。二處太守不知何人？」◎9探卒答曰：「天水太守馬遵，安定太守崔諒。」

孔明大喜！乃喚魏延授計：「如此如此……。」又喚關興、張苞，投計：「如此如此……。」又喚心腹軍士二人，授計：「如此行之……。」各將領命，引兵而去。孔明在南安城外，令軍運柴草堆於城下，口稱：「燒城！」魏兵聞知，皆大笑

◆武漢龜山三國城張苞、關興塑像。（fotoe提供）

不懼。

卻說「安定太守」崔諒在城中聞蜀兵圍了南安，困住夏侯楙。十分慌懼。即點軍馬，約共四千，守住城池。

忽見一人自正南而來，口稱：「有機密事！」崔諒喚入，問之。答曰：「某是夏侯楙都督帳下心腹將裴緒。今奉都督將令，特來求救於天水、安定二郡。南安甚急；每日城上縱火爲號，專望二郡救兵，並不見到。因復差某殺出重圍，來此告急！可星夜起兵爲外應。都督若見二郡兵到，卻開城門接應也。」◎10

諒曰：「有都督文書否？」緒貼肉取出，汗已濕透。略教一視，急令手下換了馬匹，便出城望天水而去。

不二日，又有報馬到。說：「天水太守已起兵救援南安去了！教安定早早接應。」崔諒與府官商議。多官曰：「若不去救，失了南安，送了夏

〈評點〉

◎8：曹操女婿不濟。（李漁）

◎9：孔明不於南安用計，卻欲以天水、安定用計。奇妙！（毛宗崗）

◎10：委是神出鬼沒，好計好計。（李贄）

侯駙馬，皆我兩郡之罪也。只得救之！」諒即點起人馬，離城而去，只留文官守城。

崔諒提兵向南安大路進發！遙望見火光沖天，催兵星夜前進。離南安尚有五十餘里，忽聞前後喊聲大雲！哨馬報道：「前面關興截住去路，背後張苞殺來！」安定之兵四下逃竄！諒大驚，乃領手下百餘人，往小路死戰得脫，奔回安定。

方到城濠邊，城上亂箭射下來！蜀將魏延在城上叫曰：「吾已取了城也！何不早降？」原來魏延扮作安定軍，賫夜賺開城門。蜀兵盡入，因此得了安定。

崔諒慌投天水郡來。行不到一程，前面一彪軍擺開！大旗之下，一人綸巾羽扇，道袍鶴氅，端坐於車上。諒視之，乃孔明也。急撥回馬走！關興、張苞兩路兵追到，只叫：「早降！」崔諒見四面皆是蜀兵，不得已，遂降。

同歸大寨，孔明以上賓相待。孔明曰：「南安太守與足下交厚否？」諒曰：「此人乃楊阜之族弟楊陵也。與某鄰郡，交契甚厚。」

孔明曰：「今欲煩足下入城，說楊陵擒夏侯楙，可乎？」諒曰：「丞相若令某去，可暫退軍馬，容某入城說之！」孔明從其言。即時傳令：教四面軍馬各退二十里下寨。

崔諒匹馬到城邊，叫開城門，入到府中。與楊陵禮畢，細言其事。陵曰：「我等受魏主大恩，安忍背之？可將計就計而行。」◎11遂引崔諒到夏侯楙處，備細說知。

楙曰：「當用何計？」楊陵曰：「只推某獻城門，賺蜀兵入，卻就城中殺之！」崔諒依計而行。出城見孔明；說：「楊陵獻城門，放大軍入城，以擒夏侯楙。楊陵本欲自捉，因手下勇士不多，未敢輕動。」

孔明曰：「此事至易。今有足下原降兵百餘人，於內暗藏蜀將，扮作安定軍馬，帶入城去，先伏於夏侯楙府下。卻暗約楊陵，待半夜之時，獻開城門！裏應外合。」◎12

崔諒暗思：「若不帶蜀將去，恐孔明生疑。且帶入去，就內先斬之！舉火爲號，賺孔明入內殺之可也。」因此應允。孔明囑曰：「吾遣親信將關興、張苞隨足下先去，只推救軍

〈評點〉

◎11：楊陵欲將計就計，誰知孔明亦要將計就計。（李漁）

◎12：委是老算，惜無對手耳。（李贄）

◆武漢龜山三國城諸葛亮塑像。（劉兆明／fotoe 提供）

殺入城中，以安夏侯楙之心。但舉火，吾當親入城去擒之！」

時值黃昏。關興、張苞受了孔明密計，披挂上馬，各執兵器，雜在安定軍中，隨崔諒來到南安城下。楊陵在城上撐起懸空板，倚定護心欄，問曰：「何處軍馬？」崔諒曰：「安定救軍來到！」

諒先射一號箭上城，箭上帶著密書，曰：「今諸葛亮先遣二將，伏於城中，要裏應外合。且不可驚動，恐泄漏計策！待入府中圖之。」楊陵將書見了夏侯楙，細言其事。

楙曰：「既然諸葛亮中計，且教刀斧手百餘人伏於府中。如二將隨崔太守到府，下馬閉門斬之！卻於城上舉火賺諸葛亮入城，伏兵齊出！亮可擒矣！」安排已

◆諸葛亮智取三城。關興斬楊陵於馬下。（fotoe提供）

畢。楊陵回到城上，言曰：「既是安定軍馬，可放入城。」關興跟崔諒先行，張苞在後。楊陵下城，在門邊迎接。興手起刀落！斬楊陵於馬下。

崔諒大驚！急撥馬走。到吊橋邊，張苞大喝曰：「賊子休走！汝等詭計，如何瞞得丞相耶？」手起一槍，刺崔諒於馬下。關興早到城上，放起火來！四面蜀兵齊入！

夏侯楙措手不及，開南門併力殺出！一彪軍攔住，爲首大將乃是王平。交馬只一合，生擒夏侯楙於馬上。◎13餘皆殺死！孔明入南安，招諭軍民，秋毫無犯。眾將各各獻功，孔明將夏侯楙囚於車中。

鄧芝問曰：「丞相何故知崔諒詐也？」孔明曰：「吾已知此人無降心，故意使入城。彼必盡情告與夏侯楙，欲將計就計而行。吾見來情，足知其詐；復使二將同去，以穩其心。此人若有眞心，必然見阻。彼忻然同去者，恐吾疑也。」

「他意中度：『二將同去，賺入城內，殺之未遲。』又令吾軍有託，放心而進！』

〈評點〉

◎13：丈人恁般做人，女婿卻出醜。（李漁）

◎14吾已暗囑二將就城門下圖之，城內必無準備，吾軍隨後便到。此出其不意也！」眾將拜服！

孔明曰：「賺崔諒者，吾使心腹人詐作魏將裴緒也。吾又去賺天水郡，至今未到，不知何故？今可乘勢取之！」乃留吳懿守南安，劉琰守安定；替出魏延軍馬，去取天水郡。

卻說天水郡太守馬遵聽知夏侯楙困在南安城中，乃聚文武官商議。「功曹」梁緒、「主簿」尹賞、「主記」梁虔等曰：「夏侯駙馬乃金枝玉葉。倘有疎虞，難逃坐視之罪。太守何不盡起本部兵以救之？」馬遵正疑慮間，忽報：「夏侯駙馬差心腹將裴緒到。」

緒入府，取公文付馬遵，說：「都督求安定、天水兩郡之兵，星夜救應。」言訖，匆匆而去。次日，又有報馬到，稱說：「安定兵已先去了！教太守火速前來會合。」

馬遵正欲起兵，忽一人自外而入，曰：「太守中諸葛亮之計矣！」眾視之，乃天水冀人也，姓姜名維，字伯約。父名冏，昔日曾爲天水郡「功曹」；因羌人亂，沒於王事。維自幼博覽群書，兵法武藝，無所不通。奉母至孝，郡人敬之。後爲「中郎將」，就參本郡軍事。

當日，姜維謂馬遵曰：「近聞諸葛亮殺敗夏侯楙，困於南安，水泄不通。安得有人自重圍之中而出？又且裴緒乃無名下將，從不曾見。◎15況安定報馬又無公文。以此察之，此人乃蜀將詐稱魏將，賺得太守出城。料城中無備，必然暗伏一軍於左近，乘虛而取天水也！」◎16

馬遵大悟！曰：「非伯約之言，則誤中奸計矣！」維笑曰：「太守放心！某有一計，可擒諸葛亮，解南安之圍。」正是：

「運籌又遇強中手，鬬智還逢意外人。」

未知其計如何，且看下文分解……

〈評點〉

◎14：如見。（李贄）

◎15：賺安定之假裴緒，在孔明口中說出；賺天水之假裴緒，又在伯約口中道破。（毛宗崗）

◎16：是孔明對手。（李贄）

◆姜維（202～264），字伯約，天水冀縣（今甘肅甘谷）人，三國末期蜀國名將。智勇足備，文武雙全，又事母至孝，心存漢室，深得諸葛亮器重。隨諸葛亮出祁山，久經沙場，累立戰功。諸葛亮死後，姜維以攻代守，七伐中原，一時挫魏國之威。蜀國滅亡後詐降，事敗被殺。（葉雄繪）

第九十三回　姜伯約歸降孔明　武鄉侯罵死王朗

卻說姜維獻計於馬遵，曰：「諸葛亮必伏兵於郡後，賺我兵出城，乘虛襲我。某願請精兵三千，伏於要路；太守隨後發兵出城，不可速去，止行三十里便回。但看火起爲號，前後夾攻，可獲大勝！如諸葛亮自來，必爲某所擒矣！」◎1遵用其計，付精兵與姜維去訖，然後自與梁虔引兵出城等候。只留梁緒、尹賞守城。

原來孔明果遣趙雲引一軍埋伏於山僻之中。只待天水人馬離城，便乘虛襲之！當日細作回報趙雲，說：「天水太守馬遵起兵出城！只留文官守城。」趙雲大喜！又令人報與張翼、高翔，教於要路截殺馬遵。此二處兵亦是孔明預先埋伏。

卻說趙雲引五千兵逕投天水郡城下，高叫曰：「吾乃常山趙子龍也。汝知中計，早獻城池，免遭誅戮。」城上梁緒大笑！曰：「汝中吾姜伯約之計，尚然不知耶？」

雲恰待攻城，忽然喊聲大震！四面火光沖天。當先一員少年將軍，挺槍躍馬而言曰：「汝見天水姜伯約乎？」雲挺槍直取姜維。戰不數合，維精神倍長。雲大驚，暗忖曰：「誰想此處有這般人物？」

正戰時，兩路軍夾攻來，乃是馬遵、梁虔引軍殺回！趙雲首尾不能相顧，衝開條路，引敗兵奔走。姜維趕來！虧得張翼、高翔兩路軍殺出，接應回去。◎2

趙雲歸見孔明，說：「中了敵人之計！」孔明驚問曰：「此是何人？識吾玄機！」有南安人告曰：「此人姓姜名維，字伯約，天水冀人也。事母至孝，文武雙全，智勇足備，眞當世之英傑也。」趙雲又誇獎姜維槍法與他人大不同。孔明曰：「吾今欲取天水，不想有此人。」遂起大軍前來！

卻說：姜維回見馬遵曰：「趙雲敗去，孔明必然自來。彼料我軍必在城中。今可將本部軍馬分爲四枝。某引一軍伏於城東，如彼兵到，則截之。太守與梁虔、尹賞各引一軍，城外埋伏。梁緒率百姓在城上守禦。」分撥已定。

卻說孔明因慮姜維，自爲前部，望天水郡進發。將到城

〈評點〉

◎1：前卷孔明用計說明在後，此處姜維用計說明在前。（毛宗崗）

◎2：又虧此一路接應。子龍雖敗，可見孔明用計之妙！（毛宗崗）

◆三國人物面具：關羽、張飛與馬超。（馮暉／fotoe提供）

邊，孔明傳令曰：「凡攻城池，以初到之日，激勵三軍，鼓譟直上。若遲延日久，銳氣隳，極難破矣！」◎[3]於是大軍逕到城下。因見城上旗幟整齊，未敢輕攻。候至半夜，忽然四下火光沖天，喊聲震地！正不知何處兵到，只見城上亦鼓譟吶喊相應。蜀兵亂竄！孔明急上馬，有關興、張苞二將保護，殺出重圍。回頭看時，正東上軍馬，一帶火光，勢若長蛇。孔明令關興探視。回報曰：「此姜維兵也！」

孔明嘆曰：「兵不在多，在人之調遣耳。此人眞將才也！」◎[4]收兵歸寨。思之良久，乃喚安定人問曰：「姜維之母現在何處？」答曰：「維母今居冀縣。」孔明喚魏延，分付曰：「汝可引一軍虛張聲勢，詐取冀縣。若姜維到，可放入城。」又問：「此地何處緊要？」安定人曰：「天水錢糧皆在上邽※[1]。若打破上邽，則糧道自絕矣！」孔明大喜！教趙雲引一軍去攻上邽。

孔明離城三十里下寨。早有人報入天水郡，說：「蜀兵分爲三路。一路攻此郡，一軍取上邽，一軍取冀城。」姜維聞之，哀告馬遵曰：「維母現在冀城，恐母有失。維乞一軍往救此城，兼保老母。」◎[5]馬遵從之。遂令姜維引三千軍去保冀城，梁虔引三千軍去保上邽。

卻說姜維引兵至冀城。前面一彪軍擺開！爲首蜀將乃是魏延。二將交鋒數合，延詐敗奔走。維入城閉門，率兵守護，拜見老母，並不出戰。趙雲亦放梁虔入上邽

城去了。

孔明乃令人去南安郡取夏侯楙至帳下。孔明曰：「汝懼死乎？」楙慌拜伏乞命。孔明曰：「目今天水姜維現守冀城，使人持書來說：『但得駙馬在，我願來降。』◎6吾今饒汝性命，汝肯招安姜維否？」楙曰：「情願招安。」孔明乃與衣服鞍馬，不令人跟隨，放之自行。

楙得脫出寨，欲尋路而走，奈不知路徑。正行之間，忽逢人奔走！楙問之，答曰：「我等是冀縣百姓。今被姜維獻了城池，歸降諸葛亮，蜀將魏延縱火刦掠，我等因此棄家奔走，投上邽去也。」楙又問曰：「今守天水郡是誰？」土人曰：「天水城中乃馬太守也。」楙聞之，縱馬望天水而行。又見百姓攜男抱女而來，所說皆同。

楙至天水城下叫門！城上人認得是夏侯楙，慌忙開門迎接。馬遵驚拜，問之！楙細言姜維之事，又將百姓所言，說了一遍。遵嘆曰：「不想姜維反投蜀矣！」梁緒曰：「彼意欲救都督，故以此言虛降。」楙曰：「今維已降！何為虛也？」

〈評點〉

◎3：亦是，然不可執。（李贄）

◎4：豪傑愛才如此。（李贄）

◎5：亦如徐庶所云：「方寸亂矣！」（毛宗崗）

◎6：即前番賺高定之法。（李漁）

注釋

※1：地名。

正躊躇間，時已初更。蜀兵又來攻城！火光中見，姜維在城下挺槍勒馬，大叫曰：「請夏侯都督答話。」夏侯楙與馬遵等皆到城上。見姜維耀武揚威！大叫曰：「我爲都督而降，都督何背前言？」楙曰：「汝受魏恩，何故降蜀？有何前言耶？」維應曰：「汝寫書教我降蜀，何出此言？汝要脫身，卻將我陷了！◎7我今降蜀，加爲上將，安有還魏之理？」言訖，驅兵打城，至曉便退。原來夜間假裝姜維者，乃孔明之計。令部卒形貌相似者假扮姜維攻城；因火光之中，不辨眞僞。

孔明卻引兵來攻冀城。城中糧少，軍食不敷。姜維在城上，見蜀兵大車小輛搬運糧草，入魏延寨中去了。維引三千兵出城，逕來刦糧！蜀兵盡棄了糧車，尋路而走。◎8

姜維奪得糧車，欲要入城。忽然一彪軍攔住！爲首蜀將張翼也。二將交鋒，戰不數合，王平引一軍又到！兩下夾攻。維力窮，抵敵不住，奪路歸城，城上早插蜀兵旗號，原來已被魏延襲了。

維殺條路，奔天水城，手下向有十餘騎。又遇張苞，殺了一陣！維止剩得匹馬單槍，來到天水城下叫門。城上軍見是姜

◆清末上海年畫《天水關》，描繪姜維投降諸葛亮場景。（清末民間年畫，徐震時提供／人民美術出版社）

維，慌報馬遵。遵曰：「此是姜維來賺我城門也！」令城上亂箭射下！

姜維回顧，蜀兵至近！遂飛奔上邽城來。城上梁虔見了姜維，大罵曰：「反國之賊！安敢來賺我城池？吾已知汝降蜀矣！」遂亂箭射下！◎9姜維不能分說，仰天長嘆！兩眼流淚。撥馬望長安而走。

行不數里，前至一派大樹茂林之處。一聲喊起！數千兵擁出。爲首蜀將關興，截住去路。維人困馬乏，不能抵當，勒回馬便走。忽然一輛小車從山坡中轉出。其人頭戴綸巾，身披鶴氅，手搖羽扇，乃孔明也。◎10

孔明喚姜維曰：「伯約此時，何尚不降？」維尋思良久，前有孔明，後有關興，又無去路，只得下馬投降。

孔明慌忙下車而迎，執維手曰：「吾自出茅廬以來，遍求賢者，欲傳授平生之學，恨未得其人。今遇伯約，吾願足矣！」◎11維大喜！拜謝。

孔明遂同姜維回寨，升帳商議取天水、上邽之計。維曰：「天水城中尹賞、梁

〈評點〉

◎7：姜伯約那裏出得老諸葛手。（李贄）

◎8：棄一騎馬以賺之，又棄無數糧車以賺之。足見姜維身價之重。（毛宗崗）

◎9：算得盡情。（李贄）

◎10：姜伯約那裏出得老諸葛手？（鍾伯敬）

◎11：一見便有此深談，此收拾英雄之法。（毛宗崗）

緒與某至厚。當寫密書二封，射入城中；使其內亂，城可得矣！」孔明從之！

姜維寫了二封密書，拴在箭上；縱馬直至城下，射入城中。小校拾得，呈與馬遵。遵大疑，與夏侯楙商議曰：「梁緒、尹賞與姜維結連，欲為內應。都督宜早決之！」楙曰：「可殺二人！」尹賞知此消息，乃謂梁緒曰：「不如納城降蜀，以圖進用。」

是夜，夏侯楙數次使人請梁、尹二人說話。二人料知事急，遂披挂上馬！各執兵器，引本部軍大開城門，放蜀兵入。夏侯楙、馬遵驚慌，引數百人出西門，棄城

◆收姜維。諸葛亮視姜維為自己的接班人，他死之後，蜀漢的命運即和姜維北伐息息相關。（鄧嘉德繪）

◆潮州市饒平縣許文進剪紙作品《孔明收姜維》。
（《潮州剪紙》／汕頭大學出版社提供）

投羌城而去。

梁緒、尹賞迎接孔明入城。安民已畢，孔明問取上邽之計。梁諸曰：「此城乃某親弟梁虔守之。願招來降！」孔明大喜。緒當日到上邽，喚梁虔出城來降孔明。孔明重加賞勞，就令梁緒爲「天水太守」，尹賞爲「冀城令」，梁虔爲「上邽令」。

孔明分撥已畢，整兵進發，諸將問曰：「丞相何不去擒夏侯楙？」孔明曰：「吾放夏侯楙，如放一鴨耳；今得伯約，得一鳳也。」◎12

孔明自得三城之後，威聲大

〈評點〉

◎12：有見之言。夫何今日有鴨無鳳也。噫！（李贄）

震！遠近州郡望風歸順。孔明整頓軍馬，盡提漢中之兵，前出祁山，兵臨渭水之西。細作報入洛陽。

時魏主曹叡太和元年，升殿設朝。近臣奏曰：「夏侯駙馬已失三郡，逃竄羌中去了。今蜀兵已到祁山，前軍臨渭水之西。乞早發兵破敵！」曹叡大驚，乃問群臣曰：「誰可爲朕退蜀兵耶？」

「司徒」王朗出班奏曰：「臣觀先帝每用大將軍曹眞，所到必克。今陛下何不拜爲『大都督』，以退蜀兵？」叡准奏。乃宣曹眞曰：「先帝託孤與卿。今蜀兵入寇中原，卿安忍坐視乎？」眞奏曰：「臣才疎智淺，不稱其職。」

王朗曰：「將軍乃社稷之臣，不可固辭。老臣雖駑鈍，願隨將軍一往。」◎13眞又奏曰：「臣受大恩，安敢推辭？但乞一人爲副將！」叡曰：「卿自舉之！」眞乃保太原陽曲人，姓郭名淮，字伯濟，官封射亭侯，領「雍州刺史」。叡從之，遂拜曹眞爲「大都督」，賜節鉞；命郭淮爲「副都督」，王朗爲「軍師」——朗時年已七十六歲矣——選撥東西二京軍馬二十萬與曹眞。

眞命宗弟曹遵爲先鋒，又命盪寇將軍朱讚爲副先鋒。當年十一月出師，魏主曹叡親自送出西門之外方回。

曹眞領大軍來到長安，過渭水之西下寨。眞與王朗、郭淮共議退兵之策。朗曰：「來日可嚴整隊伍，大展旌旗；老夫自出，只用一席話，管教諸葛亮拱手而

◆甘肅省隴南市禮縣祁山堡。祁山堡建於西漢，座落於西漢水北岸的孤峰上，是三國時蜀漢丞相諸葛亮統帥三軍、揮師北上進攻曹魏的營堡，因諸葛亮六出祁山而聞名。（fotoe提供）

降，蜀兵不戰自退！」◎14眞大喜！是夜，傳令：來日四更造飯，平明務要隊伍整齊，人馬威儀！旌旗鼓角，各按次序。當時使人先下戰書。

次日，兩軍相迎，列成陣勢於祁山之前。蜀軍見魏兵甚是雄壯，與夏侯楙大不相同。三軍鼓角已罷！「司徒」王朗乘馬而出！上首乃都督曹眞，下首乃副都督郭淮；兩個先鋒壓住陣腳。探子馬出軍前，大叫曰：「請對陣主將答話！」只見蜀兵門旗開處，關興、張苞分左右而出！立馬於兩邊；次後一隊隊驍將分列！門旗影下，中央一輛四輪車；孔明端坐車中，綸巾羽扇，素衣皀縧，飄然而出！

〈評點〉

◎13：此老死期將至。（李漁）

◎14：癡老兒眞是夢中，可發一笑。（毛宗崗）

孔明舉目見魏陣前三個麾蓋，旗上大書姓名。中央白髯老者，乃軍師「司徒」王朗。孔明暗忖曰：「王朗必下說詞，吾當隨機應之。」遂教推車出陣外，令護軍小校傳曰：「漢丞相與司徒會話。」◎15

王朗縱馬而出！孔明於車上拱手，朗在馬上欠身答禮。朗曰：「久聞公之大名！今幸一會。公既知天命，識時務，何故興無名之兵？」孔明曰：「吾奉詔討賊，何謂無名？」

朗曰：「天數有變。神器更易，而歸有德之人，此自然之理也。曩自桓、靈以來，黃巾倡亂、天下爭衡。降至初平、建安之歲，董卓造逆，傕、汜繼虐；袁術僭號於壽春，袁紹稱雄於鄴上，劉表占據荊州，呂布虎吞徐郡。盜賊蜂起，奸雄鷹揚！社稷有纍卵之危，生靈有倒懸之急。我太祖武皇帝掃清六合，席捲八荒；萬姓傾心，四方仰德。非以權勢取之，實天命所歸也。

「我世祖文帝，聖神文武，以膺大統；應天合人，法堯禪舜。處中國以治萬邦，豈非天心人意乎？

「今公蘊大才，抱大器；欲自比於管、樂；何乃強欲逆天理，背人情而行事

◆戲曲臉譜《罵王朗》之王朗。魏臣，勾水白臉，畫灰紋理，示其為虎作倀的垂老奸佞。（田有亮繪）

耶？豈不聞古人云：『順天者昌，逆天者亡。』今我大魏帶甲百萬，良將千員。量腐草之螢光，怎及天心之皓月？公可倒戈卸甲，以禮來降，不失封侯之位。國安民樂，豈不美哉？」

孔明在車上大笑！曰：「吾以爲漢朝大老元臣，必有高論。豈期出此鄙言？吾有一言，諸軍靜聽！

「昔日桓、靈之世，漢統淩替，宦官釀禍，國亂歲凶，四方擾攘。黃巾之後，董卓、傕、汜等接踵而起！遷刼漢帝，殘暴生靈。因廟堂之上，朽木爲官；殿陛之間，禽獸食祿。狼心狗行之輩，滾滾※2當朝；奴顏婢膝之徒，紛紛秉政。以致社稷丘墟，蒼生塗炭。◎16

「吾素知汝所行。世居東海之濱，初舉『孝廉』入仕；理合匡君輔國，安漢興劉。何期反助逆賊，同謀篡位？罪惡深重，天地不容！天下之人，願食汝肉。

「今幸天意不絕炎漢昭烈皇帝繼統西川。吾今奉嗣君之旨，興師討賊！汝既爲諂諛之臣，只可潛身縮首，苟圖衣食。安敢在行伍之前，妄稱天數耶？

〈評點〉

◎15：只一漢字，可以壓倒王朗。（毛宗崗）

◎16：罵盡漢臣，暗切王朗。（毛宗崗）

注釋

※2：即袞袞，爲數繁多、連續不斷的意思。

◆武鄉侯罵死王朗。三寸之舌，可以殺人，而且是在軍前殺人，恐怕後無來者了。（fotoe提供）

「皓首匹夫，蒼髯老賊！◎17汝即日將歸於九泉之下，何面目見二十四帝乎？老賊速退！可教反賊與吾共決勝負！」

王朗聽罷，氣滿胸膛，大叫一聲！撞死於馬下。◎18後人有詩讚孔明曰：

「兵馬出西秦，雄才敵萬人；輕搖三寸舌，罵死老奸臣。」

孔明以扇指曹眞曰：「吾不逼汝！汝可整頓軍馬，來日決戰。」言訖回車。於是兩軍皆退。曹眞將王朗屍首用棺木盛貯，送回長安去了。

副都督郭淮曰：「諸葛亮料吾軍中治喪，今夜必來刦寨。可分兵四路，兩路兵從山僻小路乘虛去刦蜀寨，兩路兵伏於本寨外，左右擊之！」

曹眞大喜！曰：「此計與吾相合。」遂傳令，喚曹遵、朱讚兩個先鋒，分付曰：「汝二人各引一萬軍，抄出祁山之後。但見蜀兵望吾寨而來，汝可進兵去刦蜀寨。如蜀兵不動，便撤兵回，不可輕進。」二人受計，引兵而去。

眞謂淮曰：「我兩個各引一枝軍，伏於寨外。寨中虛堆柴草，只留數人。如蜀兵到，放火爲號。」諸將皆分左右，各自準備去了。

〈評點〉

◎17：辱罵至此，無以潛身。（李漁）

◎18：王老兒何這樣不禁罵的。（李贄）

卻說孔明歸帳，先喚趙雲、魏延聽令。孔明曰：「汝二人各引本部兵去刦魏寨。」

魏延進曰：「曹眞深明兵法，必料我乘喪刦寨，他豈不隄防？」孔明笑曰：「吾正欲曹眞知吾去刦寨也！彼必伏兵在祁山之後，待我兵過去，卻來襲我寨。吾故令汝二人引兵前去，過山腳後路，遠下營寨。待魏兵來刦吾寨，汝看火起爲號，分兵兩路，文長拒住山口，子龍引兵殺回！必遇魏兵，卻放彼走回。汝乘勢攻之！彼必自相掩殺，可獲全勝。」◎19二將引兵受計而去。

又喚關興、張苞，分付曰：「汝二人各引一軍，伏於祁山要路；放過魏兵，卻從魏兵來路，殺奔魏寨而去。」二人引兵受計去了。又令馬岱、王平、張翼、張嶷四將伏於寨外，四面迎擊魏兵。孔明乃虛立寨柵，居中堆起柴草，以備火號。自引諸將，退於寨後，以觀動靜。

卻說魏先鋒曹遵、朱讚黃昏離寨，迤邐前進！二更左側，遙望山前隱隱有軍行動。曹遵自思曰：「郭都督眞神機妙算。」遂催兵急進！到蜀寨時，將及三更。曹遵先殺入寨！卻是空寨，並無一人。料知中計！急撤軍回。寨中火起！朱讚兵到，自相掩殺，人馬大亂。

曹遵與朱讚交馬，方知自相踐踏。急合兵時，忽四面喊聲大震！王平、馬岱、張翼、張嶷殺到！曹、朱二人引心腹軍百餘騎，望大路奔走。忽然鼓角齊鳴，一彪

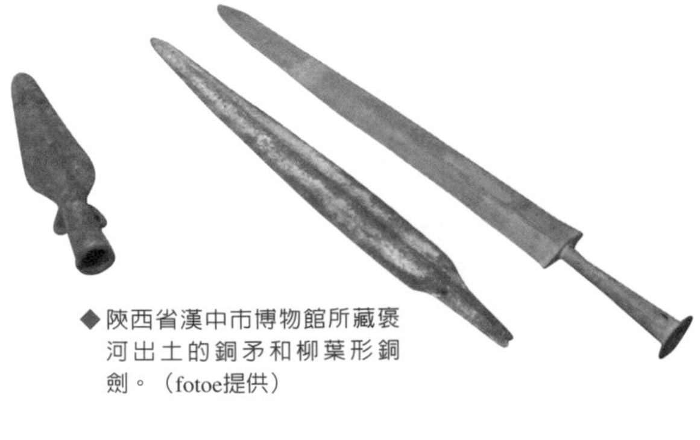

◆陝西省漢中市博物館所藏褒河出土的銅矛和柳葉形銅劍。（fotoe提供）

軍截住去路，爲首大將，乃常山趙子龍也。大叫曰：「賊將那裏去，早早受死！」

曹、朱二人奪路而走！忽喊聲又起！魏延又引一彪軍殺到！曹、朱二人大敗！奪路奔回本寨。守寨軍士只道蜀兵來刦寨，慌忙放起火號，左邊曹眞殺至！右邊郭淮殺至！自相掩殺。◎20

背後三路蜀兵殺至，中央魏延，左邊關興，右邊張苞。大殺一陣！魏兵敗走十餘里，魏將死者極多。孔明全獲大勝！方始收兵。

曹眞、郭淮收拾敗軍回寨，商議曰：「今魏兵勢孤，蜀兵勢大。將何策以退之？」

淮曰：「勝負乃兵家常事，不足爲憂。某有一計，使蜀兵首尾不能相顧，定然自走矣！」正是：

「可憐魏將難成事，欲向西方索救兵！」

未知其計如何，且看下文分解……

〈評點〉

◎19：妙在原不教他刦寨，只教他殺刦寨之人。（毛宗崗）

◎20：又是以魏伐魏，妙！妙！（李漁）

第九十四回　諸葛亮乘雪破羌兵　司馬懿尅日擒孟達

卻說郭淮謂曹眞曰：「西羌之人自太祖時連年入貢，文皇帝亦有恩惠加之。我等今可據住險阻，遣人從小路直入羌中求救，許以和親；羌人必起兵襲蜀兵之後。吾卻以大兵擊之！首尾夾攻，豈不大勝？」眞從之。即遣人星夜馳書赴羌。

卻說西羌國王徹里吉，自曹操時年年入貢。手下有一文一武：文乃雅丹丞相，武乃越吉元帥。時魏使賫金珠并書到國，先來見雅丹丞相，送了禮物，具言求救之意。

雅丹引見國王，呈上書禮。徹里吉覽了書，與眾商議。雅丹曰：「我與魏國素相往來。今曹都督求救，且許和親，理合依允。」

徹里吉從其言，即命雅丹與越吉元帥起羌兵二十五萬：皆慣使弓弩槍刀、蒺藜、飛鎚等器；又有戰車，用鐵葉裹釘，裝載糧食軍器什物。或用駱駝駕車，或用騾馬駕車，號爲「鐵車兵」。◎1 二人辭了國王，領兵直扣西平關。

守關蜀將韓禎急差人賫文報知孔明。孔明聞報，問眾將曰：「誰敢去退羌兵？」張苞、關興應曰：「某等願往！」孔明曰：「汝二人要往，奈路途不熟？」遂喚馬岱曰：「汝素知羌人之性，久居彼處，可作鄉導。」便起精兵五萬與興、苞二人同往。

興、苞等引兵而去，行有數日，早遇羌兵。關興先引百餘騎登山坡，看時只見羌兵把鐵車首尾相連，隨處結寨；車上遍排兵器，就似城池一般。興睹之良久，無破敵之策。回寨與張苞、馬岱商議，岱曰：「且待來日見陣，觀看虛實，另作計議。」

次日，分兵三路，關興在中，張苞在左，馬岱在右。三路兵齊進！羌兵陣裏，越吉元帥手挽鐵鎚，腰懸寶雕弓，躍馬奮勇而出！

關興招三路兵逕進！忽見羌兵分在兩邊，中央放出鐵車，如湧潮一般！◎2弓弩一齊驟發！蜀兵大敗。馬岱、張苞兩軍先退！關興一軍被羌兵一裹，直圍入西北角上去了。

興在垓心左衝右突，不能得脫。鐵車密圍，就如城池；蜀兵你我不能相顧。興

〈評點〉

◎1：先寫得羌兵雄勇，方顯得孔明之能。（李漁）

◎2：其靜也如城，其動也如水。（毛宗崗）

望山谷中尋路而走。看看天晚，但見一簇皀旗蜂擁而來！一員羌將，手提鐵鎚，大叫曰：「小將休走！吾乃越吉元帥也。」關興急走到前面，盡力縱馬加鞭，正遇斷澗！只得回馬來戰越吉。興終是膽寒，抵敵不住，望澗中而逃；被越吉趕到，一鐵錘打來，興急閃過，正中馬跨！那馬望澗中便倒，興落於水中。忽聽得一聲響處！背後越吉連人帶馬，平白地倒下水來。

興就水中掙起，看時只見岸上一員大將，殺退羌兵。興提刀待砍越吉，吉躍水而走。關興得了越吉馬，牽到岸上，整頓鞍轡，綽刀上馬。只見那員將尚在前面追殺羌兵！興自思：「此人救我性命，當與相見。」遂拍馬趕來！

看看至近，只見雲霧之中，隱隱有一大將，面如重棗，眉若臥蠶；綠袍金鎧，提青龍刀，騎赤兔馬，手綽美髯，分明認得是父親關公。◎3興大驚！忽見關公以手望東南指曰：「吾兒可速望此路去！吾當護汝歸寨。」言訖，不見。

關興望東南急走。至半夜，忽見一彪軍到！乃張苞也。問興曰：「汝曾見二伯父否？」興曰：「汝何由知之？」苞曰：「我被『鐵車軍』追急！忽見伯父由空而下，驚退羌兵。指曰：『汝從這

◆ 2002年10月，河南洛陽市關帝廟，國際朝聖大典開幕式上扮演關羽的演員。（馬宏杰／fotoe 提供）

條路去救吾兒。』因此引軍逕來尋你。」關興亦說前事，共相嗟異。

二人同歸寨內；馬岱接著，對二人說：「此軍無計可退！我守住寨柵，你二人去稟丞相，用計破之。」◎4於是興、苞二人星夜來見孔明，備說此事。

孔明遂命趙雲、魏延各引一軍埋伏去訖。然後點三萬軍，帶了姜維、張翼、關興、張苞，親自來到馬岱寨中歇定。次日，上高阜處觀看，見鐵車連絡不絕，人馬縱橫，往來馳驟。

孔明曰：「此不難破也！」喚馬岱、張翼，分付：「如此如此……。」二人去了！乃喚姜維曰：「伯約知破車之法否？」維曰：「羌人惟恃一勇力，豈知妙計乎？」

孔明笑曰：「汝知吾心也！今彤雲密布，朔風緊急！天將降雪，吾計可施矣！」便令關興、張苞二人引兵埋伏去訖。令姜維領兵出戰：「但有『鐵車兵』來，退後便走。寨口虛立旌旗，不設軍馬。」準備已定。是年十二月終，果然天降大雪。

姜維引軍出！越吉引「鐵車兵」來，姜維即退走。羌兵趕到寨前，姜維從寨後

〈評點〉

◎3：關公見兒子有難前來顯聖，卻是夢想不到。（李漁）

◎4：雖有關公神助，終賴諸葛奇謀。（毛宗崗）

而去。羌兵直到寨外觀看，聽得寨內鼓琴之聲，四壁皆空豎旌旗，急回報越吉。越吉心疑，未敢輕進。雅丹丞相曰：「此諸葛亮詭計，虛設疑兵耳。可以攻之！」

越吉引兵至寨前，但見孔明攜琴上車，◎5引數騎入寨，望後而走。羌兵搶入寨柵，直趕過山口；見小車隱隱轉入林中去了。

雅丹謂越吉曰：「這等兵，雖有埋伏，不足為懼！」遂引大兵追趕！又見姜維兵俱在雪地之中奔走！越吉大怒，催兵急追。山路被雪漫蓋，一望平坦。正趕之間，忽報：「蜀兵自山後而出！」雅丹曰：「縱有此少伏兵，何足懼哉？」只顧催趲兵馬，往前進發！

忽然，一聲響！如山崩地陷，羌兵俱落於坑塹之中。背後鐵車正行得緊溜，急難收止，併擁而來！自相踐踏。後兵急欲回時左邊關興、右邊張苞，兩軍衝出，萬弩齊發！背後姜維、馬岱、張翼三路兵又殺到！「鐵車兵」大亂！

越吉元帥望後面山谷中而逃，正逢關興。交馬只一合，被興舉刀大喝一聲！砍死於馬下。◎6雅丹丞相早被馬岱活捉，解投大寨來。羌兵四散逃竄！

孔明升帳。馬岱押過雅丹來！孔明叱武士去其縛，賜酒壓驚，用好言撫慰。雅丹深感其德。◎7

孔明曰：「吾主乃大漢皇帝。今命吾討賊，爾如何反助賊？吾今放汝回去，說與汝主：吾國與爾乃鄰邦，永結盟好，勿聽反賊之言。」遂將所獲羌兵，及車馬器械，盡給還雅丹，俱放回國，眾皆拜謝而去！

孔明引三軍連夜投祁山大寨而來，命關興、張苞引軍先行，一面差人賫表奏報捷音。

卻說曹眞連日望羌人消息。忽有伏路軍來報，說：「蜀兵拔寨，收拾起程。」郭淮大喜！曰：「此因羌兵攻擊，故爾退去。」遂分兩路追趕！前面蜀兵亂走，魏兵隨後追趕。

先鋒曹遵正趕之間，忽然鼓聲大震！一彪軍閃出，爲首大將，乃魏延也。大叫：「反賊休走！」曹遵大驚！拍馬交鋒，不三合，被魏延一刀斬於馬下。

副先鋒朱讚引兵追趕！忽然一彪軍閃出，爲首大將，乃趙雲也。朱讚措手不及，被雲一槍刺死！

〈評點〉

◎5：攜琴可以誘敵。（李漁）

◎6：若在關公顯聖時殺之，便不見關興之勇，又不見孔明之能矣！（毛宗崗）

◎7：這老子慣用此著，然此著極高，世人自當學耳。（鍾伯敬）

◆諸葛亮乘雪破羌兵。善於運用天時地利，是諸葛亮克敵的重要法寶。（fotoe提供）

曹眞、郭淮見兩路先鋒有失，欲收兵回，背後喊聲大震！鼓角齊鳴，關興、張苞兩路兵殺出！圍了曹眞、郭淮痛殺一陣！◎8曹、郭二人引敗軍衝路走脫，蜀兵全勝！直追到渭水，奪了魏寨。

曹眞折了兩個先鋒，哀傷不已。只得寫本申朝，乞撥援兵。

卻說魏主曹叡設朝。近臣奏曰：「大都督曹眞數敗於蜀，折了兩個先鋒，羌兵又折了無數；其勢甚急。今上表求救，請陛下裁處。」叡大驚！急問退軍之策，華歆奏曰：「須是陛下御駕親征，大會諸侯；人皆用命，方可退也。不然，長安有失，關中危矣！」◎9

「太傅」鍾繇奏曰：「凡爲將者，知過於人，則能制人。孫子云：『知彼知己，百戰百勝。』臣量曹眞雖久用兵，非諸葛亮對手。臣以全家良賤保舉一人，可退蜀兵。未知聖意准否？」叡曰：「卿乃大老元臣；有何賢士，可退蜀兵，早召來與朕分憂！」

鍾繇奏曰：「向者，諸葛亮欲興師犯境，但懼此人；故散流言，使陛下疑而去之。方敢長驅大進！今若復用之，則亮自退矣！」叡問：「何人？」繇曰：「驃騎大將軍司馬懿也。」

叡嘆曰：「此事朕亦悔之。今仲達現在何地？」繇曰：「近聞仲達在宛城閒住。」叡即降詔，遣使持節，復司馬懿官職，加爲「平西都督」，就起南陽諸路軍

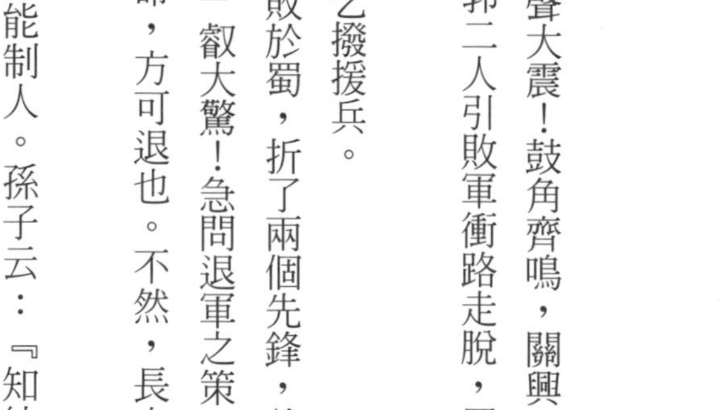

馬，前赴長安。叡御駕親征，令司馬懿剋日到彼聚會。使命星夜望宛城去了。

卻說孔明自出師以來，累獲全勝！心中甚喜。正在祁山寨中會衆議事。忽報：「鎭守永安宮李嚴令子李豐來見！」孔明只道東吳犯境，心甚驚疑；喚入帳中問之，豐曰：「特來報喜！」

孔明曰：「有何喜？」豐曰：「昔日孟達降魏，乃不得已也。彼時曹丕愛其才，時以駿馬金珠賜之；曾同輦出入，封爲『散騎常侍』，領『新城太守』，鎭守上庸、金城等處，委以西南之任。

自丕死後，曹叡即位。朝中多人嫉妬，孟達日夜不安。常謂諸將曰：「我本蜀將，勢逼於此。」今累差心腹人持書來見家父，教早晚代稟丞相：「前者五路下川之時，曾有此意。今在新城聽知丞相伐魏，欲起金城、新城、上庸三處軍馬，就彼舉事，逕取洛陽。丞相取長安，兩京大定矣！」◎10今某引來人，并累次書信呈上。」孔明大喜！厚賞李豐等。

忽細作入報，說：「魏主曹叡一面駕幸長安，一面詔司馬懿復職，加爲『平西

〈評點〉

◎8：老孔明算無遺策。（李贄）

◎9：也得孔明罵他一場便好。（毛宗崗）

◎10：此事若成，豈不妙哉。（李漁）

都督』，起本處之兵，於長安大會。」孔明大驚！

參軍馬謖曰：「量曹叡何足道？若來長安，可就而擒之！丞相何故驚訝？」孔明曰：「吾豈懼曹叡耶？所患者，惟司馬懿一人而已。今孟達欲舉大事，若遇司馬懿，事必敗矣！達非司馬懿對手，必被所擒；孟達若死，中原不易得也。」◎11

馬謖曰：「何不急修書，令孟達隄防？」孔明從之！即修書，令來人星夜回報孟達。

卻說孟達在新城，專望心腹人回報。一日，心腹人到來，將孔明回書呈上。孟達拆封視之，書略曰：

「近得書，足知公忠義之心，不忘故舊，吾甚喜慰。若成大事，則公漢朝中興第一功臣也。然極宜謹密，不可輕易託人，慎之！戒之！

近聞曹叡復詔司馬懿，起宛、洛之兵；若聞公舉事，必先至矣！須萬全隄備，勿視爲等閒也。」

孟達覽畢，笑曰：「人言孔明多心。今觀此事可知矣！」◎12乃具回書，令心腹人來答孔明。孔明喚入帳中，其人呈上回書，孔明拆封視之，書曰：

「適承鈞教，安敢少怠※1？

竊謂司馬懿之事不必懼也。宛城離洛城約八百里，至新城一千二百里；若司馬

◆古代指南車，發明者為三國時期魏國馬鈞。中國軍事博物館藏品。（fotoe提供）

懿聞達舉事，須表奏魏主，往復一月間事。達城池已固，諸將與三軍皆在深險之地，司馬懿即來，達何懼哉？

丞相寬懷，惟聽捷報……」

孔明看畢，擲書於地，而頓足曰：「孟達必死於司馬懿之手矣！」馬謖問曰：「丞相何謂也？」孔明曰：「兵法云：『攻其無備，出其不意。』豈容料在一月之期？曹叡既委任司馬懿，逢寇即除，何待奏聞？若知孟達反，不須十日，兵必到矣！安能措手※2耶？」◎13眾將皆服。

孔明急令來人回報曰：「若未舉事，切莫教同事者知之，知則必敗。」其人拜辭，歸新城去了。

卻說司馬懿在宛城閒住，聞知魏兵累敗於西蜀，乃仰天長嘆！

懿長子司馬師，字子元；次子司馬昭，字子尚。二人素有大志，通曉兵書。當日侍立於側，見懿長嘆，乃問曰：「父親爲何長嘆？」懿曰：「汝輩豈知大事耶？」司馬師曰：「莫非嘆魏主不用乎？」司馬昭笑曰：「早晚必來宣召父親

〈評點〉

◎11：仲達爲孔明所懼，必有大過人處。（鍾伯敬）

◎12：此兒誤事。（李贄）

◎13：英雄所見皆同耳。（李漁）

注釋

※1：稍有疏忽懈怠。

※2：應付。

也！」◎14言未已，忽報：「天使持節至！」

懿聽詔畢。遂調宛城諸路軍馬。忽又報：「金城太守申儀家人有機密事求見。」懿喚入密室，問之。其人細說孟達欲反之事，更有孟達心腹人李輔，并達外甥鄧賢隨狀出首。◎15

司馬懿聽畢，以手加額，曰：「此乃皇上齊天之洪福也！諸葛亮兵在祁山，殺得內外人皆膽落。今天子不得已而幸長安，若旦夕不用吾時，孟達一舉，兩京破矣！◎16此賊必通謀諸葛亮；吾先擒之，諸葛亮定然心寒，自退兵也！」

長子司馬師曰：「父親可急寫表申奏天子！」懿曰：「若等聖旨，往復一月之間，事無及矣！」即傳令，教人馬起程：「一日要行二日之路，如遲，立斬！」一面令「參軍」梁畿齎檄星夜去新城，教孟達等準備進征，使其不疑。梁畿先行，懿隨後發兵。

行了二日，山坡下轉出一軍，乃是「右將軍」徐晃。晃下馬見懿，說：「天子駕到長安，親拒蜀兵。今都督何往？」懿低言曰：「今孟達造反，吾往擒之耳。」晃曰：「某願爲先鋒！」懿大喜！合兵一處，徐晃爲前部，懿在中軍，二子押後。

又行了二日，前軍哨馬捉住孟達心腹人，搜出孔明回書，來見司馬懿。懿曰：「吾不殺汝！汝從頭細說。」其人只得將孔明、孟達往復之事，一一告說。懿看了孔明回書，大驚！曰：「世間能者所見皆同。◎17吾機先被孔明識破！幸得天子有福，獲此消息。孟達今無能爲矣！」遂星夜催軍前行。

卻說孟達在新城，約下「金城太守」申儀，「上庸太守」申耽，剋日舉事。耽、儀二人佯許之；每日調練軍馬，只待魏兵到，便爲內應。卻報孟達說：「軍器糧草俱未完備，不敢約期起事。」達信之不疑。◎18

忽報：「參軍梁畿來到！」孟達接入城中。畿傳司馬懿將令曰：「司馬都督今奉天子詔，起諸路軍以退蜀兵。太守可集本部軍馬聽候調遣。」達問曰：「都督何日起程？」畿曰：「此時纔離宛城，望長安去了！」達暗喜！曰：「吾大事成矣！」◎19遂設宴待了梁畿，送出城外。即報申耽、申儀知道：明日舉事，換上大漢旗號，發諸路軍馬，逕取洛陽！◎20

〈評點〉

◎14：可兒。（李贄）

◎15：方知不可容易託人之語，乃孔明金玉之言。（毛宗崗）

◎16：此時司馬懿原是魏之功臣。（毛宗崗）

◎17：兩能相遇，彼此皆驚！（毛宗崗）

◎18：寫孟達啞虞之至。（毛宗崗）

◎19：孟達下愚。（李贄）

◎20：寫孟達魯莽之至。（毛宗崗）

◆司馬師（208～255），字子元，三國時期魏大臣。河內溫縣（今河南溫縣西）人，司馬懿長子。西晉奠基人之一。（葉雄繪）

忽報：「城外塵土沖天，不知何處兵到？」孟達登城視之，只見一彪軍，打著「右將軍徐晃」旗號，飛奔城下。達大驚！急扯起吊橋。徐晃坐下馬收拾不住，直來到河邊，高叫曰：「反賊孟達，早早受降！」達大怒！急開弓射之，正中徐晃頭額。魏將救去！城上亂箭射下！魏兵方退。孟達恰待開門追趕，四面旌旗蔽日，司馬懿兵到。達仰天長嘆曰：「果不出孔明所料也。」◎21於是閉門堅守。

卻說徐晃被孟達射中頭額，眾軍救到寨中，取了箭頭，令醫調治，當晚身死，時年五十九歲。◎22司馬懿令人扶柩還洛陽安葬。

次日，孟達登城遍視！只見魏兵四面圍得鐵桶相似。達行坐不安，驚疑未定，忽見兩路兵自外殺來！旗上大書「申儀」、「申耽」，孟達只道是救軍到，忙引本部兵，大開城門殺出，◎23儀、耽大叫曰：「反賊休走！早早受死！」

達見事變，撥馬望城中便走！城上亂箭射下！李輔、鄧賢二人在城上大罵曰：「吾等已獻了城也！」達奪路而走，申耽趕來！達人困馬乏，措手不及，被申耽一槍刺於馬下！◎24梟其首級。餘軍皆降！

李輔、鄧賢大開城門，迎接司馬懿入城。撫民勞軍已畢，遂遣人奏知魏主曹叡。叡大喜！教將孟達首級去洛陽城市示眾，加申儀、申耽官職，就隨司馬懿征

◆ 司馬懿尅日擒孟達。孟達射死徐晃。（fotoe提供）

進；命李輔、鄧賢守新城、上庸。

卻說司馬懿引兵到長安城外下寨。懿入城，來見魏主。叡大喜！曰：「朕一時不明，誤中反間之計，悔之無及。今達造反，非卿等制之，兩京休矣！」◎25

懿奏曰：「臣聞申儀密告反情，意欲表奏陛下，恐往來遲滯，故不待聖旨，星夜而去。若待奏聞，則中諸葛亮之計也！」言訖，將孔明回孟達密書呈上。

叡看畢，大喜！曰：「卿之學識，過於孫、吳矣！」賜金鉞斧一對：「後遇機密重事，不必奏聞便宜行事。」就令司馬懿出關破蜀。

懿奏曰：「臣舉一大將，可為先鋒！」叡曰：「卿舉何人？」懿曰：「右將軍張郃，可當此任。」叡笑曰：「朕正欲用之！」遂命張郃為「前部先鋒」，隨司馬懿離長安來破蜀兵！正是：

「既有謀臣能用智，又求猛將助施威。」

未知勝負如何，且看下文分解……

〈評點〉

◎21：今日悔之不及矣。（李漁）

◎22：可謂為關平報讎。（毛宗崗）

◎23：寫孟達愚蠢之至。（毛宗崗）

◎24：可為害劉封之報。（毛宗崗）

◎25：孰知用了司馬，兩京終不姓曹。（毛宗崗）

第九十五回　馬謖拒諫失街亭　武侯彈琴退仲達

卻說魏主曹叡令張郃爲先鋒，與司馬懿一同征進；一面令辛毗、孫禮二人領兵五萬，往助曹眞。二人奉詔而去。

且說司馬懿引二十萬軍出關！下寨，請先鋒張郃至帳下，曰：「諸葛亮平生謹愼，未敢造次行事。若是吾用兵，先從子午谷逕取長安，早得多時矣！他非無謀，但恐有失，不肯弄險。今必出軍斜谷，來取郿城。若取郿城；必分兵兩路，一軍取箕谷矣！吾已發檄文，令子丹：拒守郿城；若兵來，不可出戰。令孫禮、辛毗：截住箕谷道口；若兵來，則出奇兵擊之！」

郃曰：「今將軍當於何處進兵？」懿曰：「吾素知秦嶺之西有一條路，地名街亭，傍有一城，名列柳城；此二處皆是漢中咽喉。孔明欺子丹無備，定從此進！吾與汝逕取街亭，望陽平關不遠矣！亮若知吾斷其街亭要路，絕其糧道，則隴西一境不能安守，必然連夜奔回漢中去也。彼若回動，吾提兵於小路擊之，可得全勝！◎
1若不歸時，吾卻將諸處小路盡皆壘斷，俱以兵守之。一月無糧，蜀兵皆餓死！亮必被我擒矣！」張郃大悟！拜伏於地，曰：「都督神算也！」

懿曰：「雖然如此，亮不比孟達。將軍爲先鋒，不可輕進！當傳與諸將：循山西路，遠遠哨探；如無伏兵，方可前進！若是怠忽，必中諸葛亮之計。」張郃受計引軍而行。

卻說孔明在祁山寨中。忽報：「新城探細人來到！」孔明急喚入，問之。細作告曰：「司馬懿倍道※1而行！八日已到新城。孟達措手不及，又被申耽、申儀、李輔、鄧賢爲內應；孟達被亂軍所殺！今司馬懿撤兵到長安，見了魏主，同張郃引兵出關，來拒我師也。」孔明大驚！曰：「孟達作事不密，死固當然。今司馬懿出關，必取街亭，斷我咽喉之路。」◎2便問：「誰敢引兵去守街亭？」

言未畢，參軍馬謖曰：「某願往！」孔明曰：「街亭雖小，干係甚重，倘街亭有失，吾大軍皆休矣！汝雖深通謀略，此地奈無城郭，又無險阻，守之極難。」謖曰：「某自幼熟讀兵書，頗知兵法。◎3豈一街亭不能守耶？」◎4孔明曰：

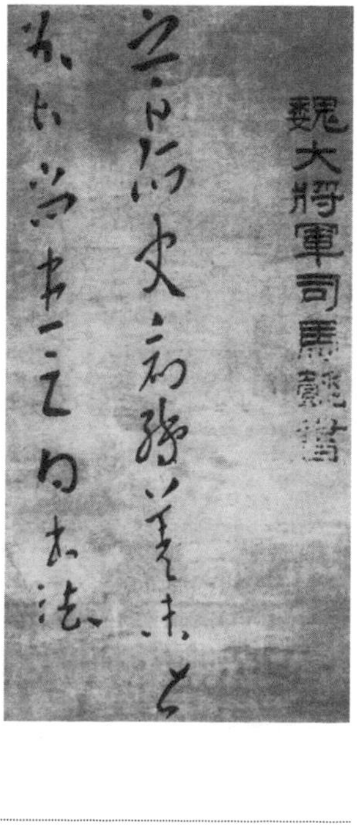

◆三國魏大將軍司馬懿的書法。（fotoe提供）

〈評點〉

◎1：此處似孔明勝仲達一籌。（李贄）

◎2：孔明神見。（鍾伯敬）

◎3：正壞在此。（毛宗崗）

◎4：此所云「言過其實」也。（鍾伯敬）

注釋

※1：即兼程，一天走兩天的路程。

「司馬懿非等閒之輩，更有先鋒張郃，乃魏之名將。恐汝不能敵之！」謖曰：「休道司馬懿、張郃，便是曹叡親來，有何懼哉？若有差失，乞斬全家！」孔明曰：「軍中無戲言。」謖曰：「願立軍令狀！」孔明從之！謖遂寫了軍令狀呈上。

孔明曰：「吾與汝二萬五千精兵，再撥一員上將，相助你去。」即喚王平，分付曰：「吾素知汝平生謹慎，故特以此重任相託。汝可小心謹守此地。下寨必當要道之處，使賊兵急切不能偷過！安營既畢，便畫四址八道地理形狀圖本來我看。◎[5]凡事商議停當而行，不可輕易。如所守無危，則是取長安第一功也。戒之！戒之！」◎[6]二人拜辭，引兵而去。

孔明尋思：「恐二人有失。」又喚高翔曰：「街亭東北上有一城，名列柳城，乃山僻小路。此可以屯兵紮寨！與汝一萬兵，去此城屯紮。但街亭危，可引兵救之。」高翔引兵而去。

孔明又思：「高翔非張郃對手。必得一員大將，屯兵於街亭之右，方可防之。」遂喚魏延引本部兵去街亭之後屯紮。延曰：「某爲前部，理合當先破敵。何故置某於安閒之地？」孔明曰：「前鋒破敵，乃偏裨之事耳。今令汝接應街亭，當陽平關衝要道路，總守漢中咽喉。此乃大任也，何爲安閒乎？汝勿以等閒視之，失吾大事，切宜小心在意。」魏延大喜！引兵而去。

孔明恰纔心安，乃喚趙雲、鄧芝，分付曰：「今司馬懿出兵，與往日不同。汝

二人各引一軍出箕谷，以爲疑兵；如逢魏兵，或戰，或不戰，以驚其心。吾自統大軍由斜谷逕取郿城。若得郿城，長安可破矣！」◎7二人受命而去。孔明令姜維作先鋒，兵出斜谷。

卻說馬謖、王平二人兵到街亭，看了地勢。馬謖笑曰：「丞相何故多心也？諒此山僻之處，魏兵如何敢來？」

王平曰：「雖然魏兵不敢來，可就此五路總口下寨，即令軍士伐木爲柵，以圖久計。」謖曰：「當道豈是下寨之地？此處側邊一山，四面皆不相連！且樹木極廣，此乃天賜之險也。可就山上屯軍！」

平曰：「參軍差矣！若屯兵當道，築起城垣，賊兵縱有十萬，不能偷過；今若棄此要路，屯兵於山上，倘魏兵驟至，四面圍定，將何策保之？」謖大笑曰：「汝眞女子之見！兵法云：『憑高視下，勢如破竹！』若魏兵到來，吾教他片甲不回！」◎8

平曰：「吾累隨丞相經陣，每到之處，丞相盡意指教。今觀此山，乃絕地也。

〈評點〉

◎5：十分仔細。（李漁）

◎6：叮嚀再三。（李漁）

◎7：街亭是算退後路，郿城是算進前路。（毛宗崗）

◎8：馬謖極似今時考得起的秀才，一味自是，如何濟得大事！（李贄）

若魏兵斷我汲水之道，軍士不戰自亂矣！」謖曰：「汝莫亂道，孫子云：『置之死地而後生』。若魏兵絕我汲水之道，蜀兵豈不死戰？以一可以當百也！吾素讀兵書，丞相諸事尙問於我，汝奈何相阻耶？」

平曰：「若參軍欲在山上下寨，可分兵與我，自於山西下一小寨，爲犄角之勢。倘魏兵至，可以相應。」馬謖不從。◎9

忽然，山中居民成群結隊，飛奔而來！報說：「魏兵已到！」王平欲辭去，馬謖曰：「汝既不聽吾令，與汝五千兵，自去下寨。待吾破了魏兵，到丞相面前須分不得功。」王平引兵離山十里下寨，畫成圖本，星夜差人去稟丞相，具說：「馬謖自於山上下寨。」

卻說司馬懿在城中，令次子司馬昭去探前路：「若街亭有兵守禦，即當按兵不行。」司馬昭奉令，探了一遍，回見父曰：「街亭有兵把守。」懿嘆曰：「諸葛亮眞乃神人！吾不如也。」

昭笑曰：「父親何故自墮志氣耶？男※2料街亭易取。」懿問曰：「汝安敢出此大言？」

◆馬謖拒諫失街亭。馬謖不聽王平之言，將軍隊屯在山上，致使大敗於魏兵。（fotoe提供）

昭曰：「男親自哨見，當道並無寨柵，軍皆屯於山上。故知可破也！」

懿大喜！曰：「若兵果在山上，乃天使吾成功矣！」遂更換衣服，引百餘騎自來看。是夜，天晴月朗。直至山下，周圍巡哨了一遍方回。

馬謖在山上見之，大笑曰：「彼若有命，不來圍山！」◎10傳令與諸將：「倘兵來，只見山頂上紅旗招動，即四面皆下！」

卻說司馬懿回到寨中，使人打聽：「是何將引兵守街亭？」回報曰：「乃馬良之弟馬謖也！」懿笑曰：「徒有虛名，乃庸才耳。孔明用如此人物，如何不誤事？」又問：「街亭左右別有軍否？」

探馬報曰：「西山十里有王平安營。」懿乃命張郃引一軍當住王平來路，又令申耽、申儀：「引兩路兵圍山，先斷了汲水道路。◎11待蜀兵自亂，然後乘勢擊之！當夜，調度已定；次日天明，張郃引兵先往背後去了。

司馬懿大驅軍馬，一擁而進！把山四面圍定。馬謖在山上看時，只見魏兵漫山遍野，旌旗隊伍，甚是嚴整。蜀兵見之，盡皆喪膽，不敢下山。馬謖將紅旗招動，

〈評點〉

◎9：馬謖不聽王平是大話；王平不聽馬謖，是小心。（毛宗崗）

◎10：你若有命，不屯在山。（毛宗崗）

◎11：果應王平之言。（毛宗崗）

注釋

※2：司馬昭在父親面前自稱。

軍將你我相推，無一人敢動。

謖大怒！自殺二將。眾軍驚懼，只得努力下山來衝魏兵！魏兵端然不動，蜀兵又退上山去。馬謖見事不諧，教軍堅守寨門，只等外應。

卻說王平見魏兵到，引軍殺來！正遇張郃。戰有數十餘合，平力窮勢孤，只得退去。◎12

魏兵自辰時圍至戌時※3。山上無水，軍不得食，寨中大亂。嚷至半夜時分，山南蜀兵大開寨門，下山降魏，馬謖禁止不住。◎13司馬懿又令人於沿山放火！山上蜀兵愈亂。馬謖料守不住，只得驅殘兵殺下山西逃奔。

司馬懿放條大路，讓過馬謖；背後張郃引兵趕來。趕到三十餘里前面，鼓角齊鳴！一彪軍出，放過馬謖，攔住張郃，視之，乃魏延也。揮刀縱馬，直取張郃。郃回軍便走！延驅兵趕來，復奪街亭。◎14

趕到五十餘里，一聲喊起！兩邊伏兵齊出，左邊司馬懿，右邊司馬昭，卻抄在魏延背後，把延困在垓心；張郃復來！三路兵合在一處。魏延左衝右突，不得脫身，折兵大半。正危急間，忽一彪軍殺入！乃王平也。延大喜！曰：「吾得生矣！」二將合兵一處，大殺一陣！魏兵方退。

二將慌忙奔回寨時，營中皆是魏兵旌旗，申耽、申儀從營中殺出！王平、魏延逕奔列柳城來投高翔。此時高翔聞知街亭有失，盡起列柳城之

◆甘肅秦安縣隴城鄉的街亭古戰場。（fotoe提供）

◆武漢龜山三國城王平塑像。（fotoe提供）

兵，前來救應，正遇延、平二人，訴說前事。高翔曰：「不如今晚去刦魏寨，再復街亭！」

當時三人在山坡下商議已定。待天色將晚，分兵三路，魏延引兵先進，逕到街亭，不見一人。心中大疑！不敢輕進，且伏在路口等候。忽見高翔兵到！二人共說：「魏兵不知在何處？」正沒理會，卻不見王平兵到。

忽然一聲砲響！火光沖天，鼓聲震地，魏兵齊出！把魏延、高翔圍在垓心。二人盡力衝突，不得脫身。忽聽得山坡後喊聲若雷！一彪軍殺入，乃是王平，救了高、魏二人。逕奔列柳城來。

比及奔到城下時，城邊早有一軍殺到！旗上大書「魏都督郭淮」字樣，原來郭淮與曹真商議，恐司馬懿得了全功，乃分兵來取街亭。聞知司馬懿、張郃成上此功，遂引兵逕襲列柳城。正遇三將。大殺一陣！蜀兵傷者極多。魏延恐陽平關有

〈評點〉

◎12：更無外應了！（毛宗崗）

◎13：兵法何在？（毛宗崗）

◎14：至此，為孔明一喜。（毛宗崗）

注釋

※3：辰時：上午七點至九點。戌時：晚上七點到九點。

失，慌與王平、高翔望陽平關來。

卻說郭淮收了軍馬，乃謂左右曰：「吾雖不得街亭，卻取了列柳城，亦是大功。」引兵逕到城下叫門。只見城上一聲砲響！旗幟皆豎，當頭一面大旗，上書「平西都督司馬懿」。

懿撐起懸空板，倚定護心木欄杆，大笑曰：「郭伯濟來何遲也！」淮大驚！曰：「仲達神機，吾不及也！」遂入城。相見已畢，懿曰：「今街亭已失，諸葛亮必走！公可速與子丹星夜追之！」郭淮從其言，出城而去！

懿喚張郃曰：「子丹、伯濟恐吾全獲大功，故來取此城池。吾非獨欲成功，乃僥倖而已。吾料魏延、王平、馬謖、高翔等輩必先去據陽平關；吾若去取此關，諸葛亮必隨後掩殺！中其計矣！兵法云：『歸師勿掩，窮寇莫追。』汝可從小路抄箕谷退兵！吾自引兵當斜谷之兵。若彼敗走，不可相拒！只宜中途截住蜀兵，輜重可盡得也。」張郃受計，引兵一半去了。

懿下令：「逕取斜谷，由西城而進。西城雖山僻小縣，乃蜀兵屯糧之所，又南安、天水、安定三郡總路。若得此城，三郡可復矣！」◎15

於是司馬懿留申耽、申儀守列柳城，自領大軍望斜谷進發。

◆四川劍閣縣劍門關，扼川陝公路，為古蜀道要隘。劍門山古稱梁山、高梁山，山脈東西橫亙一百餘公里，七十二峰綿延起伏，形若利劍，峭壁中斷處，兩山相峙如門，故名劍門。（fotoe提供）

卻說孔明自令馬謖等守街亭去後，猶豫不定。忽報：「王平使人送圖本至！」孔明喚入。左右呈上圖本，孔明就文几上拆開，視之，拍案大驚！曰：「馬謖無知，坑陷吾軍矣！」◎16

左右問曰：「丞相何故失驚？」孔明曰：「吾觀此圖本，失卻要路，占山爲寨。倘魏兵大至！四面圍合，斷汲水道路，不須二日，軍自亂矣！若街亭有失，吾等安歸？」長史楊儀進曰：「某雖不才，願替馬幼常回。」

孔明將安營之法一一分付與楊儀，正待要行，忽報馬到來，說：「街亭、列柳城盡皆失了！」孔明跌足長嘆！曰：「大事去矣！此吾之過也。」◎17

急喚關興、張苞，分付曰：「汝二人各引三千精兵，投武功山小路而行。如遇魏兵，不可大擊！只鼓譟吶喊，爲疑兵驚之；彼當自走。亦不可追！待軍退盡，便投陽平關去。」又令張翼：「先引軍去修理劍閣，以備歸路。」

又密傳號令：教大軍暗暗收拾行裝，以備起程。又令馬岱、姜維斷後，先伏於山谷中，待諸軍退盡，方始收兵。又差心腹人，分路報與天水、南安、安定三郡：

〈評點〉

◎15：又算出一個緊要去處。（毛宗崗）

◎16：遲了。（李贄）

◎17：孟達之失，孔明有知人之明，馬謖之敗，孔明自引不知人之過。（毛宗崗）

「官吏軍民，皆入漢中。」又令心腹人到冀縣搬取姜維老母，送入漢中。◎18

孔明分撥已定，先引五千兵去西城縣搬運糧草。

忽然，十餘次飛馬報到！說：「司馬懿引大軍十五萬，望西城蜂擁而來！」時孔明身邊別無大將，止有一班文官；所引五千軍已分一半，先運糧草去了。只剩二千五百軍在城中。眾官聽得這個消息，盡皆失色！孔明登城望之，果然塵土沖天！魏兵分兩路望西城縣殺來！

孔明傳令：「眾將旌旗盡皆藏匿，諸軍各守城鋪※4，如有妄行出入，及高聲言語者，立斬！大開四門！每一門上，用二十軍士，扮作百姓，灑掃街道。◎19如魏兵到時，不可擅動，吾自有計。」◎20孔明乃披鶴氅戴綸巾，引二小童，攜琴一張；於城上敵樓前憑欄而坐，焚香操琴。

卻說司馬懿前軍哨到城下，見了如此模樣，皆不敢進。急報與司馬懿。

懿笑而不信！◎21遂止住三軍，自飛馬遠遠望之，果見孔明坐於城樓之上，笑容可掬，焚香操琴；左有一童子，手捧寶劍；右有一童子，手執麈尾。城門內外，有二十餘百姓低頭

◆空城計。諸葛亮心理戰的又一重大勝利。（葉雄繪）

灑掃，旁若無人。

懿看畢，大疑！便到中軍，教後軍作前軍，前軍作後軍，望北山而退！

次子司馬昭曰：「莫非諸葛亮無軍，故作此態？父親何故便退兵？」◎22懿曰：「亮平生謹慎，不曾弄險。今大開城門，必有埋伏！我軍若進，中其計也！汝輩焉知？宜速退！」於是，兩路兵盡皆退去！

孔明見魏軍遠去，撫掌而笑。眾官無不駭然！乃問孔明曰：「司馬懿乃魏之名將。今統十五萬精兵到此，見了丞相，便速退去，何也？」孔明曰：「此人料我平生謹慎，必不弄險；見如此模樣，疑有伏兵，所以退去！吾非行險，蓋因不得已而用之！◎23此人必引軍投山北小路去也！吾已令興、苞二人在彼等候。」

眾皆驚服！曰：「丞相玄機，鬼神莫測。若某等之見，必棄城而走矣！」孔明曰：「吾兵只有二千五百，若棄城而走，必不能遠遁，得不爲司馬懿所擒乎？」後

〈評點〉

◎18：更周匝之極。（毛宗崗）

◎19：二千五百人，當不得十五萬之眾；二十人卻反當得十五萬之眾。妙！妙！（毛宗崗）

◎20：平日小心，總做得一時大膽。不然，鮮有不敗者。（李贄）

◎21：不惟仲達不信，至今我亦不信。（毛宗崗）

◎22：好兒子。（李贄）

◎23：此日之險，比子午谷更險。（毛宗崗）

注釋

※4：城上巡哨的崗棚。

人有詩讚曰：

「瑤琴三尺勝雄師，諸葛西城退敵時；
十五萬人回馬處，二人指點到今疑。」

言訖，拍手大笑！曰：「吾若為司馬懿，必不便退也！」遂下令，教西城百姓：「隨軍入漢中！司馬懿必將復來！」於是孔明離西城望漢中而走。天水、安定、南安三郡官吏軍民陸續而來！

卻說司馬懿望武功山小路而走。忽然！山坡後喊殺連天，鼓聲震地！懿回顧二子曰：「吾若不走，必中諸葛亮之計矣！」只見大路上一軍殺來！旗上大書「右護衛使虎翼將軍張苞」。魏兵皆棄甲拋戈而走！

行不到一程，山谷中喊聲震地，鼓角喧天！前面一杆大旗，上書：「左護衛使龍驤將軍關興」。◎24山谷應聲！不知蜀兵多少，更兼魏軍心疑，不敢久停，只得盡棄輜重而去。興、苞二人皆遵將令，不敢追襲！多得軍器糧草而歸。司馬懿見山谷中皆有蜀兵，不敢出大路，遂回街亭。

◆ 清末年畫《空城計》。描繪諸葛亮設空城計，嚇退司馬懿大軍的故事。（fotoe提供）

此時曹真聽知孔明退兵！急引兵追趕，山背後一聲砲響！蜀兵漫山遍野而來！爲首大將，乃是姜維、馬岱。真大驚！急退軍時，先鋒陳造已被馬岱所斬。真引兵鼠竄而還！蜀兵連夜皆奔回漢中。

卻說趙雲、鄧芝伏兵於箕谷道中，聞孔明傳令回軍。雲謂芝曰：「魏軍知吾兵退，必然來追！吾先引一軍伏於其後，公卻引兵打吾旗號徐徐而退。吾一步步自有護送也。」◎25

◆清戲曲臉譜《空城計》之司馬師。曹魏大將，勾紅通天花眉子十字門臉，鳥眼窩，左眼有肉瘤，示其驕橫穩健。（田有亮繪）

卻說郭淮提兵再回箕谷道中，喚先鋒蘇顒，分付曰：「蜀將趙雲英勇無敵！汝可小心隄防。彼軍若退，必有計也！」蘇顒欣然曰：「都督若肯接應，某當生擒趙雲！」

〈評點〉

◎24：二處旗鼓上寫得聲勢。（李漁）

◎25：子龍多智。（李贄）

遂引前部三千兵，奔入箕谷。看看趕上蜀兵，只見山坡後閃出紅旗白字，上書「趙雲」。蘇顒急收兵退走！◎26

行不到數里，喊聲大震！一彪軍撞出，爲首大將挺槍躍馬，大喝曰：「汝識趙子龍否？」蘇顒大驚！曰：「如何這裏又有趙雲？」措手不及！被趙雲一槍刺死於馬下。餘軍潰散！

雲迤邐前進，背後又一軍到！乃郭淮部將萬政也。雲見魏兵追急，乃勒馬挺槍，立於路口，待來將交鋒，蜀兵已去三十餘里。萬政認得是趙雲，不敢前進。雲等待天色黃昏，方纔撥回馬緩緩而進。

◆三國兩晉時期的馬與牛車。收藏於北京大學博物館。（fotoe提供）

郭淮兵到，萬政言：「趙雲英勇如舊，因此不敢近前。」淮傳令教軍急趕！政令數百騎壯士趕來！行至一大林，忽聽得背後大喝一聲曰：「趙子龍在此！」驚得魏兵落馬者百餘人，餘者皆越嶺而去。

萬政勉強來敵，被雲一箭射中盔

纓，驚跌於澗中。雲以槍指之，曰：「吾饒汝性命，回去快教郭淮趕來！」◎27萬政脫命而回。雲護送車仗人馬，望漢中而去，沿途並無遺失。

曹眞、郭淮復奪三郡，以爲己功。

卻說司馬懿分兵而進！——此時蜀兵盡回漢中去了——懿引一軍復到西城，因問遺下居民及山僻隱者。皆言：「孔明只有二千五百軍在城中；又無武將，只有幾個文官，別無埋伏。」

武功山小民告曰：「關興、張苞只各有三千軍，轉山吶喊，鼓譟驚退！又無別軍，並不敢廝殺。」懿悔之不及，仰天嘆曰：「吾不如孔明也！」◎28遂安撫了諸處官民，引兵逕還長安朝見魏主。

叡曰：「今日復得隴西諸郡，皆卿之功也。」懿奏曰：「今蜀兵皆在漢中，未盡剿滅。臣乞大兵併力收川，以報陛下！」叡大喜！令懿即便興兵。

忽班內一人出奏曰：「臣有一計，足可定蜀降吳！」正是：

「蜀中將相方歸國，魏地君臣又逞謀。」

未知獻計者是誰，且看下文分解……

〈評點〉

◎26：見了假的，尚嚇一跳。（李漁）

◎27：妙在不殺他，教他寄信去嚇郭淮。（毛宗崗）

◎28：仲達善服。（鍾伯敬）

第九十六回　孔明揮淚斬馬謖　周魴斷髮賺曹休

卻說獻計者乃「尚書」孫資也。曹叡問曰：「卿有何妙計？」資奏曰：「昔太祖武皇帝收張魯時，危而後濟。常對群臣曰：『南鄭之地眞爲天獄※1。』◎1中斜谷道爲五百里石穴，非用武之地。今若盡起天下之兵伐蜀，則東吳又將入寇！不如以現在之兵，分命大將據守險要，養精蓄銳。不過數年，中國日盛，蜀吳二國必自相殘害！那時圖之，豈非勝算？乞陛下裁之。」

叡乃問司馬懿曰：「此論若何？」懿奏曰：「孫尚書所言極當。」叡從之。命懿分撥諸將把守險要，留郭淮、張郃守長安；大賞三軍，駕回洛陽。

卻說孔明回到漢中，計點軍士，只少趙雲、鄧芝。心中甚憂，乃令關興、張苞各引一軍接應，二人正欲起身，忽報：「趙雲、鄧芝到來，並不曾折一人一騎，輜重等器亦無遺失。」孔明大喜！親引諸將出迎。

趙雲慌忙下馬，伏地曰：「敗軍之將，何勞丞相遠接？」孔明急扶起，執手而言曰：「是吾不識賢愚，以致如此。◎2各處兵將敗損，惟子龍不折一人一騎，何也？」鄧芝告曰：「某引兵先行，子龍獨自斷後；斬將立功，敵人驚怕！因此軍資

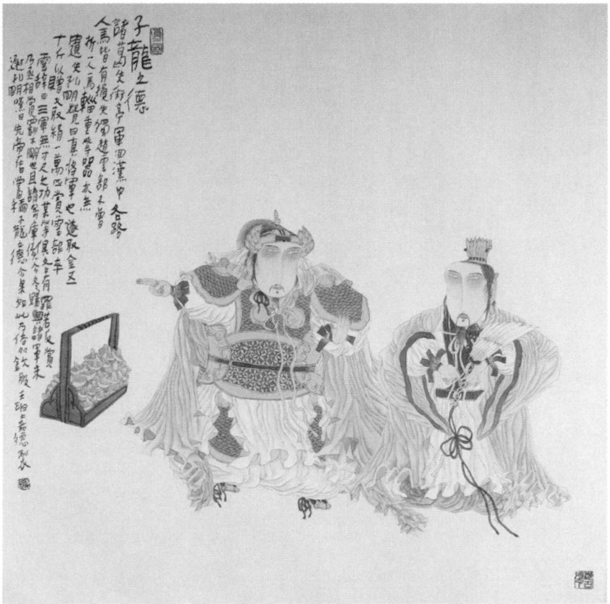

◆子龍之德。劉備生前慧眼識人，常常稱道趙子龍品行。（鄧嘉德繪）

什物，不曾遺棄。」◎3

孔明曰：「眞將軍也！」遂取金五十斤以贈趙雲，又取絹一萬疋賞雲部卒。◎4

雲辭曰：「三軍無尺寸之功，某等俱各有罪；若反受賞，乃丞相賞罰不明也。且請寄庫，候今冬賜與諸軍未遲。」◎5孔明嘆曰：「先帝在日，常稱子龍之德，今果如此。」乃倍加欽敬！

忽報：「馬謖、王平、

〈評點〉

◎1：「天獄」二字佳甚。（李贄）

◎2：越是有本事人，便不瞞著短處。（毛宗崗）

◎3：自然不同。（李贄）

◎4：敗而整旅，更難於勝而班師。賞之可謂不謬。（毛宗崗）

◎5：賢愚不識，孔明已認；賞罰不明，又加一等，子龍演算法更嚴。（李漁）

注釋

※1：天然的牢獄。形容地勢險惡，出入都極爲困難。

魏延、高翔至！」孔明先喚王平入帳，責之曰：「吾令汝同馬謖守街亭，汝何不諫之？致使失事！」平曰：「某再三相勸，要在當道築土城，安管把守，參軍大怒不從。某因此自引五千軍離山十里下寨。魏兵驟至，把山四面圍合；某引兵衝殺十餘次，皆不能入。

「次日土崩瓦解，降者無數，某孤軍難立，故投魏文長求救；半途又被魏兵困在山谷之中，某奮死殺出。比及歸寨，已被魏兵占了，及投列柳城時，路逢高翔。遂分兵三路去刦魏寨，指望克復街亭。

「因見街亭並無伏路軍，以此心疑！登高望之，只見魏延、高翔被魏兵圍住，某即殺入重圍！救出二將，就同參軍併在一

◆揮淚斬馬謖。法不容情，馬謖之敗，令諸葛亮此次北伐勞而無功，不得不將馬謖正法。（鄧嘉德繪）

處。某恐失卻陽平關，因此急來回守，非某之不諫也。◎6丞相不信，可問各部將校。」

孔明喝退！又喚馬謖入帳。謖自縛跪於帳前，孔明變色曰：「汝自幼飽讀兵書，熟諳戰法。吾累次叮嚀告戒：街亭是吾根本。汝以全家之命，領此重任。汝若早聽王平之言，豈有此禍？今敗軍折將，失地陷城，皆汝之過也！若不明正軍律，何以服眾？汝今犯法，休得怨吾。汝死之後，汝之家小吾按月給與祿米，汝不必挂心。」◎7叱左右：「推出斬之！」

謖泣曰：「丞相視某如子，某以丞相爲父；某之死罪，實已難逃。願丞相思『舜帝殛鯀用禹』※2之義，某雖死，亦無恨於九泉。」言訖，大哭！孔明揮淚曰：「吾與汝義同兄弟，◎8汝之子即吾之子也，不必多囑。」

左右推出馬謖於轅門之外，將斬。「參軍」蔣琬自成都至，見武士欲斬馬謖，大驚！高叫：「留人！」入見孔明，曰：「昔楚殺得臣而文公喜※3。今天下未定，而戮智謀之士，豈不可惜乎？」

〈評點〉

◎6：說得明白。（李漁）

◎7：孔明不差。（李贄）

◎8：謖曰：「父子」，亮曰：「兄弟」。情好如此，而終不免一死。可見軍法之嚴。（毛宗崗）

注釋

※2：相傳舜帝令鯀治水，鯀用土掩法，結果失敗。舜帝殺了鯀，又用鯀的兒子禹去治水，終成大功。

※3：得臣：即成得臣，是楚國的大將。由於對晉戰爭失利，回國後被迫自殺。晉文公聽到了這個消息，大爲高興。

孔明流涕而答曰：「昔孫武所以能制勝於天下者，用法明也。今四方分爭，兵交方始；若復廢法，何以討賊耶？合當斬之。」

須臾。武士獻馬謖首級於階下。孔明大哭不已！

蔣琬問曰：「今幼常得

◆孔明揮淚斬馬謖。在對馬謖的判斷和任用上，諸葛亮不如劉備英明。（fotoe提供）

罪，既正軍法，丞相何故哭耶？」孔明曰：「吾非爲馬謖而哭。吾思先帝在白帝城臨危之時，曾囑吾曰：『馬謖言過其實，不可大用。』今果應此言；乃深恨己之不明，追思先帝之明。因此痛哭耳。」大小將士，無不流涕。馬謖亡年三十九歲，時建興六年，夏五月也。

後人有詩曰：

「失守街亭罪不輕，堪嗟馬謖枉談兵。轅門斬首嚴軍法，拭淚猶思先帝明。」

卻說孔明斬了馬謖，將首級遍示各營已畢，用線縫在屍上，具棺葬之；自修祭文享祀。將謖家小加意撫恤，按月給與祿米。◎9

於是，孔明自作表文，令蔣琬申奏後主，請自貶丞相之職。

琬回成都，入見後主，進上孔明表章。後主拆視之，曰：

「臣本庸才，叨竊非據※4；親秉旄鉞，以勵三軍。不能訓章明法，臨事而謀；至有街亭違命之闕，箕谷不戒之失。咎皆在臣不明，不知人，慮事多闇。春秋責備，罪何所逃？請自貶三等，以督厥咎※5。臣不勝慚愧，俯伏待命！」

後主覽畢，曰：「勝負兵家常事，丞相何出此言？」「侍中」費禕奏曰：「臣聞：『治國者必以奉法為重。』法若不行，何以服人？丞相敗績，自行貶降，正其宜也。」後主從之。乃詔孔明為「右將軍、行丞相事」。照舊總督軍馬。就令費禕賫詔到漢中。

孔明受詔，貶降訖。禕恐孔明羞赧，乃賀曰：「蜀中之民知丞相初拔四縣，深

〈評點〉

◎9：先盡法，後盡情。（毛宗崗）

◆蘇州桃花塢年畫《失街亭》，描繪馬謖失掉街亭後伏罪場景。（王樹村提供／中國工藝美術出版社）

注釋

※4：完全沒有資格地得到了不當得到的職位。叨竊：不當得而得。

※5：以此來責罰這個過失。督：責罰。厥咎：以上過失。厥在這裏是指示代詞。

以爲喜。」◎10孔明變色曰：「是何言也！得而復失，與不得同。公以此賀我，實足使我愧赧耳。」

禕又曰：「近聞丞相得姜維，天子甚喜！」孔明怒曰：「兵敗師還，不曾奪得寸土；此吾之大罪也！量得一姜維於魏何損？」

禕又曰：「丞相現統雄師數十萬，可再伐魏乎？」孔明曰：「昔大軍屯於祁山、箕谷之時，我兵多於賊兵；而不能破賊，反爲賊所破。此病不在兵之多寡，在主將耳。今欲減兵省將，明罰思過，較變通之道於將來。如其不然，兵雖多何用？自今以後，諸人有遠慮於國者，但勤攻吾之闕，責吾之短；則事可定，賊可滅，功可翹足而待矣！」◎11費禕諸將皆服其論。

費禕自回成都。孔明在漢中惜軍愛民，勵兵講武，置造攻城渡水之器，聚積糧草，預備戰筏，以爲後圖。

細作探知，報入洛陽。魏主曹叡聞知，即召司馬懿商議收川之策。懿曰：「蜀未可攻也。方今天道亢炎，蜀兵必不出，若我軍深入其地，彼守其險要，急切難下。」

叡曰：「倘蜀兵再來入寇，如之奈何？」懿曰：「臣已算定今番諸葛亮必效韓信暗渡陳倉※6之計。臣舉一人，往陳倉道口築城守禦，萬無一失。此人身長九尺，猿臂善射，深有謀略。若諸葛亮入寇，此人足可當之。」◎12叡

◆清末上海年畫《空城計》。（清末民間年畫，徐震時提供／人民美術出版社）

◆ 攻吾之闕責吾之短。諸葛亮奉行嚴格的批評與自我批評，可惜有的錯誤是無法挽回的。（鄧嘉德繪）

大喜，問曰：「此何人也？」懿奏曰：「乃太原人，姓郝名昭，字伯道。現為雜霸將軍，鎮守河西。」叡從之。加郝昭為鎮西將軍，命把守陳倉道口。遣使持詔去訖。

忽報：「『揚州司馬、大都督』曹休上表，說東吳『鄱陽太守』周魴願以郡來降，密遣人陳言七事；說東吳可破。乞早發兵取之。」叡就御牀上展開，與司馬懿同觀。懿奏曰：「此言極有理，吳當滅矣！臣願引一軍往助曹休。」

忽班中一人進曰：「吳人之言反覆不一，未可深信。周魴智謀之士，必不肯降；此特誘兵之詭計也。」◎13眾視之，乃

〈評點〉

◎10：背後正言，當面曲事；此等人今日最多。（毛宗崗）

◎11：深戒面諛之人。（毛宗崗）

◎12：大抵豪傑舉事，先要得人為第一義也。（李贄）

◎13：貴達能知敵。（鍾伯敬）

注釋

※6：陳倉：地名，在今陝西省境。劉邦將進兵攻打項羽，韓信設計：表面上去修理棧道的道路，以轉移敵方的注意；暗中卻將兵馬偷過陳倉。

建威將軍賈逵也。

懿曰：「此言亦不可不聽，機會亦不可錯失。」魏主曰：「仲達可與賈逵同助曹休。」二人領命去訖。

於是曹休引大軍逕取皖城；賈逵引「前將軍」滿寵、「東皖太守」胡質，逕取陽城，直向東關；司馬懿引本部軍逕取江陵。

卻說吳主孫權在武昌東關會多官商議，曰：「今有『鄱陽太守』周魴密表奏稱：『魏都督曹休有入寇之意！今魴詐施詭計，暗陳七事，引誘魏兵深入重地。可設伏兵擒之。』今魏兵分三路而來，諸卿有何高見？」

顧雍進曰：「此大任，非陸伯言不敢當也。」權大喜！乃召陸遜，封爲「輔國大將軍、平北都元帥」，統御林大兵，攝行王事。授以白旄黃鉞，文武百官皆聽約束。

權親自與遜執鞭，◎14遜領命謝恩畢，乃保二人爲左右都督，分兵以迎三道。權問：「何人？」遜曰：「奮威將軍朱桓，綏南將軍全琮二人可爲輔佐。」權從之。即命朱桓爲「左都督」，全琮爲「右都督」。

於是陸遜總率江南八十一州，并荊、湖之眾七十餘萬。令朱桓在左，全琮在右，遜自居中，三路進兵。

◆周魴（200？～？），字子魚，吳郡陽羨（今江蘇宜興）人。三國時期東吳大臣，是歷史上「除三害」的周處之父。（fotoe提供）

朱桓獻策曰：「曹休以親見任，非智勇之將也。今聽周魴誘言，深入重地；元帥以兵擊之，曹休必敗！敗後必走兩條路，左乃夾石，右乃挂車。此二條路皆山僻小徑，最爲險峻。某願與全子璜各引一軍，伏於山險；先以柴木大石塞斷其路。曹休可擒矣！若擒了曹休，便長驅直進！唾手而得壽春，以窺許、洛。乃萬世一時也。」

遜曰：「此非善策！吾自有妙用。」於是朱桓懷不平而退。

遜令諸葛瑾等拒守江陵，以敵司馬懿，諸路俱各調撥停當。

卻說曹休兵臨皖城。周魴來迎，逕到曹休帳下。休問曰：「近得足下之書，所陳七事，深爲有理。奏聞天子，故起大軍三路進發！若得江東之地，足下之功不小。有人言：『足下多謀，誠恐所言不實！』吾料足下必不棄我。」

周魴大哭！急掣從人所佩劍欲自刎，休急止之。魴仗劍而言曰：「吾所陳七事，恨不能吐出心肝。今反生疑，必有吳人使反間之計也！若聽其言，吾必死矣！吾之忠心，惟天可表。」言訖，又欲自刎。

曹休大驚！慌忙抱住，曰：「吾戲言耳，足下何故如此？」魴乃用劍割髮，擲

〈評點〉

◎14：此時陸遜可謂榮耀之極矣。（李漁）

於地曰：「吾以忠心待公，公以吾爲戲？吾割父母所遺之髮，以表此心。」◎15

曹休乃深信之，設宴相待。席罷，周魴辭去。忽報：「建威將軍賈逵來見。」休令入，問曰：「汝此來何爲？」逵曰：「某料東吳之兵必盡屯於皖城。都督不可輕進！待某兩下夾攻，賊兵可破矣！」休怒曰：「汝欲奪吾功耶？」

逵曰：「某聞周魴截髮爲誓，此乃詐也。昔要離斷臂，刺殺慶忌※7：未可深信。」休大怒！曰：「我正欲進兵，汝何出此言以慢軍心？」叱左右推出斬之！

眾將告曰：「未及進兵，先斬大將，於軍不利。且乞暫免！」休從之。將賈逵兵留在寨中調用，自引一軍來取東關。

時周魴聽知賈逵削去兵權，暗喜曰：「曹休若用賈逵之言，則東吳敗矣！今天使我成功也。」◎16即遣人密到皖城，報知陸遜。

遜喚諸將聽令，曰：「前面石亭雖是山路，足可埋伏。早先去占石亭闊處，布

◆周魴斷髮賺曹休。《三國演義》中的人物有時為了達到目的，不擇手段，或兵不厭詐，或言行不一，而自視為計謀。相對於黃蓋的苦肉計，周魴斷髮，可以視為「苦髮計」。（fotoe提供）

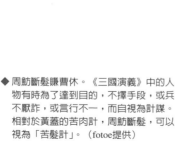

成陣勢，以待魏軍。」遂令徐盛爲先鋒，引兵前去！

卻說曹休命周魴引兵前進，正行間，休問曰：「前至何處？」魴曰：「前面石亭也，堪以屯兵。」休從之，遂率大軍并車仗等器，盡赴石亭駐劄。

次日，哨馬報道：「前面吳兵不知多少，據住山口。」休大驚！曰：「周魴言無兵，爲何有準備？」急尋魴問之。人報：「周魴引數十人，不知何處去了！」休大悔！曰：「我中賊之計矣，雖然如此，亦不足懼。」遂令大將張普爲先鋒，引數千兵來與吳兵交戰。

兩陣對圓。張普出馬，罵曰：「賊將早降！」徐盛出馬相迎，戰無數合，普抵敵不住，勒馬收兵！回見曹休言：「徐盛勇不可當。」休曰：「吾當以奇兵勝之！就令張普引二萬軍伏於石亭之南，又令薛喬引二萬軍伏於石亭之北。明日吾自引一千兵搦戰，卻佯輸詐敗，誘到北山之前，放礮爲號，三面夾攻！必獲大勝。」◎17

二將受計，各引二萬軍，到晚埋伏去了。

卻說陸遜喚朱桓、全琮分付曰：「汝二人各引三萬軍，從石亭山路抄到曹休寨

〈評點〉

◎15：好賺法。（李漁）

◎16：惟敵人方能知本國賢否也。周魴非賈逵知己耶？（李贄）

◎17：如此便自以爲奇兵？那知都做了敗兵耶！（毛宗崗）

注釋

※7：要離：春秋時吳國人，奉吳公子光的命令，刺吳王僚的兒子慶忌。自斷其臂，詐稱是公子光所傷，騙取了慶忌的信任，後來果然將慶忌刺殺了。

後，放火爲號！吾親率大軍，從中路而進！可擒曹休也。」當日黃昏，二將受計引兵而進。

二更時分，朱桓引一軍正抄到魏寨後，迎著張普伏兵。普不知是吳兵，逕來問時，被朱桓一刀斬於馬下！魏兵便走。桓令後軍放火。全琮引一軍抄到魏寨後，正撞在薛喬陣裏，就那裏大殺一陣！薛喬敗走。魏兵大損！奔回本寨。

後面朱桓、全琮兩路殺來！曹休寨中大亂，自相衝擊。休慌上馬，望夾石道奔走。徐盛引大隊軍馬從正路殺來！魏兵死者不可勝數，逃命者盡棄衣甲。

曹休大驚！在夾石道中奮力奔走。忽見一彪軍從小路衝出！爲首大將，乃賈逵也。休驚慌少息，自愧曰：「我不用公言，果遭此敗。」◎18

逵曰：「都督可速出此道。若被吳兵以木石塞斷，吾等皆危矣！」於是曹休驟馬而行，賈逵斷後。逵於林木盛茂處，及險峻小徑，多設旌旗，以爲疑兵。◎19及至徐盛趕到，見山坡下閃出旗角，疑有埋伏，不敢追趕！收兵而回。因此救了曹休。司馬懿聽

◆三國東吳大將陸遜畫像。（Legacy images 提供）

知休敗，亦引兵退去。

卻說陸遜正望捷音。須臾，徐盛、朱桓、全琮皆到，所得車仗、牛馬、驢騾、軍資、器械，不計其數；降兵數萬餘人。遜大喜！即同「太守」周魴并諸將班師回吳。

吳主孫權領文武官僚出武昌城迎接，以御蓋覆遜而入。諸將盡皆陞賞。權見周魴無髮，慰勞曰：「卿斷髮成此大事，功名當書於竹帛也。」即封周魴爲「關內侯」。大設筵會，勞軍慶賀。

陸遜奏曰：「今曹休大敗！魏兵喪膽。可修國書，遣使入川，教諸葛亮進兵攻之！」權從其言。遂遣使賫書入川去。正是：

「只因東國能施計，致令西川又動兵。」

未知孔明再來伐魏，勝負如何，且看下文分解……

〈評點〉

◎18：休當愧死。（鍾伯敬）

◎19：虧此得脫。（毛宗崗）

第九十七回　討魏國武侯再上表　破曹兵姜維詐獻書

卻說蜀漢建興六年，秋九月。魏都督曹休被東吳陸遜大破於石亭，車仗、馬匹、軍資、器械，並皆罄盡。休惶恐之甚，氣憂成病。到洛陽，疽發背而死。魏主曹叡勅令厚葬。

司馬懿引兵還。眾將接入，問曰：「曹都督兵敗，即元帥之干係。何故急回耶？」懿曰：「吾料諸葛亮知吾兵敗，必乘虛來取長安。倘隴西緊急，何人救之？吾故回耳。」◎1眾皆以爲懼怯，哂笑而退。

卻說東吳遣使致書蜀中，請兵伐魏；并言大破曹休之事，一者顯自己威風，二者通和會之好。◎2後主大喜！令人持書至漢中，報知孔明。

時孔明兵強馬壯，糧草豐足；所用之物，一切完備，正要出師。聽知此信，即設宴大會諸將，計議出師。

忽一陣大風。自東北角上而起！把庭前松樹吹折。眾皆大驚！孔

◆河北正定趙雲廟。
（ccnpic.com 提供）

◆清末年畫《長坂坡》。此戰是趙雲平生經歷最輝煌的戰役。（清末民間年畫，徐震時提供／人民美術出版社）

明就占一課，曰：「此風主損一大將。」諸將未信。正飲酒間，忽報鎮南將軍趙雲長子趙統，次子趙廣，來見丞相。孔明大驚！擲杯於地，曰：「子龍休矣！」

二子入見，拜哭曰：「某父昨夜三更病重而死。」孔明跌足而哭，曰：「子龍身故，國家損一棟樑，去吾一臂也。」眾將無不揮涕！

孔明令二子入成都面君報喪。後主聞雲死，放聲大哭！曰：「朕昔年幼，非子龍，則死於亂軍之中矣！」◎3即下詔，追贈「大將軍」，謚順平侯，勅葬於成都錦屏山之東，建立廟堂，四時享祭。後人有詩曰：

〈評點〉

◎1：西事更急，回顧極是。（鍾伯敬）

◎2：敘事中忽斷二語，直是史記筆法。（毛宗崗）

◎3：追應四十一回中之事。（毛宗崗）

「常山有虎將，智勇匹關、張；漢水功勳在，當陽姓字彰。

兩番扶幼主，一念答先皇。青史書忠烈，應流百世芳。」

卻說後主思念趙雲昔日之功，祭葬甚厚。封趙統爲「虎賁中郎將」，趙廣爲「牙門將」，就令守墳。二人辭謝而去！

忽近臣奏曰：「諸葛丞相將軍馬分撥已定，即日將出師伐魏。」後主問在朝諸臣，諸臣多言未可輕動。後主疑慮未決。

忽奏：「丞相令楊儀賫出師表至。」後主宣入。儀呈上表章，後主就御案上拆視。其表曰：

「先帝慮漢、賊不兩立，王業不偏安。故託臣以討賊也。

以先帝之明，量臣之才，故知臣伐賊，才弱敵強也。然不伐賊，王業亦亡。惟坐而待亡，孰與※1伐之？是故託臣而弗疑也。

臣受命之日，寢不安席，食不甘味。思惟北征，宜先入南。故五月渡瀘，深入不毛，并日而食，臣非不自惜也，顧王業不可偏安於蜀都。故冒危難，以奉※2先帝之遺意。而議者謂爲：『非計。』

今賊適※3疲於西，又務於東。兵法：『乘勞』。此進趨之時也。◎4謹陳其事如左※4：

高帝明並日月，謀臣淵深；然陟險披創，危然後安※5。今陛下未及高帝，謀

臣不如良、平，而欲以長策※6取勝，坐定天下？此臣之未解：一也。

劉繇、王朗各據州郡。論安言計，動引聖人；群疑滿腹，眾難塞胸※7。今歲不戰，明年不征；使孫權坐大，遂併江東。此臣之未解：二也。

曹操智計殊絕於人；其用兵也，彷佛孫、吳。然困於南陽，險於烏巢，危於祁連，偪於黎陽，幾敗北山！殆※8死潼關；然後僞定※9一時耳。況臣才弱，而欲以不危而定之？此臣之未解：三也。◎5曹操五攻昌霸不下，四越巢湖不成。任用李服，而李服圖之；委任夏侯，而夏侯敗亡，先帝每稱操爲「能」，猶有此失，況臣駑下，何能必勝？此臣之未解：四也。◎6

自臣到漢中，中間期年耳。然喪趙雲、陽群、馬玉、閻芝、丁立、白壽、劉郃、鄧銅等，及曲長、屯將七十餘人，突將無前。賨※10叟、青羌，散騎、武騎，一千餘人，此皆數十年之內，所糾合四方之精銳，非一州之所有。若復數年，則損三分之二也。當何以圖敵？此臣之未解：五也。

〈評點〉

◎4：此四句，正今日伐魏主意。（毛宗崗）

◎5：今人說得孔明便如天神，戰無不勝，攻無不克。其自敘不過如此而已。此眞情實話，不比後人誇張也。（李贄）

◎6：觀此表反則老瞞，乃孔明之所深服也，不若今人評品失眞，顚倒高下也。（李贄）

注釋

※1：何如。意思是：不若、還不如。

※2：尊奉。

※3：副詞：恰好的意思。

※4：如下。

※5：然而仍要歷經危險，身受創傷，才獲得平安。

※6：長久之計。

※7：指對人滿腹懷疑，不肯任用，遇事舉棋不定，不敢實行。

※8：幾乎。

※9：虛假的安定。

※10：秦漢南北朝，巴人亦稱「賨人」。

今民窮兵疲，而事不可息；事不可息，則住與行，勞費正等※11。而不及※12早圖之，欲以一州之地，與賊持久？此臣之未解：六也。◎7

夫難平者，事也！昔先帝敗軍於楚，當此之時，曹操拊手※13謂：『天下已定。』然後先帝東連吳越，西取巴、蜀；舉兵北征，夏侯授首，此操之失計，而漢事將成也。然後吳更違盟，關羽毀敗；秭歸蹉跌，曹丕稱帝。凡事如是，難可逆料。

臣鞠躬盡瘁，死而後已。至於成敗利鈍，非臣之明所能逆覩也。」◎8

後主覽表，甚喜！即勅令孔明出師。孔明受命，起三十萬精兵，令魏延總督前部先鋒，逕奔陳倉道口而來！早有細作報入洛陽。司馬懿奏知魏主，大會文武商議。

「大將軍」曹眞出班奏曰：「臣昨守隴西，功微罪大，不勝惶恐。今乞引大軍往擒諸葛亮。臣近得一員大將，使六十斤大刀，騎千里征駒馬；開兩石鐵胎弓，暗藏三個流星鎚，百發百

◆ 討魏國武侯再上表。諸葛亮在《後出師表》中明確提出自己要「鞠躬盡瘁，死而後已」。（fotoe提供）

中！有萬夫不當之勇，乃隴西狄道人，姓王名雙，字子全。臣保此人爲先鋒。」

叡大喜！召王雙上殿，視之：身長九尺，面黑睛黃，熊腰虎背。叡笑曰：「朕得此大將，有何慮哉？」遂賜錦袍金甲，封爲「虎威將軍、前部大先鋒」。◎9曹眞爲「大都督」。

眞謝恩出朝，遂引十五萬精兵，會合郭淮、張郃，分路把守隘口。

卻說蜀兵前隊哨至陳倉，回報孔明。說：「陳倉口已築起一城。內有大將郝昭把守，深溝高壘，遍排鹿角，十分謹嚴。不如棄了此城，從太白嶺鳥道出祁山甚便。」

孔明曰：「陳倉正北是街亭。必得此城，方可進兵。」命魏延引兵到城下，四

〈評點〉

◎7：以上六段皆用反說，駁倒議者之論。（毛宗崗）

◎8：眞話。（李贄）

◎9：此曹叡之許褚也。（李漁）

◆王雙，字子全，三國時期魏國曹真麾下猛將。（fotoe提供）

注釋

※11：既然事情不可以停止，那麼停在原地不動或主動進攻，人民的辛勞和國家的開支是完全一樣的。

※12：趁著。

※13：拍手稱快。拊：拍。

面攻之！連日不能破，魏延復來告孔明，說：「城難！」孔明大怒！欲斬魏延。

忽帳下一人告曰：「某雖無才，隨丞相多年，未嘗報效。願去陳倉城中，說郝昭來降！不用張弓隻箭。」眾視之，乃部曲鄞祥也。孔明曰：「汝用何言以說之？」祥曰：「郝昭與某同是隴西人氏，自幼交契。某今到彼，以利害說之，必來降矣！」孔明即令前去。

鄞祥驟馬逕到城下叫曰：「郝伯道！故人鄞祥來見。」城上人報知郝昭。昭令開門放入！登城相見。

昭問曰：「故人因何到此？」祥曰：「我在西蜀孔明帳下參贊軍機，待以上賓之禮。特令某來見公，有言相告。」昭勃然變色，曰：「諸葛亮乃我國讎敵也。吾事魏，汝事蜀，各事其主。昔時爲昆仲，今時爲讎敵。汝再不必多言，便請出城。」◎10鄞祥又欲開言，郝昭已出敵樓上了！魏軍急催上馬，趕出城外！

祥回頭視之，見昭倚定護心木欄杆。祥勒馬，以鞭指之

◆甘肅省隴南市徽縣，隴南寶成鐵路旁的陳倉古道。（fotoe提供）

曰：「伯道賢弟，何太情薄耶？」昭曰：「魏國法度兄所知也。吾受國恩，但有死而已！兄不必下說詞，早回見諸葛亮，教快來攻城！吾不懼也。」

祥回告孔明曰：「郝昭未等某開言，便先阻卻。」孔明曰：「汝可再去見他，以利害說之！」祥又到城下，請郝昭相見。

昭出到敵樓上，祥勒馬高叫曰：「伯道賢弟，聽吾忠言。汝據守一孤城，怎拒數十萬之眾？今不早降，後悔無及！且不順大漢，而事奸魏，抑何不知天命，不辨清濁乎？願伯道思之。」郝昭大怒！拈弓搭箭，指鄞祥而喝曰：「吾前言已定，汝不必再言，可速退！吾不射汝。」◎11

◆京劇臉譜（張飛、龐統等），北京王府井民俗文化街。（劉兆明／fotoe 提供）

〈評點〉

◎10：好個郝昭。（鍾伯敬）

◎11：馬超一說便來，郝昭再說不從者：一則有人驅之於內，一則無人驅之於內也。（毛宗崗）

鄭祥回見孔明，具言郝昭如此光景。孔明大怒！曰：「匹夫無禮太甚！豈欺吾無攻城之具耶？」隨叫土人，問曰：「陳倉城中有多少人馬？」土人告曰：「雖不知的數，約有三千人。」孔明笑曰：「量此小城，安能禦我？休等他救兵到，火速攻之！」

於是軍中起百乘雲梯，一乘上可立十數人；週圍用木板遮護；軍士各把短梯軟索，聽軍中擂鼓！一齊上城。

郝昭在敵樓上望見蜀兵裝起雲梯，四面而來。即令三千軍各執火箭，分布四面。待雲梯近城，一齊射之！

孔明只道城中無備，故大造雲梯，令三軍鼓譟吶喊而進！不期城上火箭齊發！雲梯盡焚；梯上軍士多被燒死。城上矢石如雨！蜀兵皆退。孔明大怒！曰：「汝燒吾雲梯，吾卻用衝車之法！」於是連夜安排下衝車。次日，又四面鼓譟吶喊而進！郝昭急命：運石鑿眼，用葛索穿定，飛打衝車，皆被打折。

孔明又令人運土塡城壕，教廖化引三千鍬钁軍從夜間掘地道，暗入城去。郝昭又於城中掘重濠橫截之。如此晝夜相攻，二十餘日，無計可破。◎12孔明心中憂悶。

忽報：「東邊救兵到了！旗上書『魏先鋒大將王雙』。」。孔明問曰：「誰可迎

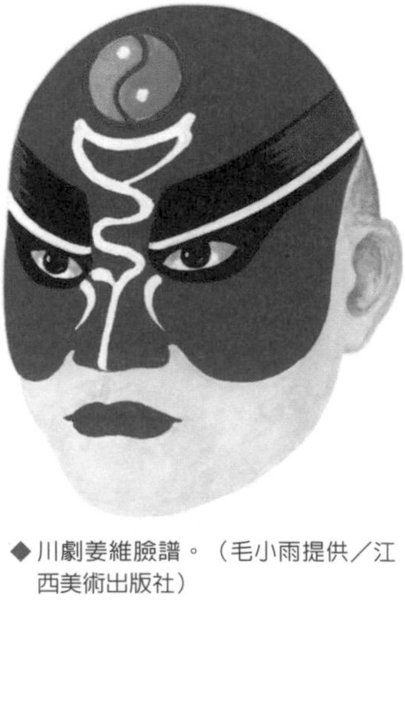

◆川劇姜維臉譜。（毛小雨提供／江西美術出版社）

之？」魏延出曰：「某願往！」孔明曰：「汝乃先鋒大將，未可輕出。」又問：「誰敢迎之？」裨將謝雄應聲而出！孔明與三千軍去了。

孔明又問曰：「誰敢再去？」裨將龔起應聲要去！孔明亦與三千兵去了。孔明恐城內郝昭引兵衝出！乃把人馬退二十里下寨。

卻說謝雄引軍前行，正遇王雙。戰不三合，被雙一刀劈死！蜀兵敗走！雙隨後趕來，龔起接著，交馬只三合，亦被雙所斬。

敗兵回報孔明，孔明大驚！忙令廖化、王平、張嶷三人出迎。兩陣對圓。張嶷出馬！王平、廖化壓住陣腳。王雙縱馬來！與張嶷交馬數合，不分勝負。雙詐敗便走！嶷隨後趕去。王平見張嶷中計，忙叫曰：「休趕！」◎13嶷急回馬時，王雙流星鎚早到！正中其背。嶷伏鞍而走！雙回馬趕來，王平、廖化截住。救得張嶷回陣。王雙驅兵大殺一陣！蜀兵折傷甚多。

嶷吐血數口，回見孔明。說：「王雙英勇無敵，如今將二萬兵就陳倉城外下寨；四面立起排柵，築起重城，深挖濠塹，守禦甚嚴。」

孔明見折二將，張嶷又被打傷，即喚姜維曰：「陳倉道口這條路不可行，別有

〈評點〉

◎12：郝昭盡有智略。（鍾伯敬）

◎13：畢竟王平精細。（李漁）

何策？」維曰：「陳倉城池堅固，郝昭守禦甚密；又得王雙相助，實不可取。不若令一大將依山傍水下寨固守；再令良將把守要道，以防街亭之攻。卻統大軍去襲祁山，某卻如此如此用計，可捉曹眞也。」

孔明從其言，即令王平、李恢引二枝兵守街亭小路，魏延引一軍守陳倉口，馬岱爲先鋒，關興、張苞爲前後救應，使從小徑出斜谷，望祁山進發！

卻說曹眞因思前番被司馬懿奪了功勞，因此，到洛口分調郭淮、孫禮東西把守。又聽得陳倉告急，已令王雙去救。聞知王雙斬將立功，大喜！乃令「中護軍」大將費耀權攝前部總督，諸將各自把守隘口。

忽報：「山谷中捉得細作來見。」曹眞令押入，跪於帳前。其人告曰：「小人不是奸細，有機密來見都督，誤被伏路軍捉來。乞退左右。」眞乃教去其縛，左右暫退。其人曰：「小人乃姜伯約心腹人也，蒙本官遣送密書。」

眞曰：「書安在？」其人於貼肉衣內取出呈上，眞拆視，曰：

「罪將姜維百拜，書呈『大都督』曹麾下：

維念世食魏祿，忝守邊城，叨竊厚恩，無門補報。

日昨誤遭諸葛亮之計，陷身於巔崖之中；思念舊國，何日忘之？今幸蜀兵西出，諸葛亮甚不相疑。

賴都督親提大兵而來！如遇敵人，可以詐敗！維當在後以舉火爲號，先燒蜀人

糧草，卻以大兵翻身掩之！則諸葛亮可擒也。非敢立功報國，實欲自贖前罪。倘蒙照察，速須來命。」

曹真看畢，大喜！曰：「天使吾成功也！」遂重賞來人，便令回報，依期會合。

真喚費耀，商議曰：「今姜維暗獻密書，令吾如此如此……」耀曰：「諸葛亮多謀，姜維智廣。或者是諸葛亮所使，恐其中有詐。」◎14真曰：「他原是魏人，不得已而降蜀，有何疑乎？」◎15

耀曰：「都督不可輕去，只守定本寨。某願引一軍接應姜維。如成，功盡歸都督；倘有奸計，某自支當。」真大喜！遂令費耀引五萬兵望斜谷而進。

行了兩三程，屯下軍馬，令人哨探。當日申時分，回報：「斜谷道中有蜀兵來也！」耀忙催進兵。蜀兵未及交戰，先退，耀引兵追之！蜀兵又來，方欲對陣，蜀兵又退。如此者三次。俄延至次日申時分。

魏軍一日一夜不曾敢歇，只恐蜀兵攻擊。方欲屯軍造飯，忽然四面喊聲大震！

〈評點〉

◎14：費耀用得。（李贄）

◎15：曹真只因要奪司馬懿之功，故易於中計。（毛宗崗）

鼓角齊鳴，蜀兵漫山遍野而來。門旗開處，閃出一輛四輪車。孔明端坐其中，令人請魏軍主將答話。

耀縱馬而出！遙見孔明，心中暗喜。回顧左右曰：「如蜀兵掩至，便退後走。若見山後火起，卻回身殺去！自有兵來相應。」分付畢。耀馬出，呼曰：「前者敗將，今何趕又來？」

孔明曰：「汝喚曹眞來答話。」耀罵曰：「曹都督乃金枝玉葉，安肯與反賊相見耶？」孔明大怒！把羽扇一招，左有馬岱，右有張嶷，兩路兵衝出！魏兵便退。行不到三十里，望見蜀兵背後火起，喊聲不絕。兩軍殺出！左有關興，右有張苞。山上矢石如雨，往下射來！魏兵大敗！

費耀知是中計，急退軍望山谷中而走，人馬困乏。背後關興引生力軍趕來！魏兵自相踐踏及落澗身死者，不知其數。耀逃命而走，正遇山坡口一彪軍，乃是姜維。

耀大罵曰：「反賊無信！吾不幸誤中汝奸計也。」維笑曰：「吾欲擒曹眞，誤賺汝矣！速下馬受降！」耀驟馬奪路，望山谷中而走！忽見谷中火光沖天，背後追兵又至，耀自刎身死，◎16餘眾盡降。

孔明連夜驅兵直至祁山前，下寨，收住軍馬，重賞姜維。維曰：「某恨不得殺曹眞也！」孔明亦曰：「可惜大計小用矣！」

卻說曹眞聽知折了費耀，悔之不及。遂與郭淮商議退兵之策。於是孫禮、辛毗星夜具表申奏魏主，◎17言：「蜀兵又出祁山。曹眞損兵折將，勢甚危急！」

叡大驚！即召司馬懿入內，曰：「曹眞損兵折將，蜀兵又出祁山。卿有何策，可以退之？」懿曰：「臣已有退諸葛亮之計，不用魏軍揚武耀威，蜀兵自然走矣！」正是：

「已見子丹無勝術，全憑仲達有良謀。」

未知其計如何，且看下文分解……

◆破曹兵姜維詐獻書。姜維派人到曹營獻上詐降書，曹真中計。（fotoe提供）

〈評點〉

◎16：太便宜了曹眞，可惜了費耀。（毛宗崗）

◎17：只得又去求司馬懿來救，硬要掙氣，掙氣不來。（毛宗崗）

第九十八回　追漢軍王雙受誅　襲陳倉武侯取勝

卻說司馬懿奏曰：「臣嘗奏陛下，言孔明必出陳倉，故以郝昭守之。今果然矣！彼若從陳倉入寇，運糧甚便；◎[1]今幸有郝昭、王雙把守，不敢從此路運糧。其餘小道搬運艱難，臣算蜀兵行糧止有一月，利在急戰；我軍只宜久守。陛下可降詔，令曹眞堅守諸路關隘，不要出戰。不須一月，蜀兵自走！那時，乘虛而擊之！諸葛亮可擒也。」

叡欣然曰：「卿既有先見之明，何不自引一軍以襲之？」懿曰：「臣非惜身重命，實欲存留此兵，以防東吳、陸遜耳。孫權不久必將僭號稱尊，如稱尊號，恐陛下伐之，定先入寇也！臣故欲以兵待之。」

正言間，忽近臣奏曰：「曹都督奏報軍情。」懿曰：「陛下可即令人告戒曹眞：凡追趕蜀兵，必須觀其虛實，不可深入重地，以中諸葛亮之計。」叡即時下詔，遣「太常卿」韓暨持節告戒曹眞：「切不可戰，務在謹守；只待蜀兵退去，方纔擊之。」

司馬懿送韓暨於城外，囑之曰：「吾以此功讓與子丹。公見子丹，休言是吾所陳之意；只道天子降詔，教保守為上，追趕之人，切要仔細，勿遣性急氣躁者追之！」暨辭去。

卻說曹真正升帳議事。忽報：「天子遣太常卿韓暨持節至。」真出寨接入。受詔已畢，退與郭淮、孫禮計議。淮笑曰：「此乃司馬仲達之見也。」

真曰：「此見若何？」淮曰：「此言深識諸葛用兵之法；久後能禦蜀兵者，必仲達也。」

真曰：「倘蜀兵不退，又將如何？」淮曰：「可密令人去教王雙引兵於小路哨巡，彼自不敢運糧，待其糧盡兵退，乘勢追擊，可獲全勝。」

孫禮曰：「某去祁山虛裝做運糧兵，車上盡裝乾柴茅草，以硫黃燄硝灌之；卻教人虛報：『隴西運糧到！』若蜀兵無糧，必然來搶！待入其中，放火燒車，外以伏兵應之。可勝矣！」◎2

〈評點〉

◎1：孔明欲得陳倉正為此耳。（李漁）

◎2：此計亦通，但恐瞞不過武侯耳。（毛宗崗）

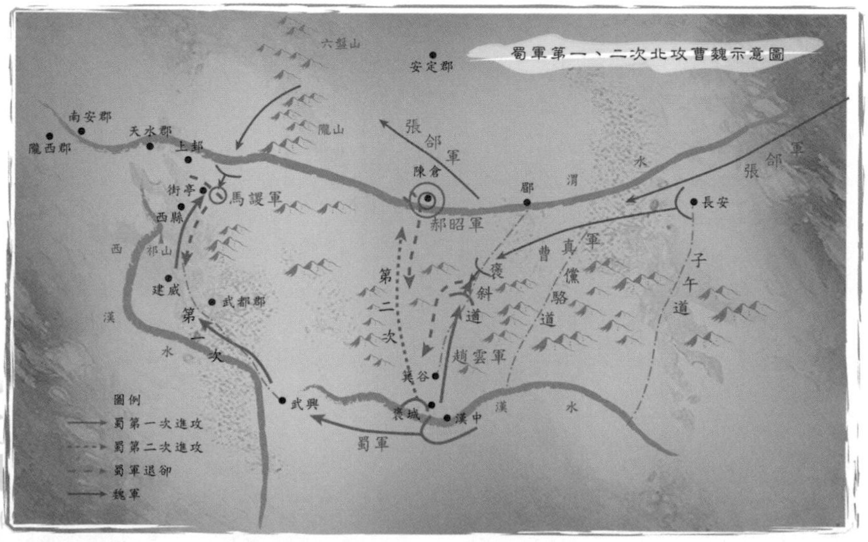

◆蜀軍第一、二次北攻曹魏示意圖。（陳虹伃繪）

眞喜曰：「此計大妙！」即令孫禮引兵依計而行。又遣人教王雙引兵於小路巡哨，郭淮引兵提調箕谷、街亭，令諸路軍馬把守險要。眞又令張遼子張虎爲先鋒，樂進子樂綝爲副先鋒，同守頭營，不許出戰！

卻說孔明在祁山寨中，每日令人挑戰！魏兵堅守不出。孔明喚姜維等商議，曰：「魏兵堅守不出！是料吾軍中無糧也。今陳倉轉運不通，其餘小路盤涉艱難；吾算隨軍糧草不敷一月用度，如之奈何？」

正躊躇間，忽報：「隴西魏軍運糧數千車，於祁山之西；運糧官乃孫禮也。」孔明曰：「其人如何？」有魏人告曰：「此人曾隨魏主出獵於大石山；忽驚起一猛虎，直奔御前，孫禮下馬拔劍斬之！從此封爲『上將軍』，乃曹眞心腹人也。」

孔明笑曰：「此是魏將料吾乏糧，故用此計！車上裝載者，必是茅草引火之物。吾平生專用火攻，彼乃欲以此計誘我耶？◎3彼若知吾軍去劫糧車，必來劫吾寨矣！可將計就計而行。」

遂喚馬岱，分付曰：「汝引三千軍，逕到魏軍屯糧之所，不可入營，但於上風頭放火！若燒著車仗，魏兵必來圍吾寨！」又差馬忠、張嶷：各引五千兵在外圍住，內外夾攻。三人受計去了。

又喚關興、張苞，分付曰：「魏兵頭營接連四通之路。今晚若西山

◆「三十六計」摩崖石刻之「空城計」，四川宜賓蜀南竹海天寶寨。（fotoe提供）

火起，魏兵必來刦吾營！汝二人卻伏於魏寨左右，只等他兵出寨，汝二人便可刦之。」

又喚吳班、吳懿分付曰：「汝二人各引一軍，伏於營外。如魏兵到，可截其歸路。」孔明分撥已畢，自在祁山上凭高而坐。

魏兵探知蜀兵要來刦糧，慌忙報與孫禮；禮令人飛報曹眞。眞遣人去頭營，分付張虎、樂綝：「看今夜山西火起！蜀兵必來救應，可以出軍如此如此……。」二將受計，令人登樓，專看火號。

卻說孫禮把軍伏於山西，只待蜀兵到。是夜二更，馬岱引三千兵來！人皆銜枚，馬皆勒口，逕到山西。見許多車仗重重疊疊，攢遶成營；車仗虛插旌旗。正值西南風起！◎4岱令軍士逕去營南放火，車仗盡著，光火沖天。

孫禮只道蜀兵到魏寨內放號火，急引兵一齊掩至！背後鼓角喧天！兩路兵殺來，乃是馬忠、張嶷。把魏軍圍在垓心。孫禮大驚！又聽得魏軍中喊聲起！一彪軍從火光邊殺來，乃是馬岱。內外夾攻，魏兵大敗！火緊風急，人馬亂竄，死者無數。孫禮引中傷軍，沖烟冒火而走。

〈評點〉

◎3：孔明在時，魏人如何來弄斧？（鍾伯敬）

◎4：風不借自來矣。（李漁）

卻說張虎在營中望見火光，大開寨門，與樂綝盡引人馬殺奔蜀寨來，寨中不見一人。急收軍回時，吳班、吳懿兩路兵殺出！斷其歸路。張、樂二將急衝出軍圍，奔回本寨，只見土城之上箭如飛蝗！原來卻被關興、張苞襲了營寨。

魏兵大敗！皆投曹眞寨來。方欲入寨，忽見一彪敗軍飛奔而來！乃是孫禮。遂同入寨見眞，各言中計之事。眞聽知，謹守大寨，更不出戰。

蜀兵得勝回見孔明。孔明令人密授計與魏延，一面教拔寨齊起！

楊儀曰：「今已大勝！挫盡魏兵銳氣，何故反欲收軍？」孔明曰：「吾兵無糧，利在急戰。今彼堅守不出，吾受其病矣！彼今雖暫時兵敗，中原必有增益；若以輕騎襲吾糧道，那時要歸不能，今乘魏兵新敗，不敢正視蜀兵，便可出其不意，乘機退去。所憂者但魏延一軍在陳倉道口拒住王雙，急不能脫身。吾已令人授以密計，教斬王雙，使魏人不敢來追。只令後隊先行。」

當夜孔明只留金鼓守在寨中打更，一夜兵已盡退，只落空營。

卻說曹眞正在寨中憂悶。忽報：「左將軍張郃領軍到！」郃下馬入帳，謂眞曰：「某奉聖旨，特來聽調。」眞曰：「曾別仲達否？」郃曰：「仲達分付云：『吾

◆張嶷（？～254），字伯岐，四川南充人，三國蜀將領。諸葛亮平定高定後，張嶷到任，恩威並施，土豪伏法，民衆信服。當他離任回都時，夷民都拉住車輪哭泣，在歸途中屢受歡迎貢奉。後姜維北伐，張嶷隨征；在與魏將徐質的大戰中陣亡，南土民夷聞聽死訊，無不悲泣，為他立廟，四時享祭。成都武侯祠武將廊塑像，塑於清道光二十九年（1849）。（fotoe提供）

◆四川劍閣縣境內的金牛道，是連接陳倉故道的蜀道之一。（fotoe提供）

軍勝，蜀兵必不便去！若吾軍敗，蜀兵必即去矣！』今吾軍失利之後，都督曾往哨探蜀兵消息否？」眞曰：「未也！」于是即令人往探之，果是虛營，只插著數十面旌旗，兵已去了二日也。曹眞懊悔無及。◎5

且說魏延受了密計，當夜二更拔寨，急回漢中，早有細作報知王雙。雙大驅軍馬，併力追趕！追到二十餘里，看看趕上，且魏延旗號在前。雙大叫曰：「魏延休走！」蜀兵更不回頭。雙拍馬趕來，背後魏兵叫曰：「城外寨中火起！恐中敵人奸計。」雙急勒馬回時，只見一片火光沖天！慌令退軍。

行到山坡左側，忽一騎馬從林中驟出！大喝曰：「魏延在此。」◎6王雙大

〈評點〉

◎5：如猜拳者遇著此等空拳，卻是再猜不著。（毛宗崗）

◎6：此處忽然又有一魏延，寫得出色驚人。（毛宗崗）

驚！措手不及，被延一刀砍於馬下。魏兵疑有埋伏，四散逃走，延手下只有三十騎人馬，望漢中緩緩而行。後人有詩讚曰：

「孔明妙算勝孫、龐※1，耿若長星照一方；
進退行兵神莫測，陳倉道口斬王雙。」

原來魏延受了孔明密計：先教存下三十騎，伏於王雙營邊。只待王雙起兵趕時，卻去他營中放火！待他回營，出其不意，突出斬之！魏延斬了王雙，引兵回到漢中見孔明，交割了人馬。孔明設宴大會，不在話下。

且說張郃追蜀兵不上，回到寨中。忽有陳倉城郝昭差人申報，曰：「王雙被斬！」曹眞聞知，傷感不已，因此憂成疾病，遂回洛陽。命郭淮、孫禮、張郃守長安諸道。

卻說吳王孫權設朝。有細作人報說：「蜀諸葛丞相出兵兩次，魏都督兵損將亡。」於是群臣皆勸吳王興師伐魏，以圖中原。權猶豫未決。

張昭奏曰：「近聞武昌東山鳳凰來儀；大江之中，黃龍屢現。主公德配唐虞，明並文、武※2，可即皇帝位，然後興兵。」多官皆應曰：「子布之言是也！」遂選定夏四月丙寅日，築壇於武昌南郊。

◆追漢軍王雙受誅。魏延受了諸葛亮密計，斬殺曹魏大將王雙。（fotoe提供）

◆《吳主孫權》，《歷代帝王圖》（又稱《古帝王圖》）卷之一，今藏美國波士頓藝術博物館，唐代著名畫家閻立本（601～673）繪。（fotoe提供）

是日，群臣請權登壇，即皇帝位。改黃武八年爲黃龍元年。謚父孫堅爲武烈皇帝，母吳氏爲武烈皇后，兄孫策爲長沙桓王。立子孫登爲皇太子，命諸葛瑾長子諸葛恪爲「太子左輔」，張昭次子張休爲「太子右弼」。

◆諸葛恪（203～253），字元遜，琅邪陽都（今山東沂南）人。三國時期吳國名將，諸葛瑾長子，從小就以才思敏捷、善於應對著稱，掌握吳國大權後，日益獨斷專橫，被孫峻聯合吳主孫亮設計殺害，夷滅三族。（葉雄繪）

恪，字元遜，身長七尺，極聰明，善應對；權甚愛之。年六歲時，值東吳筵會，恪隨父在座。權見諸葛瑾面長，乃令人牽一驢來，用粉筆書其面，曰：「諸葛子瑜」。眾皆大笑！恪趨至前，取粉筆添二字於其下，曰：「諸葛子瑜之驢」。滿座之人無不驚訝！權大喜，遂將驢賜之。

又一日，大宴官僚，權命恪把盞。巡至張昭面前，昭不飲，曰：「此非養老之禮也。」權謂恪曰：「汝能強子布飲乎？」恪領命。乃謂昭曰：「昔姜尚父年九十，秉旄仗鉞，未嘗言老；今臨陣之日，先生在後；飲酒之

注釋

※1：指戰國時候的著名軍事家孫臏、龐涓。

※2：指周文王、周武王。

日，先生在前；何謂不養老也？」◎7昭無言可答，只得強飲。權因此愛之，故命輔太子。

張昭佐吳王，位列三公之上。故以其子張休爲「太子右弼」，又以顧雍爲丞相，陸遜爲上將軍，輔太子守武昌。權復還建業。群臣商議伐魏之策。張昭奏曰：「陛下初登寶位，未可動兵。只宜修文偃武，增設學校，以安民心遣使入川，與蜀同盟；共分天下，緩緩圖也。」

權從其言。即令使命星夜入川來見後主。禮畢，細奏其事。後主聞知，乃與群臣商議。眾議皆謂：「孫權僭逆，宜絕其盟好。」蔣琬曰：「可令人問於丞相。」後主即遣使到漢中問孔明。

孔明曰：「可令人賷禮物入吳作賀，乞遣陸遜興師伐魏。魏必令司馬懿拒之！懿若南拒東吳，我再出祁山，長安可圖也！」◎8後主依言，遂令「太尉」陳震將名馬、玉帶、金珠寶貝，入吳作賀。

震至東吳，見了孫權，呈上國書。權大喜！設宴相待，打發回蜀。權召陸遜入，告以「西蜀約會興兵伐魏之事。」

◆子瑜之驢。子瑜（瑾）之子諸葛恪反應機敏，但才氣外露，日後不得善終。（鄧嘉德繪）

遜曰：「此乃孔明懼司馬懿之謀也。既與同謀，不得不從。今卻虛作起兵之勢，遙與西蜀為應！待孔明攻魏急，吾可乘虛取中原也。」即時下令，教荊、襄各處都要訓練人馬，擇日興師。

卻說陳震回到漢中，報知孔明。孔明尚憂陳倉不可輕進，先令人去哨探。回報說：「陳倉城中郝昭病重。」孔明曰：「大事成矣！」

遂喚魏延、姜維，分付曰：「汝二人領五千兵，星夜直奔陳倉城下。如見火起，併力攻城！」二人俱未深信，又來告曰：「何日可行？」孔明曰：「三日都要完備。不須辭我，即便起行！」二人受計去了。又喚關興、張苞至，附耳低言：「如此如此……。」二人各受密計而去。

且說郭淮聞郝昭病重，乃與張郃商議曰：「郝昭病重。你可速去替他！我自寫表申奏朝廷，別行定奪。」張郃引著三千兵，急來替郝昭。

時郝昭病危。當夜，正呻吟之間，忽報：「蜀兵到城下了！」昭急令人上城把守時，各門上火起，城中大亂！昭聽知，驚死！蜀兵一擁入城。

卻說魏延、姜維領兵到陳倉城下看時，並不見一面旗號，又無打更之人。二人

〈評點〉

◎7：正史記此二事極佳，演義便改壞了。俗筆可恨如此。（李贄）

◎8：欲以陸遜牽制司馬懿。（毛宗崗）

驚疑，不敢攻城。忽聽得一聲砲響！四面旗幟齊豎。只見一人綸巾羽扇，鶴氅道袍，大叫曰：「汝二人來得遲了！」◎9二人視之，乃孔明也。二人慌忙下馬，拜伏於地，曰：「丞相眞神計也！」

孔明令放入城，謂二人曰：「吾打探得郝昭病重。吾令汝三日內領兵取城，此乃穩眾人之心也；吾卻令關興、張苞只推點軍，暗出漢中！吾即藏於軍中，星夜倍道，逕到城下，使彼不能調兵。吾早有細作在城內放火！發喊相助，令魏兵驚疑不定。兵無主將，必自亂矣！吾因而取之易如反掌。兵法云：『出其不意，攻其無備。』正謂此也。」魏延、姜維拜伏。

孔明憐郝昭之死，令彼妻小扶靈柩回魏國，以表其忠。◎10

孔明謂魏延、姜維曰：「汝二人且莫卸甲，可引兵去襲散關。把關之人若知兵到，必然驚走。若稍遲，必有魏兵至關，即難攻矣！」魏延、姜維受命，引兵逕到散關。把關之人果然盡走！

二人上關，纔要卸甲，遙見關外塵頭大起！魏兵到來。二人相謂曰：「丞相神算，不可測度。」急登樓視之，乃魏將張郃也。二人乃分兵守住險道。張郃見蜀兵把住要路，遂令退軍！魏延隨後追殺一陣，魏兵死者無數，張郃大敗而

◆襲陳倉武侯取勝。魏延、姜維來到陳倉城下，卻見諸葛亮已經取城，二人拜服。（fotoe提供）

◆2007年4月13日，湖北襄樊國家級風景名勝區古隆中，紀念諸葛亮出山1800周年慶典活動正在舉行。（李富華／photobase／fotoe 提供）

去。

延回到關上，令人報知孔明。孔明先自領兵出陳倉、斜谷，取了建威。後面蜀兵陸續進發！後主又命大將陳式來助。孔明驅大兵復出祁山，安下營寨。

孔明聚眾，言曰：「吾二次出祁山，不得其利；今又到此，吾料魏人必依舊戰之地與吾相敵。彼意疑我取雍、郿二處，必以兵拒守；吾觀陰平、武都二郡，與漢連接，若得此城，亦可分魏兵之勢。◎11何人敢取之？」

姜維曰：「某願往！」王平應曰：「某亦願往！」孔明大喜！遂令姜維引兵一萬取武都，王平引兵一萬取陰平。二人領兵去了！

〈評點〉

◎9：神矣。（李贄）

◎10：仁心。（鍾伯敬）

◎11：又算出兩路來。（李漁）

再說張郃回到長安，見郭淮、孫禮，說：「陳倉已失，郝昭已亡，散關亦被蜀兵奪了。今孔明復出祁山，分道進兵！」淮大驚！曰：「若如此，必取雍、郿矣！」乃留張郃守長安，令孫禮保雍城，淮自引兵，星夜來郿城守禦。一面上表入洛陽告急。

卻說魏主曹叡設朝。近臣奏曰：「陳倉城已失！郝昭已亡。諸葛亮又出祁山，散關亦被蜀兵奪了。」叡大驚！

忽又奏：「滿寵等有表，說：東吳孫權僭稱帝號，與蜀同盟。今遣陸遜在武昌訓練人馬，聽候調用。只在旦夕，必入寇矣！」

叡聞知兩處危急，舉止失措！甚是驚慌。此時曹眞病未痊，即召司馬懿商議。懿奏曰：「以臣愚意所料，東吳必不舉兵！」

叡曰：「卿何以知之？」懿曰：「孔明嘗思報猇亭之讎，非不欲吞吳也，只恐中原乘虛擊彼，故暫與東吳結盟。陸遜亦知其意，故假作興兵之勢以應之！實是坐觀成敗耳。陛下不必防吳，只須防蜀。」◎12叡曰：「卿眞高見！」遂封懿爲「大都督」，總攝隴西諸路軍馬。令近臣取曹眞總兵將印來。

懿曰：「臣自去取之！」遂辭帝出朝，逕到曹眞府下。先令人入府報知，懿方進見。

◆三國魏神獸紋銅鏡。中國國家博物館藏。（Legacy images 提供）

問病畢，懿曰：「東吳、西蜀會合，興兵入寇！今孔明又出祁山下寨，明公知之乎？」眞驚訝曰：「吾家人知我病重，不令我知。似此國家危急，何不拜仲達爲都督，以退蜀兵耶？」

懿曰：「某才薄智淺，不稱其職。」眞曰：「取印與仲達。」懿曰：「都督少慮。某願助一臂之力，只不敢受此印也。」眞躍起，曰：「如仲達不領此任，中國危矣！吾當抱病見帝以保之！」

懿曰：「天子已有恩命，但懿不敢受耳。」眞大喜！曰：「仲達今領此任，可退蜀兵。」懿見眞再三讓印，遂受之。辭了魏主，引兵往長安來與孔明決戰。正是：

「舊帥印爲新帥取，兩路兵惟一路來。」

未知勝負如何，且看下文分解……

〈評點〉

◎12：如見。（李贄）

第九十九回　諸葛亮大破魏兵　司馬懿入寇西蜀

蜀漢建興七年，夏四月，孔明兵在祁山，分作三寨，專候魏兵。卻說司馬懿引兵到長安。張郃接見，備言前事。懿令郃爲先鋒，戴凌爲副將，引十萬兵到祁山，於渭水之南下寨。

郭淮、孫禮入寨參見。懿問曰：「汝等曾與蜀兵對陣否？」二人答曰：「未也。」懿曰：「蜀兵千里而來，利在速戰。今來此不戰，必有謀也。隴西諸路，曾有信息否？」淮曰：「已有細作探得：各郡十分用心，日夜隄防，並無他事。只有武都、陰平二處未曾回報。」

懿曰：「吾自差人與孔明交戰。汝二人急從小路去救二郡，卻掩在蜀兵之後，彼必自亂矣！」◎1

二人受計，引兵五千，從隴西小路來救武都、陰平，就襲蜀兵之後。郭淮於路謂孫禮曰：「仲達比孔明，如何？」禮曰：「孔明勝仲達多矣！」淮曰：「孔明雖勝，此一計足顯仲達有過人之智。蜀兵如正攻兩郡，我等從後抄到彼，豈不自亂乎！」

正言間，忽哨馬來報：「陰平已被王平打破了！武都已被姜維打破了！前離蜀兵不遠。」

禮曰：「蜀兵既已打破了城池，如何陳兵於外？必有詐也！不如速退。」郭淮從之，方傳令教軍退時，忽然一聲礮響！山背後閃出一枝軍馬來，旗上大書：「漢丞相諸葛亮」。中央一輛四輪車，孔明端坐於上，左有關興，右有張苞。孫、郭二人見之，大驚！

孔明大笑曰：「郭淮、孫禮休走！司馬懿之計，安能瞞得過吾？他每日令人在前交戰，卻教汝等襲吾軍後。武都、陰平吾已取了，汝二人不早來降，欲驅兵與吾決戰耶？」

郭淮、孫禮聽畢，大慌！忽然背後喊殺連天！王平、姜維引兵從後殺來，興、苞二將又引軍從前面殺來。兩下夾攻！魏

〈評點〉

◎1：亦算得著，只是遲了些。（李漁）

◆諸葛亮大破魏兵。魏將郭淮、孫禮大敗逃亡。（fotoe提供）

兵大敗。

孫、郭二人棄馬爬山而走。張苞望見，驟馬趕來！不期連人帶馬，跌入澗內。後軍急忙救起，頭已跌破。孔明令人送回成都養病。

卻說郭、孫二人走脫，回見司馬懿，曰：「武都、陰平二郡已失。孔明伏於要路，前後攻殺！因此大敗，棄馬步行，方得逃回。」懿曰：「非汝等之罪，孔明智在吾先。◎[2]可再引兵把守雍、郿二城，切勿出戰。吾自有破敵之策！」二人拜辭而去。

懿又喚張郃、戴凌，分付曰：「今孔明得了武都、陰平，必然撫百姓，以安民心，不在營中矣！汝二人各引一萬精兵，今夜起身，抄在蜀兵營後，一齊奮勇殺將過來！吾卻引兵在前布陣。只待蜀兵勢亂，吾大驅人馬，攻殺進去！兩軍併力，可奪蜀寨也。若得此地山勢，破敵何難？」

二人受計，引兵而去。戴凌在左，張郃在右；各取小路進發，深入蜀兵之後。三更時分，來到大路。兩軍相遇，合兵一處，卻從蜀兵背後殺來！

行不到三十里，前軍不行。張、戴二人自縱馬視之，只見數百輛草車橫截去路。郃曰：「此必有準備。可急取路而回。」纔傳令退軍，只見滿山火光齊明，鼓角大震！伏兵四下皆出，把二人圍住。

孔明在祁山上大叫曰：「戴凌、張郃，可聽吾言。司馬懿料吾往武都、陰平撫

民，不在營中，故令汝二人來刦吾寨，卻中吾之計也！◎3汝二人乃無名下將，吾不殺害；下馬早降！」

郃大怒！指孔明而罵曰：「汝乃山野村夫，侵吾大國境界，如何敢發此言？吾若捉住汝時，碎屍萬段！」言訖，縱馬挺槍，殺上山來，山上矢石如雨！郃不能上山，乃拍馬舞槍，衝出重圍，無人敢當。

蜀兵困戴凌在垓心；郃殺出舊路，不見戴凌，即奮勇翻身，又殺入重圍，救出戴凌而回。

孔明在山上，見郃在萬軍之中往來衝突，英勇倍加。乃謂左右曰：「嘗聞張翼德大戰張郃，人皆驚懼。吾今日見之，方知其勇也。若留下此人，必爲蜀中之害，吾當除之！」遂收軍還營。

卻說司馬懿引兵布成陣勢，只待蜀兵亂動，一齊攻之！忽見張郃、戴凌狼狽而來，告曰：「孔明先如此隄防，因此大敗而歸。」懿大驚！曰：「孔明眞神人也！不如且退。」即傳令教大軍盡回本寨，堅守不出。

且說孔明大勝，所得器械馬匹不計其數；乃引大軍回寨。每日令魏延挑戰，魏

〈評點〉

◎2：凡眞正有見識人，決不臨事慌張，亦不因敗而尤人怨人，此類是也。（李贄）

◎3：不但張、戴二人所不料，亦今日讀者所不料。（李漁）

兵不出，一連半月，不曾交兵。

孔明正在帳中思慮。忽報：「天子遣侍中費禕賚詔至。」孔明接入營中。焚香禮畢，開詔讀曰：

「街亭之役，咎由馬謖；而君引愆※1，深自貶抑。重違君意，聽順所守。前年耀師，馘斬王雙；今歲爰征，郭淮遁走；降集氐、羌，復興二郡；威震凶暴，功勳顯然。今復君丞相，君其勿辭。

方今天下騷擾，元惡未梟。君受大任，幹國之重，而久自抑損，非所以光揚洪烈也。」◎4

孔明聽詔畢。謂禕曰：「吾國事未成，安可復丞相之職？」堅辭不受。禕曰：「丞相若不受職，拂了天子之意，又冷淡了將士之心。宜且權受。」孔明方纔拜受。◎5禕辭去。

孔明見司馬懿不出，思得一計，傳令教各處皆拔寨而起。

當有細作報知司馬懿，說：「孔明退兵了！」懿曰：「孔明必有大謀，不可輕動。」張郃曰：「此必因糧盡而回，如何不追？」懿曰：「吾料孔明上年大收，今又麥熟，糧草豐足。雖然轉運艱難，亦可支持半載。◎6安肯便走？彼見吾連日不戰，故作此計引誘。可令人遠遠哨之。」軍士探知，回報說：「孔明離此三十里下寨。」懿曰：「吾料孔明果不走。且堅守寨柵，不可輕進。」

◆司馬懿像。司馬懿是曹魏將領中智謀最為接近諸葛亮的，儘管多次被戲弄，但事實上諸葛亮也沒有從他身上占得太大便宜或取得決定性勝利。（fotoe提供）

住了旬日，絕無音信，並不見蜀將來戰。懿再令人哨探，回報說：「蜀兵已起營去了。」懿未信。乃更換衣服，雜在軍中，親自來看，只見蜀兵又退三十里下寨。懿回營，謂張郃曰：「此乃孔明之計也，不可追趕。」

又住了旬日，再令人哨探，回報說：「蜀兵又退三十里下寨！」郃曰：「孔明用緩兵之計，漸退漢中，都督何故懷疑，不早追之？郃願往決一戰！」懿曰：「孔明詭計極多。倘有差失，喪吾軍之銳氣，不可輕進。」郃曰：「某去若敗，甘當軍令。」

懿曰：「既汝要去，可分兵兩枝。汝引一枝先行，須要奮力死

〈評點〉

◎4：詔書亦甚愷切。（鍾伯敬）

◎5：功如武侯尚不敢受顯職如此，今爲臣者無功受祿可愧。（李漁）

◎6：前算一月，此算半年；糧多糧少，都要司馬懿代爲記賬。竟似知數人一般。只因「畏蜀如虎」故也。（毛宗崗）

注釋

※1：歸罪於自己。愆：過失。

戰，吾隨後接應，以防伏兵。汝次日先進，到半途駐劄，後日交戰，使兵力不乏。」◎7遂分兵已畢。

次日，張郃、戴淩引副將數十員，精兵三萬，奮勇先進，到半路下寨。司馬懿留下許多軍馬守寨，只引五千精兵，隨後進發。

原來孔明密令人哨探。見魏兵半路而歇。是夜，孔明喚眾將商議，曰：「今魏兵來追，必以死戰！汝等須以一當十，吾以伏兵截其後。非智勇之將，不可當此任。」言畢，以目視魏延，延低頭不語。◎8王平出曰：「某願當之！」孔明曰：「若有失，如何？」平曰：「願當軍命。」

孔明嘆曰：「王平肯捨身親冒矢石，眞忠臣也！雖然如此，奈魏兵分兩枝，前後而來，斷吾伏兵在中；平縱然智勇，只可當一頭，豈可分身兩處？須再得一將同去爲妙！怎奈軍中再無捨死當先之人。」

言未畢！一將出曰：「某願往！」孔明視之，乃張翼也。孔明曰：「張郃乃魏之名將，有萬夫不當之勇，汝非敵手。」翼曰：「若有失事，願獻首於帳下。」

孔明曰：「汝既敢去，可與王平各引一萬精兵，伏於山谷中。只待魏兵趕上，任他過盡；汝等各引伏兵，從後掩殺。若司馬懿隨後趕來，卻分兵兩頭，張翼引一軍當住後隊，王平引一軍截其前隊。兩兵須要死戰，吾

◆武漢龜山三國城張翼塑像。（fotoe提供）

自有別計相助。」二人受計，引兵而去。

孔明又喚姜維、廖化，分付曰：「與汝二人一個錦囊，引三千精兵，偃旗息鼓，伏於前山之上。如見魏兵圍住王平、張翼，十分危急，不必去救。只開錦囊看視，自有解危之策。」◎9二人受計，引兵而去。

又令吳班、吳懿、馬忠、張嶷四將，附耳分付曰：「如來日魏兵到，銳氣正盛，不可便迎。且戰且走！只看關興來引兵，掠陣之時，汝等便回軍趕殺！吾自有兵接應。」四將受計，引兵而去。

又喚關興，分付曰：「汝引五千精兵，伏於山谷。只看山上紅旗颭動，卻引兵殺出！」興受計，引兵而去。

卻說張郃、戴凌領兵前來！驟如風雨。馬忠、張嶷、吳懿、吳班四將接著，出馬交鋒。張郃大怒！驅兵追殺。蜀兵且

◆雕塑諸葛亮像。（馮暉／fotoe提供）

〈評點〉

◎7：至此再三提防，再三吩咐。寫仲達十分周密，不比他人。（李漁）

◎8：非前日之魏延矣。（李漁）

◎9：俱已算定。（鍾伯敬）

戰且走，魏兵趕約有二十餘里。時值六月，天氣十分炎熱；人馬汗如潑水。走到五十里外，魏兵盡皆氣喘。

孔明在山上把紅旗一招，關興引兵殺出！◎10馬忠等四將一齊引兵掩殺回來！張郃、戴淩死戰不退。

忽然喊聲大震，兩路軍殺出，乃王平、張翼也。各奮勇追殺，截其後路。郃大叫眾將曰：「汝等到此，不決一死戰，更待何時？」魏兵奮力衝突，不得脫身。忽然背後鼓角喧天，司馬懿自領精兵殺到。

懿指揮眾將，把王平、張翼圍在垓心。翼大呼曰：「丞相眞神人也，計已算定，必有良謀。吾等當決一死戰！」即分兵兩路，平引一軍截住張郃、戴淩，翼引一軍力當司馬懿。兩頭死戰，叫殺連天！

姜維、廖化在山上探望，見魏兵勢大！蜀兵力危，漸漸抵當不住。維謂化曰：「如此危急，可開錦囊看計。」

二人拆開視之，內書云：「若司馬懿兵來圍王平、張翼至急，汝二人可分兵兩枝，竟襲司馬懿之營。懿必急退！汝可乘亂攻之。營雖不得，可獲全勝！」◎11

二人大喜！即分兵兩路，逕向司馬懿營中而去。原來司馬懿亦恐中孔明之計，沿途不住的令人傳報。懿正催戰間！忽流星馬飛報，言：「蜀兵兩路竟取大寨去了！」

懿大驚失色！乃謂眾將曰：「吾料孔明有計，汝等不信，勉強追來！卻誤了大事。」即提兵急回，軍士惶惶亂走，張翼隨後掩殺；魏兵大敗！

張郃、戴凌見勢孤，亦望山僻小路而走。蜀兵大勝！背後關興引兵接應諸路。司馬懿大敗一陣，奔入寨時，蜀兵已自回去。

懿收聚敗軍，責罵諸將曰：「汝等不知兵法，只憑血氣之勇，強欲出戰！致有此敗。今後切不許妄動；再有不遵，決正軍法。」眾皆羞慚而退。這一陣，魏軍死者極多。遺棄馬匹、器械無數。

卻說孔明收得勝軍馬入寨，又欲起兵進取，忽報：「有人自成都來，說張苞身死！」孔明聞知，放聲大哭！口中吐血，昏絕於地，眾人救醒。孔明自此得病，臥

〈評點〉

◎10：所謂以逸待勞者也。（鍾伯敬）

◎11：此數語在此處開封，方見機密之至。（李漁）

◆現代壁畫張苞像，河北涿州張飛廟。（Legacy images 提供）

牀不起。諸將無不感激。後人有詩嘆曰：

「悍勇張苞欲建功，可憐天不助英雄。武侯淚向西風灑，爲念無人佐鞠躬。」

旬日之後，孔明喚董厥、樊建入帳，分付曰：「吾自覺昏沉，不能理事，不如且回漢中養病，再作良圖。汝等切勿走泄。司馬懿若知，必來攻擊。」遂傳號令，教當夜暗暗拔寨，皆回漢中。孔明去了五日，懿方得知。乃長嘆曰：「孔明眞有神出鬼沒之計，吾不能及也。」

於是，司馬懿留諸將在寨中，分兵把守各處隘口。懿自班師回。

卻說孔明將大軍屯於漢中，自回成都養病。文武官僚出城迎接，送入丞相府中。後主御駕自來問病，命御醫調治，日漸痊可。

建興八年，秋七月。魏都督曹眞病可，乃上表說：「蜀兵數次侵界，屢犯中原，若不剿除，必爲後患。今時值秋涼，人馬安閒，正當征伐。臣願與司馬懿同領大軍，逕入漢中，殄滅※2奸黨，以清邊境。」

魏主大喜！問侍中劉曄曰：「子丹勸朕伐蜀，若何？」曄奏曰：「大將軍之言是也！今若不剿除，後必爲大患。陛下便可行之。」叡點頭。

曄出內回家，有眾大臣相探，問曰：「聞天子與公計議興兵伐蜀，此事如何？」曄應曰：「無此事也。蜀有山川之險，非可易圖；空費軍馬之勞，於國無益。」眾官皆默然而出。

◆三國魏五銖銅錢。中國國家博物館藏。（Legacy images 提供）

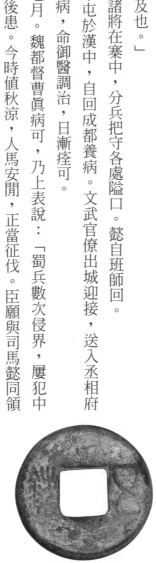

楊暨入內奏曰：「昨聞劉曄勸陛下伐蜀，今日與眾臣議，又言不可伐。是欺陛下也！陛下何不召而問之？」叡即召劉曄入內，問曰：「卿勸朕伐蜀，今又言不可，何也？」曄曰：「臣細詳之，蜀不可伐。」叡大笑！

少時，楊暨出內，曄奏曰：「臣昨日勸陛下伐蜀，乃國之大事。豈可妄泄於人？夫『兵』者，詭道也。事未發，切宜秘之。」叡大悟！曰：「卿言是也。」自此愈加敬重。

旬日內，司馬懿入朝。魏主將曹眞表奏之事逐一言之。懿奏曰：「臣料東吳未敢動兵，今日正可乘此去伐蜀。」

叡即拜曹眞爲「大司馬、征西大都督」，◎12司馬懿爲「大將軍、征西副都督」，劉曄爲「軍師」。三人拜辭魏主，引四十萬大兵前行，至長安逕奔劍閣，來取漢中。其餘郭淮、孫禮等，各取路而行。漢中人報入成都。

此時孔明病好多時，每日操練人馬，習學「八陣」之法，盡皆精熟，欲取中原。聽得這個消息，遂喚張嶷、王平分付曰：「汝二人先引一千兵去守陳倉古道，以當魏兵。吾卻提大兵便來接應。」

〈評點〉

◎12：此時「大都督」印又是曹眞挂了。可見前番司馬懿謙讓，正是老世事處。（毛宗崗）

注釋

※2：殲滅、消滅。

二人告曰：「人報魏兵四十萬，詐稱八十萬，聲勢甚大！如何只與一千兵去守隘口？倘魏兵大至，何以拒之？」孔明曰：「吾欲多與，恐士卒辛苦耳。」嶷與平面面相覷，皆不敢去。孔明曰：「若有疎失，非汝等之罪。不必多言，可疾去！」二人又哀告曰：「丞相欲殺某二人，就此請殺。只不敢去。」

孔明笑曰：「何其愚也？吾令汝等去，自有主見。吾昨夜仰觀天文，見畢星躔※3於太陰之分，此月內必有大雨淋漓，魏兵雖有四十萬，安敢深入山險之地？因此不用多軍，決不受害。吾將大軍屯在漢中，安居一月。待魏兵退，那時以大兵掩之！『以逸待勞』。吾十萬之眾，可勝魏兵四十萬也。」二人聽畢，方大喜！拜辭而去。

孔明遂統大軍出漢中，傳令教各處隘口預備乾柴、草料、軍糧，俱夠一月人馬支用，以防秋雨。將大軍寬限一月，先給衣食，俟候出征。

卻說曹真、司馬懿同領大軍，逕到陳倉。城內不見一間房屋。尋土人問之，皆言：「孔明回時，放火燒毀。」

曹真便要往陳倉道進發！懿曰：「不可輕進。我夜觀天文，見畢星躔於太陰之分，此月內必有大雨。若深入重地，或勝則可；倘有疎虞，人馬受苦，要退則難。且宜在城中搭起窩鋪※4駐紮，以防陰雨。」◎13真從其言。

未及半月，天雨大降！淋漓不止。陳倉城外，平地水深三尺，軍器盡濕；人不

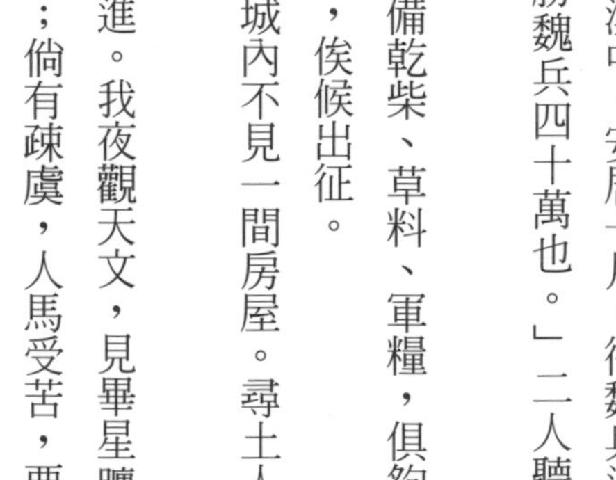

得睡，晝夜不安。大雨連降三十日，馬無草料，死者無數。軍士怨聲不絕。

傳入洛陽，魏主設壇求晴不得。「黃門侍郎」王肅上疏曰：

「前志有之：『千里饋糧，士有饑色；樵蘇後爨，師不宿飽※5。』◎14此謂平途之行軍者也；又況於深入險阻，鑿路而前，則其爲勞，必倍者也。

今又加之以霖雨，山阪※6峻滑；衆逼而不展，糧遠而難繼。實行軍之大忌也！

聞曹眞發已踰月，而行方半谷；治道功大，戰士悉作，是彼偏得以逸待勞，乃兵家之所憚也！

言之前代，則武王伐紂，出關而復還；論之近事，則武、文征權，臨江而不濟。豈非『順天知時，通於權變』者哉？願陛下念水雨艱劇之故，休息士卒。

後日有釁，乘時用之，所謂『悅以犯難，民忘其死』者也。」

魏主覽表，正在猶豫。楊阜、華歆亦上疏諫。魏主即下詔：遣使詔曹眞、司馬懿還朝。

〈評點〉

◎13：孔明知雨，仲達知雨；但孔明知有一月之雨，仲達則未必知有一月之雨耳。（毛宗崗）

◎14：都是套子，從來大臣無不如此。（李贄）

注釋

※3：日月星辰運行的度次。

※4：臨時住宿的草棚。

※5：現打柴草，然後燒飯，士兵就不能吃飽飯睡覺。樵：砍柴。蘇：打草。爨：燒火做飯。

※6：山路。阪：山坡。

◆司馬懿入寇西蜀。大雨連降三十日，魏兵不戰自退。司馬懿設下伏兵，孔明不追，任其自去。（fotoe提供）

卻說曹眞與司馬懿商議曰：「今連陰三十日。軍無戰心，各有思歸之意，如何禁止？」懿曰：「不如且回！」眞曰：「倘孔明追來，怎生退之？」懿曰：「先伏兩軍斷後，方可回兵。」

正議間，忽使命來召，二人遂將大軍前隊作後隊，後隊作前隊，徐徐而退。

卻說孔明計算一月秋雨，天尚未晴；自提一軍屯於城固，又傳令教大軍會於赤坡駐箚。孔明升帳，喚眾將言曰：「吾料魏兵必走，魏主必下詔來取曹眞、司馬懿兵回。吾若追之，必有準備，不如任他且去，再作良圖。」◎15

忽王平令人來報，說：「魏兵已回。」孔明分付來人：「傳與王平：不可追襲！吾自有破魏兵之策。」正是：

「魏兵縱使能埋伏，漢相原來不肯追。」

未知孔明怎生破魏，且看下文分解……

〈評點〉

◎15：魏兵每爲追蜀兵而敗，武侯不追，大有主見。（毛宗崗）

第一百回　漢兵刦寨破曹眞　武侯鬥陣辱仲達

卻說眾將聞孔明不追魏兵，俱入帳告曰：「魏兵苦雨，不能屯紮，因此回去。正好乘勢追之！丞相如何不追？」孔明曰：「司馬懿善能用兵。今軍退，必有埋伏；吾若追之，正中其計。不如縱他遠去，吾卻分兵逕出斜谷，而取祁山，使魏人不隄防也。」

眾將曰：「取長安之地，別有路途。丞相只取祁山，何也？」◎1孔明曰：「祁山乃長安之首也！隴西諸郡倘有兵來，必經由此地；更兼前臨渭濱，後靠斜谷；左出、右入，可以伏兵，乃用武之地。吾故欲先取此，得地利也。」眾將皆拜服。

孔明令魏延、張嶷、杜瓊、陳式出箕谷，馬岱、王平、張翼、馬忠出斜谷，俱會於祁山，調撥已定，孔明自提大軍，令關興、廖化爲先鋒，隨後進發。

卻說曹眞、司馬懿二人在後監督人馬，令一軍入陳倉古道探視。回報說：「蜀兵不來！」又行旬日，後面埋伏眾將皆回說：「蜀兵全無音耗。」眞曰：「連綿秋雨，棧道斷絕，蜀人豈知吾等退軍耶？」懿曰：「蜀兵隨後出矣！」眞曰：「何以知之？」懿曰：「連日晴明，蜀兵不趕，料吾有伏兵也，故縱我兵遠去。待我兵過盡，他卻奪祁山矣！」

曹眞不信，懿曰：「子丹如何不信？吾料孔明必從兩谷而來！吾與子丹各守一谷口，十日爲期，若無蜀兵來，我面塗紅粉，身穿女衣，來營中伏罪。」◎2

眞曰：「若有蜀兵來，我願將天子所賜玉帶一條、御馬一匹與你。」即分兵兩路，眞引兵屯於祁山之西斜谷口，懿引軍屯於祁山之東箕谷口，各下寨已畢。懿先引一枝兵伏於山谷中，其餘軍馬各於要路安營。

懿更換衣裝，雜在眾軍之中，遍觀各營。忽到一營，有一偏將仰天而怨曰：「大雨淋了許多時，不肯回去；今又在這裏屯住，強要賭賽。卻不苦了官軍？」

懿聞言，歸寨升帳，聚眾將皆到帳下。揲出那將來，懿叱之

〈評點〉

◎1：吾亦欲問之！（毛宗崗）

◎2：贏的是男子，輸的是婦人。但恐今日天下婦人偏要贏著男子也。（毛宗崗）

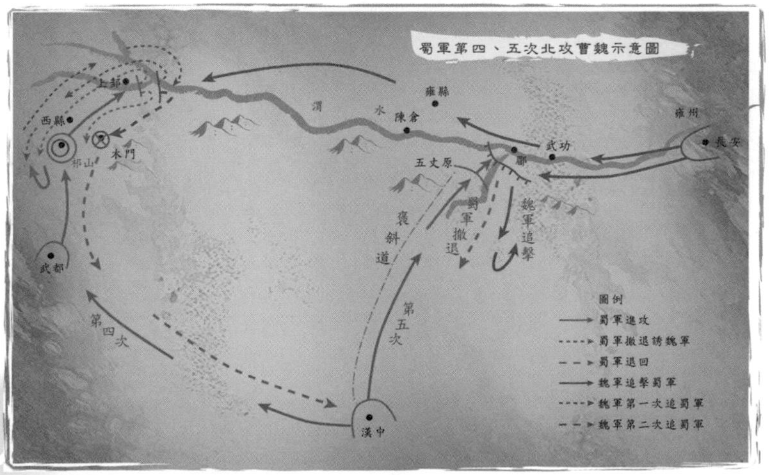

◆蜀軍第四、五次北攻曹魏示意圖。（陳虹伃繪）

曰：「朝廷養軍千日，用在一時。汝安敢出怨言，以慢軍心？」其人不招！懿叫出同伴之人對證，那將不能抵賴。

懿曰：「吾非賭賽；欲勝蜀兵，令汝各人有功回朝。汝乃妄出怨言，自取罪戾？」喝令武士：「推出斬之！」◎[3]須臾，獻首帳下。眾將悚然！

懿曰：「汝等諸將皆要盡心，以防蜀兵。聽吾中軍礮響，四面皆進！」眾將受命而退。

卻說魏延、張嶷、陳式、杜瓊四將引兵二萬，取箕谷而進。正行之間，忽報：「參謀鄧芝到來！」四將問其故，芝曰：「丞相有令：如出箕谷，隄防魏兵埋伏，不可輕進！」

陳式曰：「丞相用兵，何多疑耶？吾料魏兵連遭大雨，衣甲皆毀，必然急歸；安得又有埋伏？今吾兵倍道而進，可獲大勝！如何又教休兵？」芝曰：「丞相計無不中，謀無不成。汝安敢違命？」式笑曰：「丞相若果多謀，不致街亭之失。」

魏延想起孔明向日不聽其計，亦笑曰：「丞相若聽吾言，逕出子午谷；此時休說長安，連洛陽皆得矣！今執定要出祁

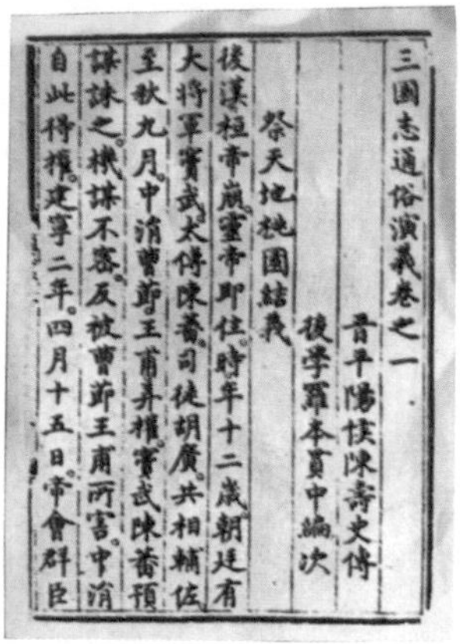

三國志通俗演義卷之一
晉平陽侯陳壽史傳
後學羅本貫中編次
祭天地桃園結義
後漢桓帝崩靈帝即位時年十二歲朝廷有大將軍竇武太傅陳蕃司徒胡廣共相輔佐至秋九月中涓曹節王甫弄權竇武陳蕃預謀誅之機謀不密反被曹節王甫所害中涓自此得權建寧二年四月十五日帝會群臣

◆明嘉靖元年（1522）刻本《三國志通俗演義》。（fotoe提供）

山，有何益耶？既令進兵，今又教休進！何其號令不明？」

式曰：「吾自引五千兵，逕出箕谷，先到祁山下寨。看丞相羞也不羞？」◎4鄧芝再三阻當，式只不聽。逕自引五千兵出箕谷去了。◎5鄧芝只得飛報孔明。

卻說陳式引兵行不數里，忽聽得一聲礮響，四面伏兵皆出！式急退時，魏兵塞滿谷口，圍得鐵桶相似。式左衝右突，不能得脫。忽聞喊聲大震，一彪軍殺入，乃是魏延。救了陳式，回到谷中，五千兵只剩得四五百帶傷人馬。◎6背後魏兵趕來，卻得杜瓊、張嶷引兵接應，魏兵方退。陳、魏二人方信孔明先見如神，懊悔不及。

且說鄧芝回見孔明，言：「魏延、陳式如此無禮！」孔明笑曰：「魏延素有反相，吾知彼常有不平之意，因憐其勇而用之。久後必生患害！」

正言間，忽流星馬報到，說：「陳式折了四千餘人，止有四五百帶傷人馬，屯在谷中。」孔明令鄧芝再來箕谷撫慰陳式，防其生變。一面喚馬岱、王平分付曰：「斜谷若有魏兵把守，汝二人引本部軍，越山嶺，

〈評點〉

◎3：取笑弄出認眞來。（毛宗崗）

◎4：陳式又是一個馬謖。（李漁）

◎5：這等頑拗，如何不敗乃公事？（鍾伯敬）

◎6：此時陳式豈不羞死？（李漁）

夜行晝伏，速出祁山之左，舉火爲號。」又喚馬忠、張翼，分付曰：「汝等亦從山僻小路晝伏夜行，逕出祁山之右，舉火爲號，與馬岱、王平會合，共刦曹眞營寨。吾自從谷中三面攻之！魏兵可破也。」四人領命，分頭引兵去了。

孔明又喚關興、廖化，分付曰：「如此如此……。」兩人受了密計，引兵而去。孔明自領精兵，倍道而行；正行間，又喚吳班、吳懿，授與密計，亦引兵先行。

卻說曹眞心中不信蜀兵來，以此怠慢，縱令軍士息歇，只等十日無事，要羞司馬懿。

不覺守了七日，忽有人報：「谷中有些少蜀兵出來！」眞令副將秦良引五千兵哨探，不許縱令蜀兵近界。

秦良領命，引兵剛到谷口，哨見蜀兵退去！良急引兵趕來，行到五六十里，不見蜀兵。心下疑惑，教軍士下馬息歇。

忽哨馬報說：「前面有蜀兵埋伏！」良上馬看時，只見山中塵土大起！急令軍士隄防。不一時，四壁廂喊聲大震！前面吳班、吳懿引兵殺出！背後關興、廖化引兵殺來。左右是山，皆無走路。山上蜀兵大叫：「下馬投降者免死！」魏

◆馬忠（？～249），字德信，四川閬中人。曾任總攝南中軍政，處事能斷，威恩並立。成都武侯祠武將廊塑像，塑於清道光二十九年（1849）。（fotoe提供）

◆漢兵刦寨破曹真。曹真被蜀兵劫寨，大敗而逃，其後氣病，很快死去。（fotoe提供）

軍大半多降。秦良死戰！被廖化一刀斬於馬下。

孔明把降卒拘於後軍，卻將魏軍衣甲與蜀軍五千人穿了，扮作魏兵，◎7令關興、廖化、吳班、吳懿四將引著，逕奔曹眞寨來，先令報馬入寨，說：「只有些少蜀兵，盡趕去了！」眞大喜。

忽報：「司馬都督差心腹人至！」眞喚入，問之。其人告曰：「今蜀兵用埋伏計，殺魏兵四千餘人。司馬都督致意將軍，教休將賭賽爲念，務要用心隄備。」眞曰：「吾這裏並無一箇蜀兵。」遂打發來人回去！

忽又報：「秦良引兵回來！」曹眞自出帳迎之，比及到寨，人報：「寨後兩處火起！」眞急回寨後看時，關興、廖化、吳班、吳懿四將指麾蜀軍就營前殺將進

〈評點〉

◎7：不見男子扮女子，先見蜀兵扮魏兵。（毛宗崗）

來！馬岱、王平從後面殺來！馬忠、張翼亦引兵殺到。魏兵措手不及！各自逃生。眾將保曹眞望東而走，背後蜀兵趕來。曹眞正奔走，忽然喊聲大震，一彪軍殺到！眞膽戰心驚！視之，乃司馬懿也。懿大戰一場！蜀兵方退。眞得脫，羞慚無地。

懿曰：「諸葛亮奪了祁山地勢，吾等不可久居此處。宜去渭濱安營，再作良圖。」

眞曰：「仲達何以知吾遭此大敗也？」懿曰：「見來人報稱子丹說：『並無一箇蜀兵！』吾料孔明暗來劫寨，因此知之，故相接應。今果中計！切莫言賭賽之事，只同心報國。」曹眞甚是惶恐，氣成疾病，臥牀不起；◎8兵屯渭濱。

懿恐軍心有亂，不教眞退兵。

卻說孔明大驅士馬，復出祁山，勞軍已畢。魏延、陳式、杜瓊、張嶷入帳拜服請罪。孔明曰：「是誰失陷了軍來？」延曰：「陳式不聽號令，潛入谷口，以此大敗！」式曰：「此事魏延教我行來！」

孔明曰：「他倒救你，你反攀他？將令已違，不必巧說。」即令武士推出陳式斬之。須臾，懸首於帳前，以示諸將。此時孔明不殺魏延，欲留之以爲後用也。

孔明既斬了陳式，正議進兵，忽有細作報說：「曹眞臥病不起，現在營中治療。」孔明大喜！謂諸將曰：「若曹眞病死，必便回長安。今魏兵不退，必爲病

重，故留於軍中，以安眾人之心。吾寫下一書，教秦良的降兵持與曹真；真若見之，必然死矣！」

遂喚降兵至帳下，問曰：「汝等皆是魏軍，父母妻子多在中原，不宜久居蜀中。今放汝等回家，若何？」眾軍涕泣拜謝。孔明曰：「曹子丹與吾有約。吾有一書，汝等帶回送與子丹，必有重賞。」

魏軍領了書，奔回本寨，將孔明書呈與曹真。真扶病而起，拆封視之。其書曰：

「漢丞相武鄉侯諸葛亮，致書於大司馬曹子丹之前：

竊謂夫爲將者，能去能就，能柔能剛；能進能退，能弱能強。不動如山岳，難知如陰陽；無窮如天地，充實如太倉；浩渺如四海，眩明如三光※1。預知天文之旱澇，先識地理之平康※2；察陣勢之期會，揣敵人之短長。

嗟爾無學後輩，上逆穹蒼，助篡國之反賊，稱帝號於洛陽。走殘兵於斜谷，遭霖雨於陳倉。水陸困乏，人馬猖狂※3；抛盈郊之戈甲，棄滿地之刀槍。都督心崩而膽裂，將軍鼠竄而狼忙。無面見關中之父老，何顏入相府之廳堂？

〈評點〉

◎8：姓曹的如此無用，安得不以大事託之司馬氏？（毛宗崗）

注釋

※1：古代以日、月、星爲三光，有時又特指日、月、五星（金木水火土五顆行星）。

※2：意即先要瞭解用兵之處的山川形勢是否安全。

※3：此指隊伍散亂不整齊的樣子。

史官秉筆而記錄，百姓眾口而傳揚，仲達聞陣而惕惕，子丹望風而遑遑。吾軍兵強而馬壯，大將虎奮以龍驤；掃秦川爲平壤，蕩魏國作坵荒。」◎9

曹眞看畢，恨氣塡胸！至晚，死於軍中。司馬懿用兵車裝載，差人送赴洛陽安葬。

魏主聞知曹眞已死，即下詔催司馬懿出戰。懿提大軍來與孔明交鋒，隔日先下戰書。孔明謂諸將曰：「曹眞必死矣！」遂批回：「來日交鋒。」使者去了！

孔明當夜教姜維受了密計：「如此而行……。」又喚關興，分付：「如此如此……。」

次日，孔明盡起祁山之兵前到渭河。一邊是河，一邊是山，中央平川曠野，好片戰場。兩軍相迎，以萬箭射住陣腳。三通鼓罷！魏陣中門旗開處，司馬懿出馬，眾將隨後而出。只見孔明端坐於四輪車上，手搖羽扇。

懿曰：「吾主上法堯禪舜，相傳二帝，坐鎭中原。容汝蜀、吳二國者，乃吾主寬慈仁厚，恐傷百姓也。汝乃南陽一耕夫，不識天數，強要相侵，理宜殄滅。如省心改過，宜即早回。各守疆界，以成鼎足之勢，免致生靈塗炭，汝等皆得全生。」

孔明笑曰：「吾受先帝託孤之重，安肯不傾心竭力，以討賊乎？汝曹氏不久爲漢所滅！汝祖、父皆爲漢臣，世食漢祿；不思報效，反助篡逆，

◆河南洛陽漢魏故城靈台遺址。（fotoe提供）

豈不自恥？」懿羞慚滿面曰：「吾與汝決一雌雄！汝若能勝吾，吾誓不為大將；汝若敗時，早歸故里，吾並不加害。」

孔明曰：「汝欲鬬將？鬬兵？鬬陣法？」◎10懿曰：「先鬬陣法！」孔明曰：「先布陣我看！」懿入中軍帳下，手執黃旗招颭，左右軍動，排成一陣。復上馬，出陣問曰：「汝識吾陣否？」孔明笑曰：「吾軍中末將亦能布之，此乃『混元一氣陣』也。」

懿曰：「汝佈陣我看！」孔明入陣，把羽扇一搖！復出陣前，問曰：「汝識我陣否？」懿曰：「量此『八卦陣』，如何不識？」孔明曰：「識便識了，敢打吾陣否？」懿曰：「既識之，如何不敢打？」孔明曰：「汝只管打來！」

司馬懿回到本陣中，喚戴淩、張虎、樂綝三將分付曰：「今孔明所布之陣，按『休』『生』『傷』『杜』『景』『死』『驚』『開』八門。汝三人可從正東『生』門打入！往西南『休』門殺出；復從正北『開』門殺入，此陣可破。汝等小心在意。」於是戴淩在中，張虎在前，樂綝在後，各引三十騎，從「生」門打入，兩軍吶

〈評點〉

◎9：亦可作祭曹子丹文。（李贄）

◎10：偏有許多鬬法。（毛宗崗）

喊相助！三人殺入蜀陣，只見陣如連城，衝突不出。

三人慌引騎轉過陣腳，往西南衝去！卻被蜀兵射住，衝突不出。陣中重重疊疊，都有門戶，那裏分東西南北？三將不能相顧，只管亂撞，但見愁雲漠漠，慘霧濛濛。喊聲起處！魏軍一箇箇皆被縛了，送到中軍。

孔明坐於帳中，左右將張虎、戴凌、樂綝并九十個軍皆縛在帳下。孔明笑曰：「吾縱然捉得汝等，何足爲奇？吾放汝等回見司馬懿，叫他再讀兵書，重觀戰策；那時來決雌雄，未爲遲也！汝等性命既饒，當留下軍器、戰馬。」◎11遂將眾人衣甲脫了，以墨塗面，步行出陣。

司馬懿見之大怒！回顧眾將曰：「如此挫敗銳氣，有何面目回見中原大臣耶？」即指揮三軍，奮死掠陣！懿自拔劍在手，引百餘驍將，催督衝殺。

兩軍恰纔相會，忽然陣後鼓角齊鳴，喊聲大震！一彪軍從西南上殺來，乃關興也。懿分後軍當之，復催軍向前廝殺！

忽然魏兵大亂，原來姜維引一彪軍悄地殺來！蜀兵三路夾攻！懿大驚，急忙退軍。蜀兵周圍殺到！懿引三軍望南死命衝出，魏兵十傷六七。◎12司馬懿退在渭濱南岸下寨，堅守不出。

孔明收得勝之兵，回到祁山時，永安城李嚴遣都尉苟安解

◆諸葛亮捉了一些魏營兵將，脫去他們的衣服，以墨塗面，放歸魏營。司馬懿見了大怒，殺入蜀營，被諸葛亮大敗。（朱寶榮繪）

送糧米至軍中交割。苟安好酒，於路怠慢，違限十日。孔明大怒！曰：「吾軍中專以糧爲大事，誤了三日，便該處斬！汝今誤了十日，有何理說？」喝令：「推出斬之！」

長史楊儀曰；「苟安乃李嚴用人，又兼錢糧多出於西川，若殺此人，後無人敢送糧也。」孔明乃叱武士去其縛，仗八十放之。◎13

苟安被責，心中懷恨。連夜引親隨五六騎，逕奔魏寨投降。懿喚入！苟安拜告前事。

懿曰：「雖然如此，孔明多謀，汝言難信。汝能爲我幹一件大功，吾那時奏准天子，保汝爲上將。」安曰：「但有甚事？即當効力。」懿曰：「汝可回成都布散流言，說：『孔明有怨上之意，早晚欲稱爲帝。』使汝主召回孔明，便是汝之功。」◎14

苟安允諾，竟回成都。見了宦官，布散流言，說：「孔明自倚大功，早晚必將

〈評點〉

◎11：孔明這樣毒口，不知仲達怎麼忍受？（鍾伯敬）

◎12：鬭兵鬭將又輸了。（毛宗崗）

◎13：不殺此人，反受其誤；可見好人做不得。（毛宗崗）

◎14：司馬懿此著甚毒。（鍾伯敬）

篡國。」宦官聞知，大驚！即入內奏帝，細言前事。後主驚訝，曰：「似此，如之奈何？」宦官曰：「可詔還成都，削其兵權，免生叛逆。」

後主下詔，宣孔明班師回朝。◎15蔣琬出班奏曰：「丞相自出師以來，累建大功，何故宣回？」後主曰：「朕有機密事，必與丞相商議。」即遣使賷詔，星夜宣孔明回。

使命逕到祁山大寨，孔明接入。受詔已畢，仰天嘆曰：「主上年幼，必有佞臣在側！吾正欲建功，何故取回？我若不回，是欺主矣！若奉命而退，日後再難得此機會也。」◎16

姜維問曰：「若大軍退，司馬懿乘勢掩殺，當復如何？」孔明曰：「吾今退軍，可分五路而退！今日先退此營，假如營內兵一千，卻掘二千灶；今日掘三千灶，明日掘四千灶，每日退軍，添灶而行。」

楊儀曰：「昔孫臏擒龐涓，用『添兵減灶』之法，今丞相退兵，何故增灶？」孔明曰：「司馬懿善能用兵。知吾兵退，必然追趕！心中疑吾有伏兵，定於舊營內數灶；見每日增灶，兵又不知退與不退，則疑不敢追。吾徐徐而退，自無損兵之患。」遂傳令退軍。

卻說司馬懿料苟安行計定當。只待蜀兵退時，一齊掩殺！正

◆武漢龜山三國城劉禪塑像。（fotoe提供）

◆東漢紅陶灶，北京首都博物館。（fotoe提供）

躊躇間，忽報：「蜀寨空虛，人馬皆去。」懿因孔明多謀，不敢輕追，自引百餘騎前來蜀營內踏看，教軍士數灶，仍回本寨。

次日，又教軍士趕到那箇營中，查點灶數。回報說道：「營內之灶，比前又增一分！」司馬懿謂諸將曰：「吾料孔明多謀。今果添兵增灶。吾若追之，必中其計！不如且退，再作良圖。」◎17於是回軍不追。孔明不折一人，望成都而去。

次後，川口土人來報司馬懿，說：「孔明退兵之時，未見添兵，只見增灶。」懿仰天長嘆！曰：「孔明效虞詡※4之法，瞞過吾也。其謀略吾不如之。」遂引大軍還洛陽。正是：

「棋逢敵手難相勝，將遇良才不敢驕。」

未知孔明回到成都，究竟如何，且看下文分解……

〈評點〉

◎15：後主不明如此。（李漁）

◎16：苟安之罪，上通於天。（毛宗崗）

◎17：都爲聞見所誤。（李贄）

注釋

※4：東漢武都太守。羌兵曾在陳倉、崤谷攔截虞詡，虞詡用每天增灶的計策，迷惑對方，使之不敢追擊，最後打敗了羌兵。

第一百一回　出隴上諸葛裝神　奔劍閣張郃中計

卻說孔明用「減兵添灶之法，退兵到漢中；司馬懿恐有埋伏，不敢追趕，亦收兵回長安去了。因此罷兵不曾折了一人。

孔明大賞三軍已畢，回到成都，入見後主。奏曰：「老臣出了祁山，欲取長安。忽承陛下降詔召回，不知有何大事？」後主無言可對。◎1良久，乃曰：「朕久不見丞相之面，心甚思慕，故特詔回。別無他事。」

孔明曰：「此非陛下本心！必有奸臣讒譖，言臣有異志也。」◎2後主聞言，默然無語。孔明曰：「老臣受先帝厚恩，誓以死報。今若內有奸邪，臣安能討賊乎？」後主曰：「朕因過聽※1宦官之言，一時召回丞相。今日茅塞方開，悔之不及矣！」

孔明遂喚宦官究問，方知是苟安流言。急令人捕之，已投魏國去了。孔明將妄奏的宦官誅戮，餘皆廢出宮外。又深責蔣琬、費禕等不能覺察奸邪，規諫天子。二人唯唯服罪。

孔明拜辭後主，復到漢中。一面發檄令李嚴應付糧草，仍運赴軍前；一

◆現代壁畫《一龍分二虎》，描繪劉備止息關羽和張飛的爭執。河北涿州張飛廟。（Legacy images 提供）

面再議出師。

楊儀曰：「前數興兵，軍力疲弊，糧又不繼。今不如分兵兩班，以三個月爲期。且如二十萬之兵，只領十萬出祁山，住了三個月，卻教這十萬替回。循環相轉。若此，則兵力不乏！然後，徐徐而進！中原可圖矣！」◎3

孔明曰：「此言正合吾意。吾伐中原，非一朝一夕之事，正當爲此長久之計。」遂下令：「分兵兩班，限一百日爲期，循環相轉。違限者，按軍法處治。」

建興九年，春二月。孔明復出師伐魏。

時魏太和五年也。魏主曹叡知孔明又伐中原，急召司馬懿商議。懿曰：「今子丹已亡。臣願竭一人之力，剿除寇賊，以報陛下。」叡大喜！設宴待之。

次日，人報：「蜀兵寇急！」叡即令司馬懿出師禦敵。親排鑾駕，送出城外。

懿辭了魏主，逕到長安，大會諸路人馬，計議破蜀兵之策。張郃曰：「吾願引一軍去守雍、郿，以拒蜀兵。」懿曰：「我前軍不能獨當孔明之衆，而又分兵爲前後，非勝算也。不如留守上邽，餘衆悉往祁山。公肯爲先鋒否？」郃大喜！曰：

〈評點〉

◎1：活畫一昏庸之主。（毛宗崗）

◎2：孔明一語道著。（李漁）

◎3：楊儀說得通。（鍾伯敬）

注釋

※1：誤聽。

「我素懷忠義，欲盡心報國，惜未遇知己。今都督肯委重任，雖萬死不辭！」於是，司馬懿令張郃爲先鋒，總督大軍，又令郭淮守隴西諸郡。其餘眾將各分道而進。

前軍哨馬報說：「孔明率大軍望祁山進發！前部先鋒王平、張嶷逕出陳倉，過劍閣，由散關望斜谷而來。」

司馬懿謂張郃曰：「今孔明長驅大進，必將割隴西小麥，以資軍糧。汝可結營守祁山，吾與郭淮巡略天水諸郡，以防賊兵割麥。」郃領諾。遂引四萬兵守祁山。懿引大軍望隴西而去。

卻說孔明兵至祁山，◎4安營已畢。見渭濱有魏軍隄備，乃謂諸將曰：「此必是司馬懿也。即今營中乏糧，屢遣人催促李嚴運米應付，卻只是不到。吾料隴上麥熟。可密引兵割之！」

於是，留王平、張嶷、吳班、吳懿四將守祁山營；孔明自引姜維、魏延等諸將前到鹵城。「鹵城太守」素知孔明，慌忙開城出降。

孔明撫慰畢，問曰：「此時何處麥熟？」太守告曰：「隴上麥已熟。」孔明乃留張翼、馬忠守鹵城，自引諸將并三軍望隴上而來。

前軍回報，說：「司馬懿引兵在此！」孔明驚曰：「此人預知吾來割麥也！」即沐浴更衣，推過一般三輛四輪車來，車上皆要一樣裝飾——此車乃孔明在蜀中預

◆安徽亳州花戲樓木雕彩繪「空城計」。（fotoe提供）

先造下的。

當下，令姜維引一千軍護車，五百軍擂鼓，伏在上邽之後。馬岱在左，魏延在右，亦各引一千軍護車，五百軍擂鼓。每一輛車，用二十四人，皂衣跣足，披髮仗劍；手執七星皂旛，在左右推車。◎5三人各受計，引兵推車而去。

孔明又令三萬軍皆執鐮刀馱繩，伺候割麥。卻選二十四個精壯之士，各穿皂衣，披髮、跣足、仗劍，簇擁四輪車，爲推車使者。令關興結束做天蓬※2模樣，手執七星皂旛，步行於車前。孔明端坐於上，望魏營而來。

哨探軍見之，大驚！不知是人是鬼，火速報知司馬懿。懿自出營視之，只見孔明簪冠鶴氅，手搖羽扇，端坐於四輪車上；左右二十四人，披髮仗劍；前面一人手

〈評點〉

◎4：此是「五出祁山」。（毛宗崗）

◎5：又來作怪。（李漁）

注釋

※2：指天蓬元帥，古代神怪傳說中的天神。

執皀旛。隱隱似天神一般。

懿曰：「這個又是孔明作怪也！」遂撥二千人馬，分付曰：「汝等疾去，連車帶人，盡情都捉來！」魏兵領命，一齊追趕！

孔明見魏兵趕來，便教回車，遙望蜀營緩緩而行。魏兵皆驟馬追趕！但見陰風習習！冷霧漫漫！儘力趕了一程，追之不上。各人大驚，都勒住馬，言曰：「奇怪，我等急急趕了三十里，只見在前，追之不上。如之奈何？」

孔明見兵不來，又令推車過來，朝著魏兵歇下。魏兵猶豫良久，又放馬趕來！孔明復回車慢慢而行。魏兵又趕了二十里，只見在前，不曾趕上。盡皆癡呆。

孔明教回過車，朝著魏兵，推車倒行。魏兵又欲追趕！後面司馬懿自引一軍到，傳令曰：「孔明善會『八門遁甲』，能驅六丁六甲之神。此乃『六甲天書』內縮地※3之法也。眾軍不可追之。」

眾軍方勒馬回時，左勢下戰鼓大震，一彪軍馬殺來！懿急令兵拒之。只見蜀兵隊裏，二十四人披髮仗劍，皀衣跣足，擁出一輛四輪車；車上端坐孔明，簪冠鶴氅，手搖羽扇。

懿大驚！曰：「方纔那個車上坐著孔明，趕了五十里，追之不

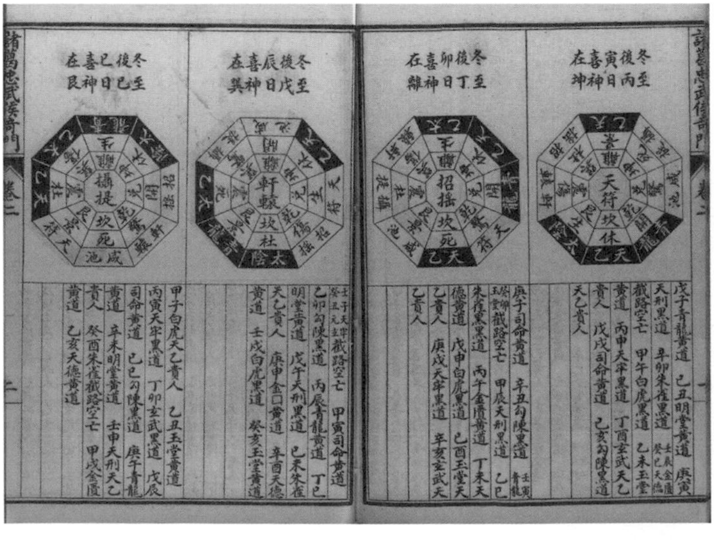

◆諸葛亮奇門遁甲圖。中國國家博物館藏。（Legacy images 提供）

上。如何這裏又有孔明?怪哉!怪哉!」◎6

言未畢，右勢下戰鼓又鳴，一彪軍殺來!四輪車上，亦坐著一個孔明。左右亦有二十四人，皂衣跣足，披髮仗劍，擁車而來。懿心中大疑，回顧諸將曰：「此必神兵也!」眾軍心下大亂，不敢交戰，各自奔走。

正行之際，忽然鼓聲大震，又一彪軍殺來!當先一輛四輪車，孔明端坐於上，左右前後推車使者，同前一般。魏兵無不駭然!司馬懿不知是人是鬼，又不知多少蜀兵，十分驚懼。急急引兵奔入上邽，閉門不出。

此時，孔明早令三萬精兵將隴上小麥割盡，運赴鹵城打曬去了。

司馬懿在上邽城中，三日不敢出城。◎7後見蜀兵退去，方敢令軍出哨。於路捉得一蜀兵，來見司馬懿。懿問之，其人告曰：「某乃割麥之人，因走失馬匹，被捉前來。」

懿曰：「前者是何神兵?」答曰：「三路伏兵皆不是孔明。乃姜維、馬岱、魏延也。每一路只有一千軍護車，五百軍擂鼓!只是先來誘陣的車上乃孔明也。」懿仰天長嘆!曰：「孔明有神出鬼沒之機!」

〈評點〉

◎6：倒好耍子。（李贄）

◎7：此時麥已曬乾矣。（李漁）

注釋

※3：即「縮地術」。古代傳說東漢人費長房有仙術，一天之內，能和千里以外幾個地方的人見面。

忽報：「副都督郭淮入見。」懿接入，禮畢。淮曰：「吾聞蜀兵不多，現在鹵城打麥。可以擊之！」懿細言前事。淮笑曰：「只瞞過一時，今已識破，何足道哉？吾引一軍攻其後，公引一軍攻其前，鹵城可破！孔明可擒矣。」懿從之，遂分兵兩路而來。

卻說孔明引軍在鹵城打曬小麥。忽喚諸將聽令，曰：「今夜敵人必來攻城。吾料鹵城東西麥田之內足可伏兵，誰敢爲我一往？」姜維、魏延、馬忠、馬岱四將出曰：「某等願往！」

孔明大喜！乃命姜維、魏延各引二千兵，伏東南、西北兩處；馬岱、馬忠各引二千兵，伏在西南東北兩處。只聽砲響，四角一齊殺來！四將受計，引兵去了。孔明自引百餘人，各帶火砲出城，伏在麥田之內等候。

卻說司馬懿引兵逕到鹵城下，日已昏黑。乃謂諸將曰：「若白日進兵，城中必有準備。今可乘夜晚攻之！此處城低壕淺，可便打破！」遂屯兵城外。

一更時分，郭淮亦引兵來！兩下合兵，一聲鼓響！把鹵城圍得鐵桶相似。

城上萬弩齊發！矢石如雨！魏兵不敢前進。忽然魏軍中信礮連聲，三軍大驚！又不知何處兵來？淮令人去麥田搜時，四角上火光沖天，喊聲大震！四路蜀兵一齊殺至！鹵城四門大開，城內兵殺出，裏應外合，大殺了一陣！魏兵死者無數。

司馬懿引敗兵奮死突出重圍，占住了山頭。郭淮亦引敗兵奔到山後紮住。孔明

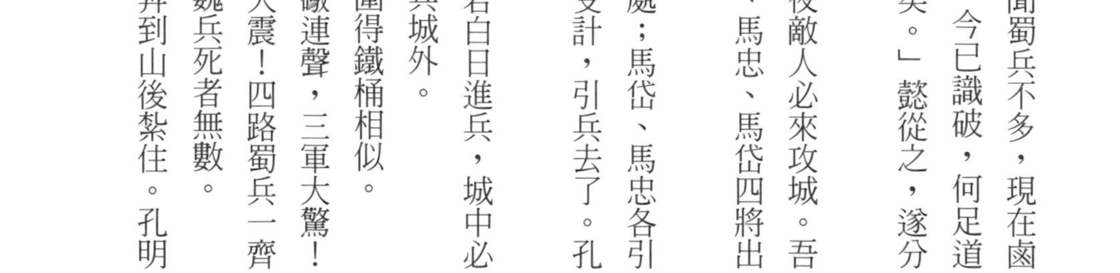

◆諸葛裝神。包括空城計在內，孔明多次裝神弄鬼，讓司馬懿吃盡了苦頭。（鄧嘉德繪）

入城，令四將於四角下安營。

郭淮告司馬懿曰：「今與蜀兵相持許久，無策可退，目下又被殺了一陣，折傷三千餘人。若不早圖，日後難退矣！」

懿曰：「當復如何？」淮曰：「可發檄文調雍、涼人馬，併力剿殺！吾願引軍襲劍閣，截其歸路。使彼糧草不通，三軍慌亂。那時乘勢擊之，敵可滅矣！」懿從之，發檄文星夜往雍、涼調撥人馬。

不一日，大將孫禮引雍、涼諸郡人馬到。懿即令孫禮約會郭淮，去襲劍閣。◎8

卻說孔明在鹵城相持日久，不見魏兵出戰。乃喚馬岱、姜維入城聽令，曰：「今魏兵守住山險，不與吾戰：一者，料吾麥盡無糧；二者令兵去襲劍閣，斷吾糧道也。汝二人各引一萬軍，先去守住險要，魏兵見有準備，自盡退去。」二人引兵去了。

長史楊儀入帳，告曰：「向者丞相令大兵一百日一換，今已限足，漢中兵已出川口，前路公文已到，只待會兵交換。見存八萬軍內，四萬該與換班。」孔明曰：

〈評點〉

◎8：與前之襲街亭一樣算計。（李漁）

「既有令，便教速行。」眾軍聞知，各各收拾起程。

忽報：「孫禮引雍、涼人馬二十萬來助戰，去襲劍閣。司馬懿自引兵來攻鹵城了。」蜀兵無不驚駭！

楊儀入告孔明曰：「魏兵來得甚急！丞相可將換班軍且留下退敵。待新來兵到，然後換之。」孔明曰：「不可！吾用兵命將，以信為本；既有令在先，豈可失信？且蜀兵應去者，皆準備歸計；其父母妻子倚扉而望。吾今便有大難，決不留他。」即傳令：「教應去之兵，當日便行。」

眾軍聞之，皆大呼曰：「丞相如此施恩於眾，我等願且不回，各捨一命，大殺魏兵以報丞相。」◎9孔明曰：「爾等該還家，豈可復留於此？」眾軍皆要出戰，不願回家。◎10孔明曰：「汝等既要與我出戰，可出城安營。待魏兵到，莫待他息喘，便急攻之！此『以逸待勞』之法也。」眾兵領命，各執兵器，懽喜出城，列陣而

◆四川劍閣劍門關險峻的古蜀道。（fotoe 提供）

待。

卻說西涼人馬倍道而來！走的人馬困乏。方欲下營歇息，被蜀兵一擁而進，人人奮勇！將銳兵驍※4！雍、涼兵抵敵不住，望後便退。

蜀兵奮力追殺！殺得那雍、涼兵屍橫遍野，血流成渠。

孔明出城，收聚得勝之兵，入城賞勞。忽報永安李嚴有書告急。孔明大驚，拆封視之，書云：

「近聞東吳令人入洛陽，與魏連和；魏令吳取蜀，幸吳尚未起兵。今嚴探知消息，伏望丞相早作良圖。」

孔明覽畢，甚是驚疑。乃聚眾將曰：「若東吳興兵寇蜀，吾須急※5速回也。」即傳令：「教祁山大寨人馬且退回西川。司馬懿知吾屯軍在此，必不敢追趕！」於是王平、張嶷、吳班、吳懿分兵兩路，徐徐退入西川去了。

張郃見蜀兵退去；恐有計策，不敢來追。乃引兵往見司馬懿，曰：「今蜀兵退去，不知何意？」懿曰：「孔明詭計極多，不可輕動。不如堅守，待他糧盡，自然

〈評點〉

◎9：方知武侯幾句撫慰言語，賽過一紙催督公文。（毛宗崗）

◎10：不獨道學，甚有智略，此所云有用道學也。（李贄）

注釋

※4：指將、士都很勇猛。驍：勇猛、矯健。

※5：定要、必須的意思。

退去。」

大將魏平出曰：「蜀兵拔祁山之營而退，正可乘勢追之！都督按兵不動，畏蜀如虎，奈天下笑何？」懿堅執不從。◎11

卻說孔明知祁山兵已回。遂喚楊儀、馬忠入帳，授以密計，令先引一萬弓弩手，去劍閣、木門道兩下埋伏：「若魏兵追到，聽吾砲響，急滾下木石！先截其去路，兩頭一齊射之！」二人引兵去了。

又喚魏延、關興：「引兵斷後，城上四面遍插旌旗，城內亂堆柴草，虛放烟火。」大兵盡望木門道而去。

魏營巡哨軍來報司馬懿曰：「蜀兵大隊已退！但不知城中還有多少兵。」懿自往視之；見城上插旗，城中烟起。笑曰：「此乃空城也。」令人探之，果是空城。

懿大喜！曰：「孔明已退，誰敢追之？」先鋒張郃曰：「我願往！」懿阻曰：「公性急躁，不可去。」郃曰：「都督出關之時，命吾為先鋒，今日正是立功之際，卻不用吾，何也？」

◆ 2007年4月13日，湖北襄樊國家級風景名勝區古隆中，紀念諸葛亮出山1800周年慶典活動中，書僮在三顧堂前頌讀《隆中對》。（趙堅／photobase／fotoe 提供）

懿曰：「蜀兵退去，險阻處必有埋伏。須十分仔細，方可追之！」郃曰：「吾已知得，不必挂慮。」懿曰：「公自欲去，莫要追悔。」郃曰：「大丈夫捨身報國，雖萬死無恨。」◎12

懿曰：「公既堅執要去，可引五千兵先行；卻教魏平引二萬馬步兵後行，以防埋伏。吾自引三千兵隨後策應。」張郃領命，引兵火速望前追趕！

行到三十餘里，忽然背後一聲喊起，樹林內閃出一彪軍！爲首大將，橫刀勒馬，大叫曰：「賊將引兵那裏去？」郃回頭視之，乃魏延也。

郃大怒！回馬交鋒，不十合，延詐敗而走。郃又追趕三十餘里，勒馬回顧，全無伏兵。又策馬前追。

方轉過山坡，忽喊聲大起！一彪軍擁出，爲首大將乃關興也。橫刀勒馬，大叫曰：「張郃休走！有吾在此。」郃就拍馬交鋒，不十合，郃隨後追之，興撥馬便走！趕到一密林內，郃心疑，令人四下哨探，並無伏兵。於是放心又趕！不想魏延卻又抄在前面！郃又與戰，十餘合，延又敗走！郃奮怒，趕來！又被關興抄在前面，截住去路。

〈評點〉

◎11：亦係傷弓之鳥。（李漁）

◎12：大丈夫語。（鍾伯敬）

郃大怒，拍馬交鋒，戰不十合，蜀兵盡棄衣甲什物等件，塞滿道路。魏兵皆下馬爭取。

延、興二將輪流交鋒，張郃奮勇追趕！看看天晚，趕到木門道口。魏延撥回馬，高聲大罵曰：「張郃逆賊！吾不與汝相拒，汝只顧趕來！吾今與汝決一死戰。」郃十分忿怒！挺槍驟馬，直取魏延。延揮刀來迎，戰不十合，延大敗，棄盡衣甲頭盔，匹馬引敗兵望木門道中而走。◎13

張郃殺的性起！又見魏延大敗而逃，乃驟馬趕來！此時天色昏黑。一聲砲響！山上火光沖天，大石亂柴滾將下來，阻截去路。

郃大驚！曰：「我中計矣！」急回馬時，背後已被木石塞滿了歸路，中間只有一段空地，兩邊皆是峭壁。郃進退無路，忽一聲梆子響，兩下萬弩齊發！將張郃并百餘個部將皆射死於木門道中。後人有詩曰：

「伏弩齊飛萬點星，木門道上射雄兵；

◆奔劍閣張郃中計。諸葛亮設計，將魏國名將張郃射死於劍閣山中。（fotoe提供）

至今劍閣行人過，猶說軍師舊日名。」

卻說張郃已死。隨後魏兵追到，見塞了道路，已知張郃中計；眾軍勒回馬急退！忽聽的山頭上大叫曰：「諸葛丞相在此！」眾軍仰視，只見孔明立於火光之中，指眾軍而言曰：「吾今日圍獵，欲射一馬，誤中一獐。汝各人安心而去，上覆仲達：早晚必為吾所擒矣！」

魏兵回見司馬懿，細告前事。懿悲傷不已，仰天嘆曰：「張雋義身死，吾之過也。」乃收兵回洛陽。魏主聞張郃死，揮淚嘆息！令人收其屍，厚葬之。

卻說孔明入漢中，欲歸成都見後主。「都護」李嚴妄奏後主曰：「臣已辦備軍糧，行將運赴丞相軍前；不知丞相何故，忽然班師。」後主聞奏，即命「尚書」費禕入漢中見孔明，問班師之故！

禕至漢中，宣後主之意。孔明大驚！曰：「李嚴發書告急！說東吳將興兵寇川，因此回師。」費禕曰：「李嚴奏稱軍糧已辦，丞相無故回師。天子因此命某來問耳。」孔明大怒！令人訪察，乃是李嚴因軍糧不濟，怕丞相見罪，故發書取回；

〈評點〉

◎13：如此方纔引得到木門道去。（毛宗崗）

◆ 坐落在「烏江百里畫廊」中的龔灘是重慶重山峻嶺中保存完好的一座千年古鎮，三國時涪陵郡漢復縣就設於此地。（影哥／fotoe 提供）

卻又妄奏天子，遮飾己過。◎14

孔明大怒！曰：「匹夫爲一己之故，廢國家大事?!」令人召至，欲斬之！費禕勸曰：「丞相念先帝託孤之意，姑且寬恕。」孔明從之！

費禕即具表啓奏後主。後主覽表，勃然大怒！叱武士：「推出李嚴斬之！」參軍蔣琬出班奏曰：「李嚴乃先帝託孤之臣。乞望恩寬恕。」後主從之，即謫爲庶人，徙於梓潼郡閒住。

孔明回到成都，用李嚴子李豐爲長史，積草屯糧，講陣論武；整治軍器，存恤※6將士。三年然後出征。兩川人民軍士，皆仰其恩德。

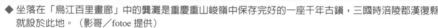

光陰荏苒，不覺三年。時建興十三年，春二月。孔明入朝奏曰：「臣今存恤軍士，已經三年。糧草豐足，軍器完備，人馬雄壯。可以伐魏！今番若不掃清奸黨，恢復中原，誓不見陛下也。」

後主曰：「方今已成鼎足之勢。吳、魏不曾入寇，相父何不安享太平？」◎15孔明曰：「臣受先帝知遇之恩。夢寐之間，未嘗不設伐魏之策。竭力盡忠，爲陛下克復中原，重興漢室，臣之願也。」

言未已！班部中一人出曰：「丞相不可興兵！」眾視之，乃譙周也。正是：

「武侯盡瘁惟憂國，太史知機又論天。」

未知譙周有何議論，且看下文分解……

〈評點〉

◎14：每每遭此掣肘，便知天意矣。（鍾伯敬）

◎15：極是。（李贄）

◆湖北武漢龜山三國城鼎園，象徵三國鼎立的大鼎，被譽為華中第一鼎。（ccnpic.com 提供）

注釋

※6：慰問、撫恤。

第一百二回　司馬懿戰北原渭橋　諸葛亮造木牛流馬

卻說譙周官居「太史」，頗明天文。見孔明又欲出師，乃奏後主曰：「臣今職掌『司天臺』，但有禍福，不可不奏。近有群鳥數萬，自南飛來！投於漢水而死。此不祥之兆。臣又觀天象，見奎星躔於太白之分，盛氣在北，不利伐魏。又成都人民皆聞柏樹夜哭。有此數般災異，丞相只宜謹守，不可妄動。」

孔明曰：「吾受先帝託孤之重，當竭力討賊！豈可以虛妄之妖氛，而廢國家大事耶？」◎[1]

遂命有司設太牢，祭於昭烈之廟。◎[2]涕泣拜告曰：「臣亮五出祁山，未得寸土，負罪非輕。今臣復統全部，再出祁山，誓竭力盡心，剿滅漢賊，恢復中原。鞠躬盡瘁，死而後已！」

祭畢，拜辭後主。星夜至漢中，聚集諸將，商議出師。

忽報：「關興病亡！」孔明放聲大哭！昏倒於地！半晌方甦；眾將再三勸解。

孔明嘆曰：「可憐忠義之人，天不與以壽。我今番出師，又

◆四川成都武侯祠昭烈廟劉備塑像。（楊興斌／fotoe 提供）

◆現代壁畫關興像，河北涿州張飛廟。（Legacy images提供）

少一員大將也！」後人有詩嘆曰：

「生死人常理，蜉蝣※1一樣空；但存忠孝節，何必壽喬松※2。」◎3

孔明引蜀兵三十四萬，分五路而進。令姜維、魏延爲先鋒，皆出祁山取齊。令李恢先運糧草，於斜谷道口伺候。

卻說魏國因舊歲有青龍自摩坡井內而出，改爲青龍元年。此時乃青龍二年，春二月也。近臣奏曰：「邊官飛報：蜀兵三十餘萬，分五路復出祁山！」魏主曹叡大驚！急召司馬懿

〈評點〉

◎1：諸葛亮眞的不相信異兆嗎？不是。他比誰都語於此道。他的不信的背後實有著與天命抗爭的悲劇意味……順應吉兆或避讓凶兆，都是爲了現實的功利目的，普通人都這麼做；《三國演義》卻寫了一個無視禁忌的人物，他便成了聖賢。（魯小俊）

◎2：武侯此去，便與昭烈之廟永別。讀書至此，爲之一哭！（毛宗崗）

◎3：好詩。（鍾伯敬）

注釋

※1：一種昆蟲，生存期極短。

※2：高大的松樹。喬：高。

至，謂曰：「蜀人三年不曾入寇！今諸葛亮又出祁山，如之奈何？」

懿奏曰：「臣夜觀天象，見中原旺氣正盛，奎星犯太白，不利於西川。今孔明自負才智，逆天而行，乃自取敗亡也。臣託陛下洪福，當往破之！臣願保四人同去。」

叡曰：「卿保何人？」懿曰：「夏侯淵有四子。長名霸，字仲權。次名威，字季權。三名惠，字雅權。四名和，字義權。霸、威二人弓馬熟嫻，惠、和二人諳知韜略；此四人常欲爲父報仇。臣今保夏侯霸、夏侯威爲左右先鋒，夏侯惠、夏侯和爲行軍司馬；共贊※3軍機，以退蜀兵。」

叡曰：「向者，夏侯楙駙馬違誤軍機，失陷了許多人馬，至今羞慚不回。今此四人，亦與楙同否？」懿曰：「此四人非楙之比也。」叡乃從其請，即命司馬懿爲「大都督」，凡將士悉聽量才委用；各處兵馬皆聽調遣。

懿受命，辭朝出城。叡又以手詔賜懿，曰：

「卿到渭濱，宜堅壁固守，勿與交鋒。蜀兵不得志，必詐退誘敵；卿愼勿追。待彼糧盡，必將自走；然後乘虛攻之！則取勝不難，亦免軍馬疲勞之苦。計莫善於此也。」◎4

司馬懿頓首受詔。即日到長安，聚集各處軍馬，共四十萬，皆來渭濱下寨。又撥五萬軍，於渭水上搭起九座浮橋，令先鋒夏侯霸、夏侯威過渭水安營。又於大營之後東原，築起一城，以防不虞。

懿正與眾將商議間，忽報：「郭淮、孫禮來見。」懿引入。禮畢，淮曰：「今蜀兵現在祁山。倘跨渭登原，接連北山，阻絕隴道，大可虞也。」懿曰：「所言甚善！公可就總督隴西軍馬，據北原下寨，深溝高壘，按兵不動。只待彼糧盡，方可攻之！」郭淮、孫禮領命，引兵下寨去了。

卻說孔明復出祁山，下五個大寨，按左、右、中、前、後；自斜谷直至劍閣一連又下十四個大寨，分屯軍馬，以爲久計。

每日令人巡哨。忽報：「郭淮、孫禮領隴西之兵於北原下寨。」孔明謂諸將曰：「魏兵於北原安營者，懼吾取此路，阻絕隴道也。吾今虛攻北原，卻暗取渭濱。令人紮木筏百餘隻，上載草把，我把後軍先渡過岸去！然後把軍下於筏中，休要上岸，順水取浮橋，放火燒斷，以攻其後。吾自引一軍去取前營之門。若得渭水之南，則進兵不難矣！」◎5諸將遵令而行。

早有巡哨軍飛報司馬懿。懿喚諸將，議曰：「孔明如此設施，其中必有計。彼

◆清康熙年間五彩三國故事瓶。北京故宮博物院藏。（Legacy images 提供）

〈評點〉

◎4：亦是。（李贄）

◎5：武侯此算，亦是妙著。但恨爲司馬懿猜破耳。（毛宗崗）

注釋

※3：輔助、輔佐。

以取北原爲名，順水來燒浮橋。亂吾後，卻攻吾前也。」即傳令與夏侯霸、夏侯威，曰：「若聽得北原發喊，便提兵於渭水南岸之中，待蜀兵至擊之！」又令張虎、樂綝：「引二千弓弩手，伏於淮水浮橋北岸。若蜀兵乘木筏順水而來，可一齊射之，休令近橋！」又傳令郭淮、孫禮曰：「孔明來北原暗渡渭水，汝新立之營人馬不多，可盡伏於半路。若蜀兵午後渡水，黃昏時分，必來攻汝。汝詐敗而走，蜀兵必追！汝等皆以弓弩射之！吾水陸並進，若蜀兵大至，只看吾指揮擊之！」各處下令已畢。又令二子司馬師、司馬昭引兵救應前營。懿自引一軍救北原。

卻說孔明令魏延、馬岱引兵渡渭水攻北原，令吳班、吳懿引木筏兵去燒浮橋；令王平、張嶷爲前隊，姜維、馬忠爲中隊，廖化、張翼爲後隊。分兵三路，去攻渭水旱營。是日午時，人馬離大寨，盡渡渭水；列成陣勢，緩緩而行。

卻說魏延、馬岱將近北原，天色已昏。孫禮哨見，便棄營而走。魏延知有準備，急退軍時，四下喊聲大震。左有司馬懿，右有郭淮，兩路兵殺來！魏延、馬岱奮力殺出，蜀兵多半落於水中，餘眾奔逃無路；幸得吳懿兵殺來！救了敗兵，過岸拒住。

吳班分一半兵，撐筏順水來燒浮橋，卻被張虎、樂綝在岸上亂箭射住！吳班中箭，落水而死！餘軍跳水逃命！木筏盡被魏兵奪去。

◆浙江傳媒那蘭之侯正在表演參賽節目《真三國無雙》。扮演人物為諸葛亮和呂布。（李忠／photobase／fotoe 提供）

此時王平、張嶷不知北原兵敗，直奔到魏營。已有二更天氣，只聽得喊聲四起！王平謂張嶷曰：「馬軍攻打北原，未知勝負；渭南之寨現在面前，如何不見一個魏兵？莫非司馬懿知道了，先作準備也？我等且看浮橋火起，方可進兵。」二人勒住軍馬。忽背後一騎馬來報！說：「丞相教軍馬急回！北原兵，浮橋兵，俱失了。」

王平、張嶷大驚！急退軍時，卻被魏兵抄在背後，一聲砲響，一齊殺來！火光沖天。王平、張嶷引兵相迎。兩軍混戰，平、嶷二人奮力殺出！蜀兵折傷大半。孔明回到祁山大寨，收聚殘兵，約折萬餘人，心中憂悶。◎6

忽報：「費禕自成都來見丞相。」孔明請入費禕，禮畢。孔明曰：「吾有一書，正欲煩公去

〈評點〉

◎6：街亭之失，失在馬謖；渭橋之敗，敗由武侯。勝敗之不可料如此。用兵者可不臨事而懼耶？（毛宗崗）

東吳投遞。不知肯去否？」褘曰：「丞相之命，豈敢推辭？」孔明即修書付費褘去了。褘持書逕到建業，入見吳主孫權，呈上孔明之書。權拆視之，書略曰：

「漢室不幸，王綱失紀；曹賊篡逆，蔓延及今。亮受昭烈皇帝寄託之重，敢不竭力盡心？

今大兵已會於祁山，狂寇將亡於渭水！伏望陛下念同盟之義，命將北征；共取中原，同分天下。

書不盡言，萬希聖聽。」

權覽畢，大喜！乃謂費褘曰：「朕久欲興兵，未得會合孔明。今既有書到，即日朕自親征！入居巢門，取魏新城。再令陸遜、諸葛瑾等屯兵於江夏、沔口取襄陽，孫韶、張承等出兵廣陵，取淮陽等處。三處一齊進軍！共三十萬，尅日興師。」費褘拜謝曰：「誠如此，則中原不日自破矣！」

權設宴款待費褘。飲宴間，權問曰：「丞相軍前，用誰當先破敵？」褘曰：「魏延為首。」權笑曰：「此人勇有餘，而心不正；若一朝無孔明，彼必為禍。孔明豈未知耶？」

褘曰：「陛下之言極當。臣今歸去，即當以此言告孔明。」遂拜辭孫權。回到祁山，見了孔明。具言：「吳主起大兵三十萬，御駕親征。兵分三路而進！」

孔明又問曰：「吳主別有所言否？」費褘將論魏延之語告之。孔明嘆曰：「眞聰明之主也！吾非不知此人，爲惜其勇，故用之耳。」◎7禕曰：「丞相早宜區處。」孔明曰：「吾自有法。」禕辭別孔明，自回成都。

孔明正與諸將商議征進。忽報：「有魏將來投降！」孔明喚入，問之。答曰：「某乃魏國『偏將軍』鄭文也。近與秦朗同領人馬，聽司馬懿調用。不料懿徇私偏向，加秦朗爲『前將軍』，而視文如草芥。因此不平，特來投降丞相。願賜收錄。」

言未已！人報：「秦朗引兵在寨外，單搦鄭文交戰。」孔明曰：「此人武藝比汝若何？」鄭文曰：「某當立斬之！」孔明曰：「汝若先斬秦朗，吾方不疑。」

鄭文欣然上馬出營，與秦朗交鋒，孔明親自出營視之；只見秦朗挺槍大罵曰：「反賊！盜我戰馬來此，可早早還我。」言訖，直取鄭文。文拍馬舞刀相迎，只一合斬秦朗於馬下。魏兵各自逃走。鄭文提首級入營。

孔明回到帳中坐定。喚鄭文至，勃然大怒！

〈評點〉

◎7：孔明實話。（鍾伯敬）

◆司馬懿戰北原渭橋。魏將鄭文詐降，斬秦朗之弟秦明，提首級入帳，卻被諸葛亮識破。（fotoe提供）

叱左右：「推出斬之！」鄭文曰：「小將無罪。」孔明曰：「吾向識秦朗。汝今斬者，並非秦朗，安敢欺我！」文拜告曰：「此實秦朗之弟秦明也。」

孔明笑曰：「司馬懿令汝來詐降，於中取事。卻如何瞞得我過？若不實說，必然斬汝！」鄭文只得訴告：「其實是詐降！」泣求免死。◎8

孔明曰：「汝欲求生，可修書一封：教司馬懿自來劫營，吾便饒汝性命。若捉住司馬懿，便是汝之功，還當重用。」鄭文只得寫了一書，呈與孔明。孔明令將鄭文監下。

樊建問曰：「丞相何以知此人詐降？」孔明曰：「司馬懿不輕用人。若加秦朗爲『前將軍』，必武藝高強！今與鄭文交馬，只一合便爲文所殺，必不是秦朗也。以故知其詐。」眾皆拜服。

孔明選一舌辨軍士，附耳分付：「如此如此……。」軍士領命，持書逕來魏寨，求見司馬懿。懿喚入，拆書看畢，問曰：「汝何人也？」答曰：

◆清代楊柳青年畫《取北原》，描繪諸葛亮識破鄭文詐降的故事。（清末民間年畫，徐震時提供／人民美術出版社）

「某乃中原人，流落蜀中。鄭文與某同鄉。今孔明因鄭文有功，用爲先鋒；鄭文特託某來獻書，約於明日晚間，舉火爲號，望乞都督親提大軍，前去劫寨！鄭文在內爲應。」

司馬懿反覆詰問，又將來書仔細檢看，果然是實。即賜軍士酒食，分付曰：「本日二更爲期，我自來劫寨！大事若成，必重用汝。」軍士拜別，回到本寨，告知孔明。

孔明仗劍步罡，禱祝已畢。◎9喚王平、張嶷，分付：「如此如此……。」又喚馬忠、馬岱，分付：「如此如此……。」又喚魏延，分付：「如此如此……。」孔明自引數十人，坐於高山之上，指揮眾軍。

卻說司馬懿見了鄭文之書，便欲引二子提大兵來劫蜀寨。長子司馬師諫曰：「父親何故據片紙而親入重地？倘有疏虞，如之奈何？不如令別將先去，父親爲後應可也。」◎10懿從之！遂令秦朗引一萬兵去劫蜀寨，懿自引兵接應。

是夜初更，風清月朗。將及二更時分，忽然陰雲四合，黑氣漫空，對面不見。懿大喜！曰：「天使我成功也！」於是人盡銜枚，馬皆勒口，長驅大進！

〈評點〉

◎8：司馬懿如此設計，亦不成司馬懿矣。（李贄）

◎9：葫蘆裏又買甚的藥？（李漁）

◎10：懿之不死，賴有此兒。（毛宗崗）

秦朗當先引一萬兵直殺入蜀寨中，並不見一人。朗知中計，忙叫退兵！四下火把齊明，喊聲震地！左有王平、張嶷，右有馬岱、馬忠，兩路兵殺來。秦朗死戰，不能得出。

背後司馬懿見蜀寨火光沖天！喊聲不絕！又不知魏兵勝負，只顧催兵接應，望火光中殺來！忽然一聲喊起，鼓角喧天，火礮震地。左有魏延，右有姜維，兩路殺出！魏兵大敗！十傷八九，四散逃奔。

此時秦朗所引一萬兵都被蜀兵圍住。箭如飛蝗！秦朗死於亂軍之中。司馬懿引敗兵奔入本寨。

三更以後，天復清朗。孔明在山頭上鳴金收軍。原來二更時陰雲暗黑，乃孔明用「遁甲之法」；後收兵已了，天復清朗，乃孔明驅六丁六甲掃蕩浮雲也。

當下孔明得勝回寨！命將鄭文斬了。再議取渭南之策，每日令兵搦戰，魏軍只不出迎。

孔明自乘小車，來祁山前，渭水東西，踏看地理。忽到一谷口，見其形如葫蘆之狀，內中可容千餘人；兩山又合一谷，可容四五百人；背後兩山環抱，只可通一人一騎。

孔明看了，心中大喜！問鄉導官曰：「此處是何地名？」答曰：「此名上方谷，又號葫蘆谷。」

孔明回到帳中喚裨將杜叡、胡忠二人，附耳授以密計，令喚集隨軍匠作一千餘人，入葫蘆谷中，製造「木牛」「流馬」應用。又令馬岱領五百兵守住谷口。孔明囑馬岱曰：「匠作人等不許放出，外人不許放入。吾還不時自來點視。捉司馬懿之計，只在此舉。切不可走漏消息。」馬岱受命而去。

杜叡等二人在谷中監督匠作，依法製造；孔明每日往來指示。

忽一日，長史楊儀入告曰：「即今糧米皆在劍閣，人夫牛馬搬運不便，如之奈何？」孔明笑曰：「吾已運謀多時也！前者所積木料，并西川收買下的大木，教人製造『木牛』、『流馬』，搬運糧米，甚是便利。牛馬皆不水食，可以搬運，晝夜不絕。」◎11

眾皆驚曰：「自古及今，未聞有『木牛』『流馬』之事，不知丞相有何妙法，造此奇物？」孔明曰：「吾已令人依法製造，尚未完備。吾今先將造『木牛』『流馬』之法，尺寸方圓，長短闊狹，開寫明白；汝等視之。」眾大喜！孔明即手書一紙，付眾觀看。眾將環遶而視，其造「木牛」之法云：

〈評點〉

◎11：今有人要便宜者，諺譏之云：「又要馬兒不吃草，又要馬兒走得好。」惜其未得傳孔明之法也。（毛宗崗）

「方腹曲脛，一腹四足；頭入領中，舌著於腹。載多而行少：獨行者數十里，群行者三十里。曲者爲牛頭，雙者爲牛足，橫者爲牛領，轉者爲牛腳，覆者爲牛背，方者爲牛腹，垂者爲牛舌，曲者爲牛肋，刻者爲牛齒，立者爲牛角，細者爲牛鞅，攝者爲牛鞦軸※4，牛御雙轅。人行六尺，牛行四步；人不大勞，牛不飲食。」

造「流馬」之法云：

「肋長三尺五寸，廣三寸，厚二寸五分；左右同。前軸孔分墨去頭四寸，逕中二寸；前腳孔分墨去頭四寸五分，長一寸五分，廣一寸；前杠孔去前腳孔分墨三寸七分，孔長二寸，廣一寸；後軸孔去前杠孔分墨一尺五寸，大小與前同；後杠孔去後腳孔分墨一寸二分。後杠孔分墨四寸五分，前杠長一尺八寸，廣二寸，厚一寸五分；後杠與等。板方囊二枚，厚八分，長二尺七寸，高一尺六寸五分，廣一尺六寸：每枚受米二斛三斗，從上杠孔去肋下七寸，前後同。上杠孔去下杠孔分墨一尺三寸，孔長一寸五分，廣七分；八孔同。前後四腳廣二寸，厚一寸五分，形制如象靬※5；長四寸，逕面四寸三分，孔逕中三腳杠長二尺一寸，廣一寸五分，厚一寸四分。」

眾將看了一遍，皆拜伏曰：「丞相眞神人也！」

過了數日，「木牛」「流馬」皆造完備，宛然如活者一般，上山下嶺，各盡其便。眾軍見之，無不欣喜。孔明令「右將軍」高翔引一千兵，駕著「木牛」「流

◆木牛流馬的製作過程雕塑，陝西漢中勉縣武侯墓。（fotoe提供）

馬」，自劍閣直抵祁山大寨，往來搬運糧草，供給蜀兵之用。後人有詩讚曰：

「劍閣險峻驅『流馬』，斜谷崎嶇駕『木牛』；後世若能行此法，輸將安得使人愁？」

卻說司馬懿正憂悶間，忽哨馬報說：「蜀兵用『木牛』『流馬』轉運糧米，人不大勞，牛馬不食。」

懿大驚！曰：「吾所以堅守不出者，爲彼糧草不能接濟，欲待其自斃耳。今用此法，必爲久遠之計，不思退矣，如之奈何？」急喚張虎、樂綝二人，分付曰：「汝二人各引五百軍，從斜谷小路抄出！待蜀兵驅過『木牛』『流馬』，待他過盡，一齊殺出！不可多搶，只搶三五匹便回。」◎12

〈評點〉

◎12：俱在孔明算中。（李漁）

注釋

※4：牽引物是套在木牛後面的橫軸。

※5：乾的皮革。

二人依令，各引五百軍，扮作蜀兵，夜間偷過小路，伏在谷中。果見高翔引兵驅「木牛」「流馬」而來。將次過盡，兩邊一齊鼓噪殺出！蜀兵措手不及，棄下數匹。張虎、樂綝歡喜驅回本寨。

◆諸葛亮造木牛流馬。諸葛亮將計就計，故意讓魏兵奪去一些木牛流馬，卻於其中巧設機關，賺了魏營不少糧米。（fotoe提供）

司馬懿看了，果然如活的一般，乃大喜！曰：「汝會用此法，難道我不會用？」便令巧匠百餘人，當面拆開！分付依其尺寸長短厚薄之法，一樣製造「木牛」「流馬」。

不消半月，造成二千餘隻，與孔明所造者一般法則，亦能奔走。遂令鎮遠將軍岑威引一千軍，驅「木牛」「流馬」去隴西搬運糧草，往來不絕。魏營軍將無不歡喜。

卻說高翔回見孔明，說：「魏兵搶奪『木牛』『流馬』各五六匹去了。」孔明笑曰：「吾正要他搶去！我只費了幾匹『木牛』『流馬』，卻不久便得軍中許多資助也。」諸將問曰：「丞相何以知之？」孔明曰：「司馬懿見了『木牛』『流馬』，必然倣我法度，一樣製造。那時我又有計策。」

數日後，人報：「魏軍也會造『木牛』『流馬』，往隴西搬運糧草。」孔明大喜！曰：「不出吾之算也！」便喚王平，分付曰：「汝引一千兵，扮作魏人，星夜偷過北原；只說是巡糧軍，混入彼運糧軍中，將護糧之人，盡皆殺散！卻驅『木牛』『流馬』而回，逕奔過北原來。此處必有魏兵追趕，汝便將『木牛』『流馬』口內舌頭扭轉，牛馬就不能行動。汝等竟棄之而走。背後魏兵趕到，牽拽不動，扛檯不去。吾再有兵到，汝卻回身再將牛馬舌扭過來，長驅大行。魏兵必疑爲怪也。」王平受計，引兵而去。

孔明又喚張嶷，分付曰：「汝引五百軍，都扮作六丁、六甲神兵，鬼頭獸身，用五綵塗面，粧作種種怪異之狀。一手執繡旗，一手仗寶劍；身挂葫蘆，內藏烟火之物。伏於山旁，待『木牛』『流馬』到時，放起烟火，一齊擁出，驅牛馬而行。◎13魏人見之，必疑是神馬，不敢來追趕。」張嶷受計，引兵而去。

孔明又喚魏延、姜維，分付曰：「汝二人同引一萬兵去北原寨口，接應『木牛』『流馬』，以防交戰。」又喚廖化、張翼，分付曰：「汝二人引五千兵，去斷司馬懿來路！」又喚馬忠、馬岱分付曰：「汝二人引二千兵，去渭南搦戰。」六人各各遵令而去。

且說魏將岑威引軍驅「木牛」「流馬」，裝載糧米。正行之間，忽報：「前面有兵巡糧！」岑威令人哨探，果是魏兵。遂放心前進。

兩軍合在一處，忽然喊聲大震，蜀兵就本隊裏殺起！大呼：「蜀中大將王平在此！」魏兵措手不及，被蜀兵殺死大半。岑威引敗兵抵敵，被王平一刀斬了，餘皆潰散。王平引兵盡驅「木牛」「流馬」而回。

敗兵飛奔報入北原寨內。郭淮聞軍糧被刦，疾忙引軍來救！王平令兵扭轉「木牛」「流馬」舌頭，俱棄於道中，且戰且走。郭淮教：「且莫追！只驅回『木牛』『流馬』。」眾軍一齊驅

趕，卻那裏驅得動！郭淮心中疑惑。

正無奈何，忽鼓角喧天，喊聲四起！兩路兵殺來，乃魏延、姜維也。王平復引兵殺回！三路夾攻，郭淮大敗而走。王平令軍士將牛馬舌頭重復扭轉，驅趕而行。郭淮望見，方欲回兵再追！只見山後烟雲突起！一隊神兵擁出！一個個手執旗劍，怪異之狀，擁護「木牛」「流馬」如風擁而去！◎14郭淮大驚！曰：「此必神助也！」眾軍見了，無不驚畏，不敢追趕。

卻說：司馬懿聞北原兵敗，急自引軍來救！方到半路，忽一聲砲響！兩路兵自險峻處殺出，喊聲震地！旗上大書：「漢將張翼、廖化」。司馬懿見了，大驚，魏軍著慌，各自逃竄。正是：

「路逢神將糧遭刦，身遇奇兵命又危。」

未知究竟若何？且看下文分解……

〈評點〉

◎13：比前番割麥時，倍覺聲勢。如此用兵，倒好耍子。（毛宗崗）

◎14：裝神作怪，只為搶糧之用；與前卷天蓬元帥正是一般。（毛宗崗）

第一百三回　上方谷司馬受困　五丈原諸葛禳星

卻說司馬懿被張翼、廖化一陣殺敗！匹馬單槍，望密林間而走。張翼收住後軍，廖化當先追趕！

看看趕上，懿著慌，遶樹而轉；化一刀砍去！正砍在樹上，及拔出刀時，懿已走出林外。廖化隨後趕出，卻不知去向。但見樹林之東，落下金盔一個。廖化取盔，捎在馬上，一直望東追趕，原來司馬懿把金盔棄於林東，卻反向西走去了。◎1

廖化追了一程，不見蹤跡。奔出谷口，遇見姜維，同回寨見孔明。張嶷早驅「木牛」「流馬」到寨。交割已畢，獲糧萬餘石。廖化獻上金盔，錄為頭功。魏延心中不悅，口出怨言；孔明只做不知。

且說司馬懿逃回寨中，心甚惱悶。忽使命賚詔至，言：「東吳三路入寇！朝廷正議命將抵敵。令懿等堅守勿戰。」懿受命已畢！深溝高壘，堅守不出。

◆武漢龜山三國城廖化塑像。（fotoe提供）

卻說曹叡聞孫權分兵三路而來，亦起兵三路迎之，命劉劭引兵救江夏，田豫引兵救襄陽，叡自與滿寵率大軍救合淝。

滿寵先引一軍至巢湖口，望見東岸戰船無數，旌旗整肅。寵入軍中，奏魏主曰：「吳人必輕我遠來，未曾隄備，今夜可乘虛刦其水寨，必得全勝。」魏主曰：「汝言正合朕意。」即令驍將張球領五千兵，各帶火具，從湖口攻之！滿寵引兵五千，從東岸攻之。

是夜，二更時分，張球、滿寵各引軍悄悄望湖口進發。將近水寨，一齊吶喊殺入！吳兵慌亂，不戰而走。被魏軍四下舉火，燒燬戰船、糧草、器具，不計其數。諸葛瑾率敗兵逃走沔口，魏兵大勝而回。

次日，哨軍報知陸遜。遜集諸將，議曰：「吾當作表申奏主上；請撤新城之圍，以兵斷魏軍歸路，吾率眾攻其前。彼首尾不敵，一鼓可破也！」眾服其言。陸遜即具表，遣一小校密地賫往新城。

小校領命，賫著表文，行至渡口。不期被魏軍伏路的捉住，解赴軍中見魏主曹叡。叡搜出陸遜表文，覽畢。嘆曰：「東吳陸遜眞妙算也！」遂命將吳卒監下，命

〈評點〉

◎1：與孫堅之「棄赤幘」相似。（毛宗崗）

劉劭謹防孫權後兵。◎2

卻說諸葛瑾大敗一陣！又值暑天，人馬多生疾病。乃修書一封，令人轉達陸遜，議欲撤兵還國。遜看書畢，謂來人曰：「拜上將軍，吾自有主意。」

使者回報諸葛瑾。瑾問：「陸將軍作何舉動？」使者曰：「但見陸將軍催督眾人，於營外種荳菽。自與諸將在轅門射戲。」◎3瑾大驚！親自往陸遜營中，與遜相見。問曰：「今曹叡親來，兵勢甚盛。都督何以禦之？」

遜曰：「吾前遣人奏表於主上，不料爲敵人所獲。機謀既洩，彼必知備；與戰無益，不如且退。已差人奉表，約主上緩緩退兵矣！」

瑾曰：「都督既有此意，即宜速退！何又遲延？」

遜曰：「吾軍欲退，當徐徐而動。今若便退，魏人必乘勢追趕！此取敗之道也。足下宜先督船隻，詐爲拒敵之意；吾悉以人馬向襄陽而進！爲疑敵之計。然後徐徐退歸江東。魏兵自不敢近耳。」

◆上海城隍廟，位於方濱中路，是道教正一派主要道觀之一。原為三國吳主孫皓所建的金山神廟（又名霍光行祠），明朝永樂年間知縣張守約改建而成。（fotoe提供）

瑾依其計，辭遜歸本營，整頓船隻，預備起行。陸遜整肅部伍，張揚聲勢，望襄陽進發。

早有細作報知魏主，說：「吳兵已動，須用隄防。」魏將聞之，皆要出戰。魏主素知陸遜之才，諭眾將曰：「陸遜有謀。莫非用誘敵之計？不可輕動。」眾將乃止。

數日後，哨卒來報：「東吳三路兵馬皆退矣！」魏主未信，再令人探之，回報，果然盡退。魏主曰：「陸遜用兵，不亞孫、吳，東南未可平也。」因敕諸將各守險要；自引大軍屯合淝，以伺其變。

卻說孔明在祁山，欲爲久駐之計；乃令蜀兵與魏民相雜種田。軍一分，民二分，並不侵犯。魏民皆安心樂業。

司馬師入告其父曰：「蜀兵刦去我許多糧米；今又令蜀兵與我民相雜，屯田於渭濱，以爲久計。似此，眞爲國家大患！父親何不與孔明約期大戰一場，以決雌雄？」懿曰：「吾奉旨堅守，不可輕動。」

正議間，忽報：「魏延將著元帥前日所失金盔，前來罵戰！」眾將忿怒！俱欲

〈評點〉

◎2：魏將用計。而吳人不知；吳將用計，而魏人知備。亦天意也。（李漁）

◎3：從容不迫，頗有名士風流；然不似他人之燕雀處堂也。（毛宗崗）

出戰。懿笑曰：「聖人云：『小不忍則亂大謀。』但堅守爲上。」諸將依令不出，魏延辱罵良久方回。

孔明見司馬懿不肯出戰，乃密令馬岱造成木柵，營中掘下深塹，多積乾柴引火之物；週圍山上，多用柴草，虛搭窩鋪，內外皆伏地雷。置備定當，孔明附耳囑之曰：「可將葫蘆谷後路塞斷，暗伏兵於谷口。若司馬懿追到，任他入谷，便將地雷、乾柴一齊放起火來！」又令軍士晝舉七星號帶於谷口，夜設七盞明燈於山上，以爲暗號。馬岱受計，引兵而去。

孔明又喚魏延，分付曰：「汝可引五百兵去魏寨討戰，務要誘司馬懿出戰；不可取勝，只可詐敗。懿必追趕！汝卻望七星旗處而入；若是夜間，則望七盞燈處而走。只要引得司馬懿入葫蘆谷內，吾自有擒之之計。」魏延受計，引兵而去。

孔明又喚高翔，分付曰：「汝將『木牛』『流馬』或二三十爲一群，或四五十爲一群；各裝米糧，於山路往來行走。如魏兵搶去，便是汝之功。」◎4高翔領計，驅駕「木牛」「流馬」去了。

孔明將祁山兵一一調去，只推屯田，分付：「如別兵來戰，只許詐敗。若司馬懿自來，方併力只攻渭南，斷其歸路。」孔明分撥已畢。自引一軍，近上方谷下營。

且說夏侯惠、夏侯和二人入寨告司馬懿曰：「今蜀兵四散結營，各處屯田，以

爲久計。若不趁此時除之，縱令安居日久，深根固蒂，難以搖動。」懿曰：「此必又是孔明之計。」

二人曰：「都督若如此疑慮，寇敵何時得滅？我兄弟二人當奮力決一死戰，以報國恩。」懿曰：「既如此，汝二人可分頭出戰！」遂令夏侯惠、夏侯和各引五千兵去訖，懿坐待回音。

卻說夏侯惠、夏侯和二人分兵兩路。正行之間，忽見蜀兵驅「木牛」「流馬」而來。二人一齊殺將過去！蜀兵大敗奔走，「木牛」「流馬」盡被魏兵搶獲，解送司馬懿營中。次日，又刦擄得人馬百餘，亦解赴大寨。懿將解到蜀兵，詰審虛實。蜀兵告曰：「孔明只料都督堅守不出，盡命我等四散屯田，以爲久計，不想卻被擒獲！」懿即將蜀兵盡皆放回。

夏侯和曰：「何不殺之！」懿曰：「量此小卒，殺之無益！放歸本寨，令說魏將寬厚仁慈，釋彼戰心，此呂蒙取荊州之計也。」遂傳令：「今後凡有擒到蜀兵，俱當善遣之。仍重賞有功將吏。」諸將皆聽令而去。

卻說孔明令高翔佯作運糧，驅駕「木牛」「流馬」，往來於上方谷內。夏侯惠等

〈評點〉

◎4：令人測摸不出。（李漁）

不時截殺，半月之間，連勝數陣。司馬懿見蜀兵屢敗，心中歡喜。

一日，又擒到蜀兵數十人。懿喚至帳下，問曰：「孔明今在何處？」眾告曰：「諸葛丞相不在祁山，在上方谷西十里下寨安住。今每日運糧，屯於上方谷。」懿備細問了，即將眾人放去。乃喚諸將，分付曰：「孔明今不在祁山，在上方谷安營。汝等於明日可一齊併力攻取祁山大寨，吾自引兵來接應。」◎5眾將領命，各各準備出戰。

司馬師曰：「父親何故反欲攻其後？」懿曰：「祁山乃蜀人之根本。若見我兵攻之，各營必盡來救！我卻取上方谷燒其糧草，使彼首尾不接，必大敗也！」司馬師拜服。懿即發兵起行，令張虎、樂綝各引五千兵在後救應。

且說孔明正在山上，望見魏兵或三五千一行，或一二千一行，隊伍紛紛，前後顧盼。料必來取祁山大寨。乃密傳令眾

◆三國魏碑刻《三體石經》（局部）。三體石經亦稱「正始石經」或「魏石經」，刻於三國魏正始年間。刻石內容為中國古代儒家經典著作《尚書》和《春秋》的一部分，分別用大篆、小篆、隸書三種字體書寫。（fotoe提供）

將：「若司馬懿自來，汝等便往刦魏寨，奪了渭南。」眾將各各聽令。

卻說魏將皆奔祁山寨來，蜀兵四下一齊吶喊奔走，虛作救應之勢。司馬懿見蜀兵都去救祁山寨，便引二子并中軍護衛人馬，殺奔上方谷來。

魏延在谷口只盼司馬懿到來，忽見一枝魏兵殺到！延縱馬向前視之，正是司馬懿。延大喝曰：「司馬懿休走！」舞刀相迎，懿挺槍接戰，不上三合，延撥回馬便走！懿隨後趕來。

延只望七星旗處而走！懿見魏延只一人，軍馬又少，放心追之，令司馬師在左，司馬昭在右，懿自居中，一齊攻殺將來！魏延引五百兵皆退入谷中去。

懿追到谷口，先令人入谷中哨探。◎6回報：「谷內並無伏兵，山上皆是草房。」

懿曰：「此必是積糧之所也！」遂大驅士馬，盡入谷中，懿忽見草房上盡是乾柴，前面魏延已不見了。懿心疑，謂二子曰：「倘有兵截斷谷口，如之奈何？」

言未已，只聽得喊聲大震！山上一齊丟下火把來，燒斷谷口。魏兵奔逃無路，山上火箭射下，地雷一齊突出！草房內乾柴都著，刮刮雜雜※1，火勢沖天！司馬

〈評點〉

◎5：今番卻騙得出頭了。（毛宗崗）

◎6：亦甚把細。（李漁）

注釋

※1：擬聲詞，指枯柴燃燒的聲音。

懿驚得手足無措，乃下馬，抱二子大哭，曰：「我父子三人，皆死於此處矣！」

正哭之間，忽然狂風大作！黑氣漫空，一聲霹靂響處，驟雨傾盆！滿谷之火，盡皆澆滅。地雷不震，火器無功。◎7司馬懿大喜！曰：「不就此時殺出，更待何時？」即引兵奮力衝殺！張虎、樂綝亦各引兵殺來接應，馬岱軍少，不敢追趕。

司馬懿父子與張虎、樂綝合兵一處，同歸渭南大寨；不想寨柵已被蜀兵奪了。郭淮、孫禮正在浮橋上與蜀兵接戰。司馬懿等引兵殺到！蜀兵退去。懿燒斷浮橋，據住北岸。

且說魏兵在祁山攻打蜀寨，聽知：「司馬懿大敗！失了渭南營寨。」軍心慌亂；急退時，四面蜀兵衝殺將來！魏兵大敗，十傷八九，死者無數。餘眾奔過渭北逃生。

孔明在山上見魏延誘司馬懿入谷，一霎時火光大起，心中甚喜！以爲：「司馬懿此番必死！」不期天降大雨，火不能著；哨馬報說：「司馬懿父子俱逃去了！」孔明嘆曰：「『謀事在人，成事在天。』不可強也！」後人有詩嘆曰：

「谷口狂風烈燄飄，何期驟雨降青霄？武侯妙計如能就，安得山河屬晉朝？」

◆上方谷司馬受困。諸葛亮平生慣用火攻，司馬懿也難逃一劫。（fotoe提供）

◆清代楊家埠年畫《葫蘆峪》，描繪諸葛亮在葫蘆谷火燒司馬懿的故事。（清末民間年畫，徐震時提供／人民美術出版社）

〈評點〉

◎7：讀至此，令人為之一嘆。（李漁）

卻說司馬懿在渭北寨內，傳令曰：「渭南寨柵今已失了；諸將如再言出戰者，斬！」眾將聽令，據守不出。

郭淮入，告曰：「近日孔明引兵巡哨，必將擇地安營。」懿曰：「孔明若出武功，依山而東，我等皆危矣！若出渭南，西止五丈原，方無事也。」令人探之！回報，果屯五丈原。司馬懿以手加額，曰：「大魏皇帝之洪福也。」遂令諸將：「堅守勿出，彼久必自變。」

且說孔明自引一軍屯於五丈原，累令人搦戰，魏兵只不出。孔明乃取巾幗※2并婦人縞素之服，盛於大盒之內；修書一封，遣人送至魏寨。

諸將不敢隱蔽，引來使入見司馬懿。懿對眾

注釋

※2：婦女頭巾。

啓盒視之，內有巾幗婦人之衣，并書一封。懿拆視其書。略曰：

「仲達既爲大將，統領中原之眾；不思披堅執銳，以決雌雄，乃甘窟守土巢，謹避刀箭，與婦人又何異哉？今遣人送巾幗、素衣至，如不出戰，可再拜而受之。倘恥心未泯，猶有男子胸襟，早與批回，依期赴敵。」◎8

司馬懿看畢，心中大怒！乃佯笑曰：「孔明視我爲婦人耶？」即受之。◎9令重待來使。

懿問曰：「孔明寢食及事之煩簡若何？」使者曰：「丞相夙興夜寐※3。罰二十以上，皆親覽焉！所啖之食，日不過數升。」懿顧謂諸將曰：「孔明食少事煩，其能久乎？」

使者辭去，回到五丈原。見了孔明訴說：「司馬懿受了巾幗女衣，看了書札，並不嗔怒。只問丞相寢食，及事之煩簡；絕不提起軍旅之事。某如此應對，彼言：『食少事煩，豈能長久？』」孔明嘆曰：「彼深知我也！」

主簿楊顒曰：「某見丞相常自校簿書，竊以爲不必。夫『爲治有體，上下不可相侵』。譬之治家之道，必使僕執耕，婢典爨※4；私業無曠，所求皆足。其家主從容自在，高枕飲食而已。若皆身親其事，將形疲神困，終無一成。豈其智之不如婢僕哉？失爲家主之道也。

「是故古人稱坐而論道，謂之：『三公』；作而行之，謂之：『士大夫』。昔丙吉憂牛喘，而不問橫道死人※5；陳平不知錢穀之數※6，曰：『自有主者。』今丞相親理細事，汗流終日，豈不勞乎？司馬懿之言，眞至言也。」

孔明泣曰：「吾非不知。但受先帝託孤之重，惟恐他人不似我盡心也。」◎10眾皆垂淚。自此，孔明自覺神思不寧；諸將因此未敢進兵。

卻說：魏將皆知孔明以巾幗女衣辱司馬懿，懿受之不戰。眾將不忿！※7入帳告曰：「我等皆大國名將，安忍受蜀人如此之辱？即請出戰，以決雌雄。」懿曰：「吾非不敢出戰，而甘心受辱也。奈天子明詔，令堅守勿動；今若輕出，有違君命矣！」

眾將俱忿怒不平。懿曰：「汝等皆要出戰，待我奏淮天子，同力赴敵。如何？」眾將允諾。懿乃寫表，遣使直至合淝軍前，奏聞魏主曹叡。

叡拆表覽之。表略曰：

「臣才薄任重。伏蒙明旨，令臣堅守不戰，以待蜀人之自斃。奈今諸葛亮遺臣以巾幗，待臣如婦人；恥辱至甚。◎11臣謹先達聖聰※8：旦夕將効死一戰；以報朝

〈評點〉

◎8：此亦老鼠矢耳，何足以藥人哉？（李贄）

◎9：虧他耐得。便是今日婦人，亦不肯自以爲婦人，而耐男子氣也。（毛宗崗）

◎10：鞠躬盡瘁如此。（李漁）

◎11：仲達妙人，故忍辱如此。（鍾伯敬）

注釋

※3：起早睡晚，指勤勞。

※4：專管燒火做飯。典：主管。

※5：丙吉：西漢丞相。春天出行，看見路上躺著死傷的人，他不問，看見牛喘，卻很關心。人家問他爲什麼，他說：「這時候天氣還不太熱，牛不應喘。惟恐天時不正，會影響年成，這是丞相職務所在，我應當關心。」

※6：陳平：西漢丞相。皇帝問他全國一年判決多少案件，收多少錢糧？他說：「可問主管部門。丞相只主管群臣，不管這些事。」

※7：也作不分、不憤。古代俗語，不滿、不平、不服氣的意思。

※8：提前讓聖明的皇上知道。

廷之恩，以雪三軍之恥。臣不勝激切之至。」

叡覽訖，乃謂多官曰：「司馬懿堅守不出。今何故又上表求戰？」「衛尉」辛毗曰：「司馬懿本無戰心。必因諸葛亮恥辱，眾將忿怒之故，特上此表，欲更乞明旨，以遏諸將之心耳。」◎12

叡然其言，即令辛毗持節至渭北寨，傳諭令勿出戰。司馬懿接詔入帳。辛毗宣諭，曰：「如再有敢言出戰者，即以違旨論。」眾將只得奉詔。

懿暗謂辛毗曰：「公眞知我心也。」於是令軍中傳說：「魏主命辛毗持節，傳諭司馬懿，勿得出戰。」

蜀將聞知此事，報與孔明。孔明笑曰：「此乃司馬懿安三軍之法也。」姜維曰：「丞相何以知之？」孔明曰：「彼本無戰心，所以請戰者：以示武於眾耳。豈不聞：『將在外，君命有所不受。』安有千里而請戰者乎？此乃司馬懿因將士忿怒，故借曹叡之意，以制眾人；今又播傳此言，欲懈我軍心也。」

正論間，忽報：「費禕到！」孔明請入，問之，禕曰：「魏主曹叡聞東吳三路進兵，乃自引大軍至合淝，令滿寵、田豫、劉劭分兵三路迎敵。滿寵設計盡燒東吳糧草戰具，吳兵

◆湖北省襄樊隆中武侯祠。（劉偉／fotoe 提供）

◆陝西岐山五丈原諸葛廟八卦亭。（fotoe提供）

多病。陸遜上表於吳王，約會前後夾攻！不意齎表入中途，被魏兵所獲，因此機關洩漏。吳兵無功而還。」◎13

孔明聽知此信，長嘆一聲！不覺昏倒於地。眾將急救，半晌方甦。孔明嘆曰：「吾心昏亂，舊病復發，恐不能生矣！」

是夜，孔明扶病出帳，仰觀天文，十分驚慌；入帳，謂姜維曰：「吾命在旦夕矣！」維曰：「丞相何出此言？」孔明曰：「吾見三臺星中，客星倍明，主星幽暗；相輔列曜，其光昏暗。天象如此，吾命可知。」

維曰：「天象雖則如此，丞相何不用祈禳之法挽回之？」孔明曰：「吾素諳祈禳之法。但未知天意若何？汝可引甲士四十九人，各執皂旗，穿皂衣，環繞帳外；我自於帳中祈禳北斗。若七日內主燈不滅，吾壽可增一紀※9；如燈滅，吾必死矣！閒雜人等休教放入。凡一應需用之物，只令二小童搬運。」姜維領命，自去準

〈評點〉

◎12：辛毗猜破仲達之詐。（毛宗崗）

◎13：謀事在人，成事在天，於此愈信。（李漁）

注釋

※9：十二年。

備。時值八月中秋，是夜銀河耿耿，玉露零零；旌旗不動，刁斗※10無聲。姜維在帳外引四十九人守護。孔明自於帳中設香花祭物，地上分布七盞大燈，外布四十九盞小燈；內安本命燈一盞。

孔明拜祝曰：「亮生於亂世，甘老林泉。承昭烈皇帝三顧之恩，託孤之重；不敢不竭犬馬之勞，誓討國賊。不意將星欲墜，陽壽將終。謹書尺素，上告穹蒼；伏望天慈，俯垂鑒聽，◎14曲延臣算※11，使得上報君恩，下救民命；克復舊物※12，永延漢祀。非敢妄祈，實由情切。」拜祝畢，就帳中俯伏待旦。次日扶病理事，吐血不止。日則計議軍機，夜則步罡踏斗。

卻說司馬懿在營中堅守。忽一夜，仰觀天文，大喜！謂夏侯霸曰：「吾見將星失位；孔明必然有病，不久便死。你可引一千兵去五丈原哨探！若蜀人攘亂，不出接戰，孔明必然患病矣！吾當乘勢擊之。」霸引兵而去。

◆陝西省寶雞市岐山縣五丈原鎮，位於古斜水（石頭河）西邊。（fotoe提供）

◆五丈原諸葛禳星。魏延將諸葛亮主燈踏滅，諸葛亮不得復生。（fotoe提供）

孔明在帳中祈禳，已及六夜；見主燈明亮，心中甚喜。姜維入帳，正見孔明披髮仗劍，踏罡步斗，壓鎮將星，忽聽得寨外吶喊！方欲令人出問，魏延飛步入告曰：「魏兵至矣！」延腳步急，竟將主燈撲滅。◎15

孔明棄劍而嘆！曰：「生死有命，不可得而禳也。」魏延惶恐，伏地請罪。姜維忿怒，拔劍欲殺魏延。正是：

「萬事不由人做主，一心難與命爭衡。」

未知魏延性命如何，且看下文分解……

〈評點〉

◎14：令人悲咽。（李漁）

◎15：此亦足以報葫蘆谷之怨矣。（鍾伯敬）

注釋

※10：古代軍中用的銅鍋，白天用以燒飯，夜裏用來敲打巡更。

※11：請求通融一下，改變原來「註定」的壽命，延長我的年齡。

※12：恢復舊時典章文物，這裏指恢復漢朝統治權。

第一百四回　殞大星漢丞相歸天　見木像魏都督喪膽

卻說姜維見魏延踏滅了燈，心中忿怒，拔劍欲殺之！孔明止之曰：「此吾命當絕，非文長之過也。」維乃收劍。

孔明吐血數口，臥倒牀上。謂魏延曰：「此是司馬懿料吾有病，故令人來探視虛實。汝可急出迎敵！」◎1魏延領命，出帳上馬，引兵殺出寨來！

夏侯霸見了魏延，慌忙引軍退走，延追趕二十餘里方回。孔明令魏延自回本寨把守。

姜維入帳，直至孔明榻前問安。孔明曰：「吾本欲竭忠盡力，恢復中原，重興漢室。奈天意如此？吾旦夕將死。吾平生所學，已著書二十四篇，計十萬四千一百一十二字；內有『八務』『七戒』『六恐』『五懼』之法。吾遍觀諸將，無人可授，獨汝可傳我書。切勿輕忽。」維哭拜而受。

孔明又曰：「吾有連弩之法，不曾用得。其法：矢長八寸，一

◆諸葛授書圖。諸葛亮為後世留下較多文字，今傳《諸葛亮集》。（鄧嘉德繪）

〈評點〉

◎1：病至此尚料事如神。（李漁）

◆浙江蘭溪三國主題名勝區，來訪的遊客專注地操作著諸葛連弩。（蔣振雄／photobase／fotoe 提供）

弩可發十矢；皆畫成圖本。汝可依法造用。」維亦拜受。孔明又曰：「蜀中諸道，皆不必多憂。惟陰平之地切須仔細，此地雖險峻，久必有失。」

又喚馬岱入帳，附耳低言，授以密計。囑曰：「我死之後，汝可依計行之。」岱領計而出。

少頃，楊儀入。孔明喚至榻前，授與一錦囊，密囑曰：「我死，魏延必反！待其反時，汝於臨陣方開此囊。那時自有斬魏延之人也！」孔明一一調度已畢，便昏然而倒！至晚方甦，便連夜表奏後主。

後主聞奏，大驚！急令「尚書」

李福星夜至軍中問安，兼詢後事。

李福領命，趲程赴五丈原，入見孔明，傳後主之命。問安畢，孔明流涕曰：「吾不幸中道喪亡；虛廢國家大事，得罪於天下。我死後，公等宜竭忠輔主。國家舊制不可改易；吾所用之人亦不可輕廢。吾兵法皆授與姜維；他自能繼吾之志，爲國家出力。吾命已在旦夕，當即有遺表上奏天子也。」李福領了言語，匆匆辭去。

孔明強支病體，令左右扶上小車，出寨遍觀各營。自覺秋風吹面，徹骨生寒。◎2乃長嘆曰：「再不能臨陣討賊矣！悠悠蒼天，曷其有極※1？」◎3嘆息良久！回到帳中，病轉沉重。乃喚楊儀分付曰：「馬岱、王平、廖化、張翼、張嶷等，皆忠諒死節之士。久經戰陣，多負勤勞，堪可委用。我死之後，凡事俱依舊法而行，緩緩退兵，不可急驟。汝深通謀略，不必多囑。姜伯約智勇足備，可以斷後。」楊儀泣拜受命。

孔明令取文房四寶，於臥榻上手書遺表，以達後主。表略曰：

「伏聞生死有常，難逃定數，死之將至，願盡愚忠。臣亮賦性愚拙，遭時艱難，分符擁節※2，專掌鈞衡；興師北伐，未獲成功，何期病入膏肓，命垂旦夕？不及終

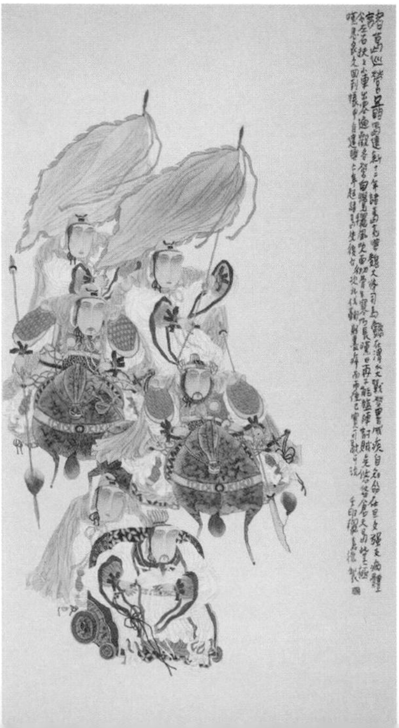

◆諸葛巡營圖。諸葛亮壯志未酬身先死，儘管北伐大業未能完成，但確實已盡全力，如他自言：「死而後已」。（鄧嘉德繪）

◆ 湖北襄樊古隆中諸葛亮故居牌坊。（ccnpic.com 提供）

事陛下，飲恨無窮！

伏願陛下清心寡慾，約己愛民；達孝道於先皇，布仁恩於宇下。提拔幽隱，以進賢良；屏斥奸邪，以厚風俗。

臣家有桑八百株，田五十頃；子孫衣食自有餘饒。至於臣在外任，隨身所需，悉仰於官※3，不別治生產※4。臣死之日，不使內有餘帛，外有餘財，以負陛下也。」

孔明寫畢。又囑楊儀曰：「吾死之後，不可發喪。可作一大龕※5，將吾屍坐於龕中，以米七粒放吾口內；腳下用明燈一盞。軍中安靜如常，切勿舉哀，則將星不墜，吾陰魂更自起鎮之。

「司馬懿見將星不墜，必然驚疑！吾軍可令後寨先行，然後一營一營緩緩而退！若司馬懿來追，汝可布成陣勢，回旗反鼓；等他來到，卻將我先時所雕木像安於車上，排出軍前，令大小將士分列左右。懿見之，必驚走矣！」◎4楊儀一一領諾。

〈評點〉

◎2：寫盡病軀，妙在「自覺」二字。（毛宗崗）

◎3：千古以下，同此悲憤。（毛宗崗）

◎4：此皆脫身計也。（鍾伯敬）

注釋

※1：難道此時就是我的終日。曷：豈、難道。

※2：擁有的職責。分：名分、職分。符、節：官職的憑證。

※3：都依靠官俸。仰：依賴、依靠。

※4：不謀別的生路。

※5：供奉神佛像的櫃子。

是夜，孔明令人扶出，仰觀北斗。遙指一星，曰：「此，吾之將星也！」眾視之，見其色昏暗，搖搖欲墜。孔明以劍指之，口中念咒。咒畢。急回帳時，不省人事！

眾將正慌亂間，忽「尚書」李福又至。見孔明昏絕，口不能言。乃大哭曰：「我誤國家之大事也！」須臾，孔明復甦，開目徧視，見李福立於榻前。孔明曰：「吾已知公復來之意也。」

◆陝西省寶雞市岐山縣五丈原鎮武侯祠琴樓上的古琴。（fotoe提供）

福謝曰：「福奉天子命，問：『丞相百年後，誰可任大事者？』適因匆遽，失於諮請，故復來耳。」孔明曰：「吾死之後，可任大事者：蔣公琰，其宜也！」◎5福曰：「公琰之後，誰可繼之？」孔明曰：「費文偉可繼之。」福又問：「文偉之後，誰當繼者？」孔明不答。◎6

眾將近前視之，已薨矣。時建興十二年，秋八月二十三日也。壽五十四歲。後杜工部有詩嘆曰：

「長星昨夜墜前營，訃報先生此日傾！
虎帳不聞施號令，麟臺誰復著勳名？

◆陝西省寶雞市岐山縣五丈原鎮的落星石。（fotoe提供）

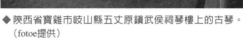

◆陝西岐山五丈原諸葛廟，對聯：「智謀隆中對三分天下，壯烈出師表一片丹心」。橫批：「蜀漢砫石」。（fotoe提供）

空餘門下三千客，辜負胸中十萬兵；
好看綠陰清晝裏，於今無復迓歌聲。」

白樂天亦有詩曰：

「先生晦跡臥山林，三顧欣逢賢主尋；
魚到南陽方得水，龍飛天外便爲霖！
託孤既盡慇懃禮，報國還傾忠義心；
前後出師遺表在，令人一覽淚沾襟！」◎7

初，蜀「長水校尉」廖立，自謂才名宜爲孔明之副。嘗以職位閒散，怏怏不平，怨謗無已；於是孔明廢之爲庶人，徙之汶山。及聞孔明亡，乃垂泣曰：「吾終爲左衽※6矣！」

李嚴聞之，亦大哭病死。蓋嚴嘗望孔明復收己，得自補前過。度孔明死後，人不能用之！故也。◎8

〈評點〉

◎5：一到無常萬事休，孔明尚有許多顧慮。（鍾伯敬）

◎6：費禕之後，漢祚亦終矣！孔明所以不答。（毛宗崗）

◎7：此詩可爲孔明篤論。（鍾伯敬）

◎8：管仲奪伯氏駢邑三百，沒齒無怨言。夫無怨，已難矣！今廢之，黜之；而又爲之泣，爲之死。孔明之得此於廖、李二人者，更不易也。（毛宗崗）

注釋

※6：古時，中原人的衣襟向右掩，少數民族多向左掩。這裏的「左衽」代指終身不被朝廷收用，只能流落在偏遠的少數民族之中。

後元微之有詩讚孔明曰：

「撥亂扶危主，慇懃受託孤；英才過管、樂，妙策勝孫、吳。

凜凜出師表，堂堂『八陣圖』；如公存盛德，應嘆古今無！」◎9

是夜，天愁地慘！月色無光。孔明奄然歸天！姜維、楊儀遵孔明遺命，不敢舉哀；依法成殮，安置龕中。令心腹將卒三百人守護。隨傳密令！使魏延斷後，各處營寨一一退去。

◆2006年10月19日，河南南陽臥龍崗武侯祠舉行「中國南陽2006祭拜諸葛亮盛典」，圖為盛典中的戲劇表演。（孔峰／fotoe提供）

卻說司馬懿夜觀天文，見一大星，赤色，光芒有角，自東北方流於西南方，墜於蜀營內。三投再起，隱隱有聲。懿驚喜！曰：「孔明死矣！」即傳令起大兵進之。

方出寨門，忽又疑慮曰：「孔明善會『六丁六甲』之法！今見我久不出戰，故以此術，詐死誘我出耳？今若追之，必中其計。」遂復勒馬回寨不出。只令夏侯霸暗引數十騎往五丈原山僻哨探消息。

卻說魏延在本寨中，夜作一夢，夢見頭上忽生二角。醒來，甚是疑異。

次日，「行軍司馬」趙直至。延請入，問曰：「久知足下深明易理。吾夜夢頭生二角，不知主何吉凶？煩足下爲我決之！」趙直想了半晌，答曰：「此大吉之兆，麒麟頭上有角，蒼龍頭上有角，乃變化飛騰之象也。」延大喜！曰：「如應公言，當有重謝。」直辭去。

行不數里，正遇尚書費禕。禕問：「何來？」直曰：「適至魏文長營中。文長夢頭生角，令我決其吉凶。此本非吉兆，但恐直言見怪，因以『麒麟』『蒼龍』解之。」禕曰：「足下何以知非吉兆？」直曰：「角之字形，乃刀下用也。今頭上有刀，其凶甚矣！」禕曰：「君且勿洩漏！」◎10直別去。

費禕至魏延寨中，屏退左右，告曰：「昨夜三更，丞相已辭世矣！臨終再三囑付：令將軍斷後，以當司馬懿——緩緩而退，不可發喪。今兵符在此，便可起兵。」

延曰：「何人代理丞相之大事？」◎11禕曰：「丞相一應大事，盡託與楊儀，

〈評點〉

◎9：諸葛亮之爲相國也……可謂識治之良才，管、蕭之亞匹矣。然連年動眾，未能成功，蓋應變將略，非其所長歟！（陳壽《三國志》）

◎10：趙直的這兩種解析，一個用類比法，一個用拆字法，都說得通，趙直確認後一種說法，並得到了應驗，這大概就是趙直的占夢水準較高的表現了。（魯小俊）

◎11：此句，便有不肯相下之意。（毛宗崗）

用兵密法皆授與姜伯約。此兵符乃楊儀之令也。」

延曰：「丞相雖亡，吾今現在。楊儀不過一『長史』，安能當此大任？他只宜扶柩入川安葬！我自率大兵攻司馬懿，務要成功。豈可因丞相一人，而廢國家大事耶？」

禕曰：「丞相遺令：教且暫退！不可有違。」延怒曰：「丞相當時若依我計，取長安久矣！吾今官任『前將軍、征西大將軍、南鄭侯』，安肯與『長史』斷後？」

禕曰：「將軍之言雖是。然不可輕動，令敵人恥笑！待吾往見楊儀，以利害說之！令彼將兵權讓與將軍，何如？」延依其言。禕辭延出營，急到大寨見楊儀，具述魏延之語。

儀曰：「丞相臨終曾密囑我曰：『魏延必有異志。』今我以兵符往，實欲探其心耳；今果應丞相之言。吾自令伯約斷後可也！」於是，楊儀領兵扶柩先行，令姜維斷後，依孔明遺令，徐徐而退。

魏延在寨中，不見費禕來回覆，心中疑惑。乃令馬岱引十數騎往探消息！回報曰：「後軍乃姜維總督，前軍大

◆陝西勉縣定軍山武侯祠後院諸葛亮衣冠塚。（張波／fotoe 提供）

半退入谷中去了。」

延大怒！曰：「豎儒安敢欺我？我必殺之。」◎12因顧謂岱曰：「公肯相助否？」岱曰：「吾亦素恨楊儀。願助將軍攻之！」延大喜！即拔寨，引本部兵望南而行！

卻說夏侯霸引軍至五丈原看時，不見一人。急回報司馬懿，曰：「蜀兵已盡退矣！」懿跌足曰：「孔明眞死矣！可速追之！」

夏侯霸曰：「都督不可輕追！當令偏將先往。」懿曰：「此番須吾自行！」遂引兵同二子一齊殺奔五丈原來。吶喊搖旗，殺入蜀寨時，果無一人。

懿顧二子曰：「汝急催兵趕來，吾先引軍前進。」於是司馬師、司馬昭在後催軍，懿自引軍當先！追到山腳下，望見蜀兵不遠，乃奮力追趕。

忽然山後一聲砲響！喊聲大震，只見蜀兵俱回旗返鼓，樹影中飄出中軍大旗，上書一行大字，曰：「漢丞相武鄉侯諸葛亮」。懿大驚失色！定睛看時，只見中軍數十員上將，擁出一輛四輪車來；車上端坐孔明，綸巾羽扇，鶴氅皀縧。

懿大驚！曰：「孔明尚在！吾輕入重地，墮其計矣！」急勒回馬便走，背後姜

〈評點〉

◎12：大凡人之相與，決不可先有成見。如孔明之待魏延，一團成心，唯恐其不反，處處防之，著著算之，略不念其有功於我也。予至此實憐魏延，反爲丞相不滿也。（李贄）

維大叫：「賊將休走！你中了我丞相之計也！」魏兵魂飛魄散，棄甲丟盔，拋戈撇戟，各逃性命，自相踐踏，死者無數。

司馬懿奔走了五十餘里，背後兩員魏將趕上，扯住馬嚼環，叫曰：「都督勿驚！」懿用手摸頭，曰：「我有頭否？」◎13二將曰：「都督休怕！蜀兵去遠了。」懿喘息半晌，神色方定。睜目視之，乃夏侯霸、夏侯惠也。乃徐徐按轡，與二將尋小路奔歸本寨，使眾將引兵四散哨探。

過了兩日，鄉民奔告曰：「蜀兵退入谷中之時，哀聲震地！軍中揚起白旗，孔明果然死了。止留姜維引一千兵斷後。前日車上之孔明，乃木人也。」懿嘆曰：「吾能料其生，不能料其死也！」因此，蜀中人諺曰：「死諸葛能走生仲達※7。」後人有詩嘆曰：

「長星半夜落天樞，奔走還疑亮未殂。
關外至今人冷笑，頭顱猶問有和無？」◎14

◆見木像魏都督喪膽。諸葛亮生前定下計策，製作木像，死後嚇跑了司馬懿大軍。（fotoe提供）

司馬懿知孔明死信已確，乃復引兵追趕。行到赤岸坡，見蜀兵已去遠，乃引還，顧謂眾將曰：「孔明已死，我等皆高枕無憂矣！」遂班師回。一路見孔明安營下寨之處：前後左右，整整有法。懿嘆曰：「此天下奇才也！」於是引兵回長安，分調眾將各守隘口。懿自回洛陽面君去了！

卻說楊儀、姜維排成陣勢，緩緩退入棧、閣、道口，然後更衣發喪，揚旛舉哀。蜀軍皆撞跌而哭，至有哭死者。◎15

蜀兵前隊正回到棧、閣、道口，忽見前面火光沖天！喊聲震地，一彪軍攔路。眾將大驚，急報楊儀。正是：

「已見魏營諸將去，不知蜀地甚兵來？」

未知來者是何處軍馬，且看下文分解……

〈評點〉

◎13：驚極，逼出趣語。（毛宗崗）

◎14：武侯之計，未嘗不為司馬懿之所料；而無如司馬懿之料武侯，又早為武侯之所料也……致使一足智多謀之司馬懿，而動多舛誤，束手無策，武侯眞神人哉！（毛宗崗）

◎15：使人畏威易，使人懷德難；孔明何以得此於蜀軍哉？（毛宗崗）

注釋

※7：能把活仲達（司馬懿）嚇跑。走：使之逃跑。

參考書目

1.《三國演義》，羅貫中著，北京：人民文學出版社，一九七三年十二月第三版，二〇〇四年三月重印。

2.《三國演義》（上、下冊），羅貫中著，李國文評點，桂林：灕江出版社，一九九四年八月第一版。

3.《三國演義》（新校新注本），羅貫中原著，沈伯俊、李燁校注，成都：巴蜀書社，一九九三年版。

4.《三國演義、三國志對照本》，許盤清、周文業整理，南京：江蘇古籍出版社，二〇〇二年九月第一版。

5.《三國演義：會評本》（上、下冊），陳曦鐘、宋祥瑞、魯玉川輯校，北京：北京大學出版社，一九八六年七月第一版。

6.《三國演義資料彙編》，朱一玄編，天津：南開大學出版社，二〇〇三年六月第一版。

7.《名家解讀三國演義》，陳其欣選編，濟南：山東人民出版社，一九九八年一月第一版。

8.《三國人物古今談》，曲徑、王偉主編，瀋陽：遼海出版社，二〇〇三年五月第一版。

9.《三國一百零八位大名人》，張書學主編，濟南：山東大學出版社，一九九四年九月第一版。

10.《汗青濁酒：三國演義與民俗文化》，魯小俊著，哈爾濱：黑龍江人民出版社，二〇〇三年五月第一版。

▲備註：本書以通行的清代毛宗崗評本爲底本。根據實際情況，本應署名「原著◎羅貫中／修訂◎毛宗崗」，考慮到市場上通行的署名習慣，仍予沿用，僅署「原著◎羅貫中」。

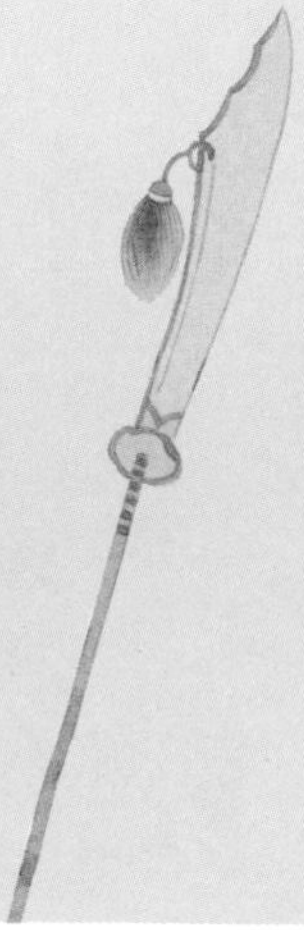

◆特別感謝本書內頁圖片授權人及授權單位◆

1.《三國演義人物畫傳》，葉雄繪，北京：百家出版社，二〇〇三年五月第一版。

⊙葉雄，上海崇明人，一九五〇年出生。畢業於上海大學美術學院國畫系，現是中國美術家協會會員、中國美術家協會連環畫藝術委員會委員、上海美術家協會理事……等。他於一九七六年開始從事連環畫、插圖、中國水墨畫創作，其作品在全國藝術大展中連續獲獎。他的水墨畫作品還在日本、韓國、加拿大、臺灣等地參加聯展。上海美術館、上海圖書館及國內外收藏家收藏了他的中國水墨畫作品。其藝術實踐被收入中國美術家大詞典、中國文藝傳集、當代中國美術家光碟、世界華人文學藝術界名人錄、世界名人錄……等。重要作品包括：

二〇〇一年出版《水滸一百零八將》。

二〇〇二年出版《三國演義人物畫傳》。

二〇〇三年出版《西遊記神怪、人物畫傳》。

二〇〇四年出版《紅樓夢人物畫傳》。

個人信箱：yexiong96@163.com

2.《鄧嘉德三國演義百圖》，鄧嘉德繪，成都：四川美術出版社，一九九五年。

⊙鄧嘉德，四川省成都市人，一九五一年生。中國美術家協會會員，現為四川美術出版社社長。自幼喜愛繪畫，一九八二年畢業於成都大學歷史系，後考入西南師範大學美術系，攻讀中國畫碩士學位。繪畫風格融漢代的概括凝重與宋代的細膩精巧為一體，表現了現代人的審美感受與傳統中國文化的結合。重要作品包括：

一九九四年出版了《關羽．一九九五》掛曆及《三國英雄譜．一九九五》臺曆。

一九九四年〈長坂坡〉獲加拿大海外中國書畫研究會第二屆楓葉獎金獎。

3.《中國戲曲臉譜藝術》，張庚主編，中國藝術研究院戲曲究研所編。南昌：江西美術出版社，一九九三年。

4.《三國》（中國戲曲臉譜叢書），田有亮編，北京：中國畫報出版社，二〇〇三年八月第一版。

5.《清末年畫匯萃》（上海圖書館館藏精選），上海圖書館近代文獻部編。北京：人民美術出版社，二〇〇〇年。

6.《中國美術全集．工藝美術編十二．民間玩具剪紙皮影》，中國美術全集編輯委員會編。主編：曹振峰，副主編：李寸松。北京：人民美術出版社，一九八八年。

7.《潮州剪紙》，楊堅平編著。汕頭：汕頭大學出版社，二〇〇四年。

8.《百姓收藏圖鑒：織繡》，長沙：湖南美術出版社，二〇〇六年六月版。

9.《三國畫像選》，清．潘畫堂繪，上海：上海書畫出版社，一九八七年。

10.《徐竹初木偶雕刻藝術》，李寸松撰文，戴定九責任編輯。上海：上海人民美術出版社，一九九四年二月第一版。

11.《中國戲出年畫》，王樹村著，北京：北京工藝美術出版社，二〇〇六年一月第一版。

12.《圖說三國演義》，王樹村著，天津：百花文藝出版社，二〇〇七年。

13. 朱寶榮授權使用內頁繪圖共三十一張。

⊙ 朱寶榮，從小酷愛美術，因家庭情況無緣於高等學府深造，引爲憾事。二〇〇四年與兩位志趣相投的好友組成心境插畫工作室至今，能夠從事自己喜愛的工作，覺得是一件很幸福的事！

14. 北京樂信達文化交流公司授權使用部分內頁圖片。（legacyimages.com）

15. 北京CCN圖片網授權使用部分內頁圖片。（ccnpic.com）

16. 廣州集成圖像有限公司「FOTOE」授權使用部分內頁圖片。（fotoe.com）

國家圖書館出版品預行編目資料

三國演義（五）／羅貫中原著；王暢編撰.—— 初版. ——臺中市　：好讀, 2007.11
面：　公分，——（圖說經典；11）

ISBN 978-986-178-069-6（平裝）

857.4523　　96019197

好讀出版

圖說經典11

三國演義（五）

【南征北戰】

原　　著／羅貫中
編　　撰／王暢
總 編 輯／鄧茵茵
責任編輯／陳詩恬
執行編輯／朱慧蒨、林碧瑩、莊銘桓
美術編輯／王志峰、林姿秀
封面設計／山今伴頁設計工作室
行銷企畫／陳昶文
發 行 所／好讀出版有限公司
http://howdo.morningstar.com.tw
台中市407西屯區何厝里19鄰大有街13號
TEL: 04-23157795　FAX: 04-23144188
（如對本書編輯或內容有意見，請來電或上網告訴我們）
法律顧問／甘龍強律師

戶名：知己圖書股份有限公司
劃撥帳號：15062393
服務專線：04-23595819 轉230
傳眞專線：04-23597123
E-mail：service@morningstar.com.tw
如需詳細出版書目、訂書，歡迎洽詢
晨星網路書店 http://www.morningstar.com.tw

初　　版／西元2007年11月15日
初版六刷／西元2014年01月10日
定　　價／299元

Published by How-Do Publishing Co., Ltd.

ISBN 978-986-178-069-6

本書內頁部分圖片由廣州集成圖像有限公司「FOTOE」授權使用，
其他授權來源於參考書目後詳列

讀者回函

只要寄回本回函，就能不定時收到晨星出版集團最新電子報及相關優惠活動訊息，並有機會參加抽獎，獲得贈書。因此有電子信箱的讀者，千萬別吝於寫上你的信箱地址

書名：三國演義（五）

姓名：＿＿＿＿＿＿ 性別：□男 □女 生日：＿＿年＿＿月＿＿日

教育程度：＿＿＿＿＿＿＿＿

職業：□學生 □教師 □一般職員 □企業主管

□家庭主婦 □自由業 □醫護 □軍警 □其他＿＿＿＿＿＿

電子郵件信箱（e-mail）：＿＿＿＿＿＿＿＿ 電話：＿＿＿＿＿

聯絡地址：□□□ ＿＿＿＿＿＿＿＿＿＿＿＿

你怎麼發現這本書的？

□書店 □網路書店（哪一個？）＿＿＿＿＿＿ □朋友推薦 □學校選書

□報章雜誌報導 □其他＿＿＿＿＿＿＿＿＿＿

買這本書的原因是：＿＿＿＿＿＿＿＿＿＿＿＿

□內容題材深得我心 □價格便宜 □封面與內頁設計很優 □其他＿＿＿＿

你對這本書還有其他意見嗎？請通通告訴我們：

＿＿＿＿＿＿＿＿＿＿＿＿＿＿＿＿＿＿＿＿＿＿

你買過幾本好讀的書？（不包括現在這一本）

□沒買過 □1～5本 □6～10本 □11～20本 □太多了

你希望能如何得到更多好讀的出版訊息？

□常寄電子報 □網站常常更新 □常在報章雜誌上看到好讀新書消息

□我有更棒的想法＿＿＿＿＿＿＿＿＿＿＿＿

最後請推薦五個閱讀同好的姓名與E-mail，讓他們也能收到好讀的近期書訊：

1. ＿＿＿＿＿＿＿＿＿＿＿＿＿＿＿＿＿＿＿＿

2. ＿＿＿＿＿＿＿＿＿＿＿＿＿＿＿＿＿＿＿＿

3. ＿＿＿＿＿＿＿＿＿＿＿＿＿＿＿＿＿＿＿＿

4. ＿＿＿＿＿＿＿＿＿＿＿＿＿＿＿＿＿＿＿＿

5. ＿＿＿＿＿＿＿＿＿＿＿＿＿＿＿＿＿＿＿＿

我們確實接收到你對好讀的心意了，再次感謝你抽空填寫這份回函

請有空時上網或來信與我們交換意見，好讀出版有限公司編輯部同仁感謝你！

好讀的部落格：http://howdo.morningstar.com.tw/

請填妥後對折黏貼，直接投郵即可，無須貼郵票。

廣告回函
臺灣中區郵政管理局
登記證第3877號
免貼郵票

好讀出版有限公司　編輯部收

407 台中市西屯區何厝里大有街13號

電話：04-23157795-6　傳眞：04-23144188

沿虛線對折

購買好讀出版書籍的方法：

一、先請你上晨星網路書店http://www.morningstar.com.tw檢索書目或直接在網上購買

二、以郵政劃撥購書：帳號15060393 戶名：知己圖書股份有限公司並在通信欄中註明你想買的書名與數量

三、大量訂購者可直接以客服專線洽詢，有專人爲您服務：

客服專線：04-23595819轉230 傳眞：04-23597123

四、客服信箱：service@morningstar.com.tw